내가 아직 ―

― 조금 남아 있을 때

서성란
소설집

내가 아직 ─ 조금 남아 있을 때

강

차 례

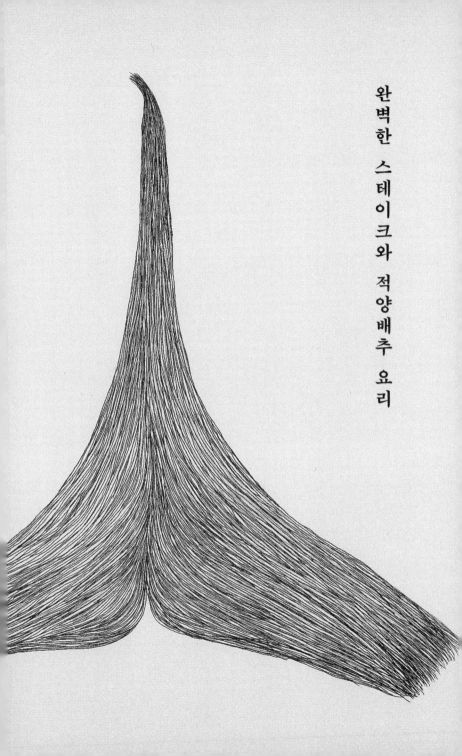

완벽한 스테이크와 적양배추 요리

숙성

    여자가 냉장고 선반 깊숙이 넣어둔 고기를 꺼낸다. 널따랗고 납작한 밀폐용기의 뚜껑을 열자 역한 냄새가 진동한다. 스테이크 등심이 거무튀튀한 빛깔로 변해 있고 용기 바닥에 핏물이 흥건하다. 여자는 두께가 일 인치 남짓 되는 고깃덩어리를 손가락으로 집어 도마 위에 올려놓는다. 맛있는 스테이크를 먹으려면 서두르지 말아야 한다. 삼 주 전, 여자는 동네 정육점에서 등심을 사 왔다. 스테이크 요리는 숙성이 맛을 좌우한다. 알맞은 숙성 기간을 거친 고기 조각은 올레산 성분이 증가해 맛과 질이 좋아진다. 여자는 까다롭게 재료를 고르고 적당한 타이밍을 기다렸다.

여자가 손가락으로 소금을 집어 핏물이 밴 고깃덩어리에 골고루, 듬뿍 뿌린다. 완벽한 스테이크를 요리하려고 여자는 삼 년을 기다렸다. 스테이크를 완성하고 나면 고장 난 냉장고의 코드를 뽑아야 한다. 훌륭한 요리는 손의 감각이나 정성이 아니라, 재료를 숙성시키고 신선하게 보관할 수 있는 냉장고에 달려 있다. 맛있는 요리를 먹고 싶다면 요리사의 불결한 손이나 식재료에서 풍기는 악취는 재빨리 잊어야 한다.

정신없이 어질러져 있는 부엌에서 여자가 완벽한 스테이크를 구우려고 분주하게 손을 움직인다.

소금이 묻은 손으로 여자가 식탁 한쪽에 세워둔 탁상용 달력을 집어 든다. 달력을 넘기는 여자의 손이 사막에서 물을 찾는 사람처럼 절박해 보인다. 하루를 앞질러 달력을 넘겨도 남들보다 일찍 새달을 맞지 못하리라는 사실을 여자가 모를 리 없다. 방문 너머에서 들려오는 소리에 여자가 멈칫거린다. 귓전에서 울려대는 소리를 털어내려는 듯이 여자가 신경질적으로 손을 내젓는다. 수돗물을 틀어놓고 여자는 개수대에 쌓여 있는 그릇을 씻는다. 스테이크를 구우려면 삼십 분을 더 기다려야 한다. 두툼한 고깃덩어리에 소금이 골고루 배어들게 하려면 그보다 더 오래 기다려야 할지도 모른다. 딱 딱 딱, 타닥타닥, 투닥투닥, 턱 턱 턱……

소음으로 꽉 찬 방은 월든이고 버몬드 숲이다. 한번 들어가면 절대 빠져나올 수 없는 미궁이다. 남자가 언제쯤 잠들었다가 깨는지 여자는 알지 못한다. 새벽에 배달된 우유를 마시고 신문을 읽으며 하루를 시작했던 일상에서 남자는 제외되었다. 아침 일찍 배달되는 신선한 우유와 신문은 여자의 몫이다.

남자는 여자와 섹스하고 함께 잠들었던 킹사이즈 침대가 놓인 방 안에 틀어박혀 나오지 않는다. 여자의 옷가지와 화장품, 베개와 이불을 밖으로 내놓고 갈아입을 옷이나 음식을 요구하지 않은 지 오래다. 지난 삼 년 동안 남자는 여자가 요리한 음식을 먹지 않았다. 필사적으로 요리에 매달리는 여자를 차갑고 단호하게 외면했다.

여자가 남자를 위해 처음 만들었던 음식은 달걀찜이었다. 뚝배기에 달걀 두 개를 깨뜨려 넣고 생수 반 컵을 부었다. 대파와 당근을 썰어 넣고 거품기로 휘젓다가 소금으로 간을 했다. 여자가 만든 달걀찜은 싱겁고 비린내가 났다. 뚝배기 가득 부풀어 오른 달걀찜이 불량식품이기라도 한 듯 남자는 못마땅한 얼굴로 여자를 쳐다보았다. 며칠 뒤 지방에 사는 남자의 어머니가 택배로 부친 김치가 도착했다. 여자는 잘 익은 배추김치와 밀폐용기에 담겨 있는 나물을 꺼내 저녁 식사를 차렸다. 노령의 시모가 김치를 보내놓고 금방 잊어버리는 바람에 여자는 한 달이면 대여섯 차례나 크고 무거운 택배 꾸러미를 받아야 했다.

시모의 김치가 일 년 열두 달 차고 넘쳤어도 젓갈이 듬뿍 들어간 배추김치와 파김치, 갓김치, 무김치를 여자는 먹을 수 없었다. 잔치해도 될 만큼 양이 많은 도라지, 고사리, 토란대, 취나물은 좀처럼 줄지 않았다. 여자는 끊임없이 배달되는 김치와 된장, 고추장, 나물과 젓갈을 주기적으로 음식물 쓰레기통에 버렸다.

시모가 보내준 홍어는 도저히 먹을 수 없는 음식으로 여자의 기억에 남아 있었다. 더운 날씨에 생선이 부패한 줄 알고 질겁했던 여자는 홍어가 담긴 통을 들고 밖으로 나가 아파트 공용 음식물 쓰레기통에 버렸다. 저녁 식탁에서 남자가 홍어를 달라고 말했고, 여자는 썩어가는 냄새가 역겨웠던 상한 생선에 대해 장황하게 설명해야 했다. 딱딱하게 굳은 얼굴로, 귀한 생선의 값어치를 알지 못한다고 화를 내는 남자에게 여자는 아무 말도 하지 못했다.

삭힌 홍어는 찜으로 초무침으로 전으로 만들어져서 도착했다. 여자는 시모의 음식에 좀처럼 길들지 않았다. 역하고 강렬한 냄새와 맛에 적응하기 어려웠다. 십수 년이 흐른 뒤 여자의 식탁에서 시모의 음식이 사라졌다. 노쇠한 시모는 더 이상 음식을 만들지 못했다. 평생 음식을 만들며 살아왔던 기억을 몽땅 잃어버렸다.

어머니의 음식을 더 이상 먹을 수 없게 되자 남자는 당황하고 고통스러워했다. 남쪽 지방에서 고등학교를 졸업하고 상

경한 남자는 대학에 다니는 동안에는 하숙집으로, 졸업 후 직
장 생활할 때는 자취방으로, 결혼한 뒤에는 아파트로 배달되
었던 어머니의 음식을 먹고 살았다. 어머니의 음식을 충분히
먹기 어려웠던 시기는 군 복무 기간뿐이었다. 남자가 원하면
언제라도 푸짐하게 음식을 만들어 보내주었던 어머니였다.
음식을 담은 보따리를 이고 지고 어머니가 면회를 오지 않았
다면 남자는 질이 나쁘고 양이 충분하지도 않은데다 맛도 없
는 식사로 허기를 채워야 했던 군 생활을 견뎌내기 힘들었을
터였다.

음식과 어머니를 남자는 따로 떼어 생각할 수 없었다. 음식
을 만들지 않는 어머니를 상상하기 어려웠다. 형수가 만든 형
편없는 음식으로 허겁지겁 배를 채우고 있는 어머니의 모습
을 보았던 날 남자는 억지로 젖을 떼이는 아이처럼 공포와 짜
증에 휩싸여 버럭 성을 내고 말았다.

남자는 밥 한 공기를 전부 비우지 못했다. 여자가 정성껏
차려준 음식을 조금씩 마지못해 먹으면서 무슨 맛인지 모르
겠다고 투덜거렸다. 냉장고와 김치냉장고를 청소하다가 여자
는 시모가 보내주었던 시어터진 파김치와 양념한 새우젓이 담
긴 밀폐용기를 발견했다. 김치냉장고 깊숙이 처박혀 있어서
먹거나 버리지 못했을 뿐인데 여자는 뜻밖에 횡재라도 한 듯
기뻤다. 잘 먹지 못해 눈에 띄게 살이 내린 남자를 위해 여자
는 신 냄새가 진동하는 파김치와 군데군데 곰팡이가 낀 새우

젓으로 식탁을 차렸다. 무심한 얼굴로 식탁에 앉았다가 몇 달 동안 구경조차 하지 못했던 어머니의 음식을 보고 놀라고 좋아할 남자의 모습을 떠올리면서 여자는 조용히 미소 지었다.

남자는 젓가락으로 파김치와 새우젓을 두어 번 집어 먹었다. 끼니마다 꼬박꼬박 음식을 먹어야 하는 일이 괴롭고 지겹다는 얼굴로 삭힌 홍어처럼 지독한 냄새를 풍기는 파김치와 새우젓을 억지로 씹어 삼켰다. 여자는 강렬한 맛과 향에 무감각해진 남자가 이상하고 낯설었다. 어머니의 음식에 집착했던 남자가 저항이라도 하듯 시큰둥해진 까닭을 알 수 없었다.

백화점 식품매장과 대형마트, 재래시장과 농산물 직거래센터로 바쁘게 돌아다니면서 여자는 김치와 된장, 생선을 사들였다. '호남식당' 상호를 내걸고 삼십여 년 동안 식당을 하는 아주머니에게 젓갈이 듬뿍 들어간 배추김치를 담가달라고 부탁했고, 농산물 직거래센터와 백화점 식품매장에서 된장과 고추장, 알이 꽉 찬 굴비와 생물 갈치를 샀다.

여자는 젓갈 냄새가 진동하는 배추김치를 꺼내 접시에 담았다. 된장찌개에 청양고추를 썰어 넣고, 굴비 두 마리와 갈치 한 토막을 석쇠에 구웠다. 손님처럼 식탁으로 와서 앉은 남자는 여자의 수고와 정성에 감동하기는커녕 귀찮은 일을 억지로 떠안은 사람처럼 젓가락을 손에 쥐고 느릿느릿 밥과 반찬을 집어 먹었다.

"추운데 창문을 왜 활짝 열어놓은 거야?"

밥을 먹다 말고 자리에서 일어난 남자가 구시렁대면서 베란다로 나가 창문을 닫았다.

"음식 냄새가 나잖아."

여자는 신경질적으로 소리치면서 다시 베란다 창문을 열었다.

"무슨 냄새가 난다고 그래?"

젓갈과 된장찌개, 구운 생선 냄새가 진동하는데도 남자는 여자가 거짓말이라도 한다는 듯이 짜증스럽게 말했다.

"코가 막힌 게 아니라면 어떻게 냄새를 못 맡아."

남자는 더 이상 밥을 먹으려고 하지 않고 거실 소파에 앉아 리모컨으로 텔레비전을 켰다.

편식하는 아이처럼 까다롭게 구는 남자가 못마땅했음에도 여자는 먹여야 한다는 의무감으로 날마다 바쁘게 시장을 돌아다녔다.

해가 뜨기 전에 일어난 여자는 수산 시장으로 갔다. 산낙지와 꽃게라면 남자가 두말하지 않으리라 생각했다. 요리하는 방법이 특별히 까다롭거나 어렵지 않은 재료였다. 객지 생활로 수척해진 남자가 고향집으로 내려가면 시모는 어시장으로 달려가 산낙지와 꽃게를 샀다. 산낙지는 썰어서 참기름에 찍어 먹거나 맑은 탕을 끓이고 꽃게는 찜으로 탕으로 장으로 만들어졌다. 남자의 배를 채워주려고 시모는 온종일 찌고 무치고 끓여대면서 애면글면했다.

—꽃게라면 자다가도 벌떡 일어나서 묵었던 아그란다, 저 미가 말다.

산낙지를 썰어 접시에 담고 꽃게 다섯 마리를 찌면서 여자 는 시모의 말을 곱씹었다.

음식을 차려놓고 여자가 남자를 불렀다.

"손 씻고 와. 당신이 좋아하는 꽃게찜 해놨으니까. 산낙지 도 있어."

새로운 메뉴를 개발하고 시식을 기다리는 요리사처럼 들뜬 목소리로 여자가 말했다.

남자는 만사가 귀찮다는 얼굴로 식탁으로 와서 느릿느릿 꽃게 살을 발라 먹고 꿈틀거리는 낙지 한 점을 집어 힘겹게 씹어 삼켰다.

"내일은 꽃게탕을 해줄게. 당신, 꽃게 좋아하잖아. 자다가 도 벌떡 일어나서 먹었다면서."

우는 아이를 어르고 달래는 심정으로 여자가 말했다.

"내가 언제?"

접시에서 꿈틀거리는 산낙지를 뚫어져라 쳐다보면서 금시 초문이라는 듯 남자가 시큰둥하게 대꾸했다.

식욕 부진은 남자의 일상에 균열을 만들어놓았다. 남자는 자주 식사를 걸렀다. 늦잠을 잤고 억지로 끌려가는 사람처럼 인상을 찌푸리면서 출근했다.

여자는 더 이상 시모의 음식을 흉내 내고 싶지 않았다. 이
제 남자는 여자가 만들어주는 음식에 길들어야 했다. 먹지 않
으려고 하는 아이를 억지로 식탁에 앉힐 수 있겠지만 대신 먹
어줄 수는 없었다. 허기가 지면 먹으리라고 생각했다.

여자는 젓갈을 넣지 않고 백김치와 열무김치를 담갔다. 갈
비와 불고기, 오리고기와 삼겹살을 구워도 식탁으로 남자를
부르지 않았다.

두꺼운 펜을 사용하라

특별한 이유 없이 남자는 십삼 년 동안 다녔던 직장에서 퇴
직했다. 수년 전부터 회사는 구조조정으로 들썩이고 있었다.

양복을 입고 객장 관리를 했던 남자는 온종일 방 안에 틀어
박혀 받침대 위에 얹은 둥근 드럼 패드를 두드려댔다. 고무줄
로 묶을 수 있을 만큼 길게 자란 남자의 머리카락과 지저분하
게 덮인 턱수염, 움푹 팬 눈동자는 오랜 세월 세상과 단절되
어 살아온 사람처럼 보였다.

이제 막 걸음마를 배운 돌배기 아이처럼 남자는 어설픈 자
세로 양손에 스틱을 쥐고 끝장을 보려는 듯 거칠게 드럼 패드
를 두들겼다. 남자는 방 안에서 나오지 않았다. 악취가 진동
하는 방 안에서 시위라도 하듯 드럼 패드를 쳐댈 뿐이었다.

"세계적인 드러머가 될 거야."

남자의 말을 듣고 여자는 웃음을 참을 수 없었다. 난생처음 붓을 잡은 아이가 피카소 같은 대작가가 되기를 바라고, 토슈즈를 신고 첫걸음을 떼면서 이사도라 덩컨을 꿈꾸는 것과 다르지 않았다. 아이들은 순진하고 무지하지만 남자는 어리석었다.

최후의 작품을 집필하기 위해 필사적으로 매달리는 노작가처럼 양손에 스틱을 움켜잡은 남자는 아무것도 먹으려고 하지 않았다.

남자의 방은 시나브로 숲으로 변했다. 잡초가 무성하고 길이 지워졌다. 악취가 진동하는 방 안에서 남자는 발악하듯 거칠게 스틱을 두들겨 댔다.

낡은 프라이팬이 금세 뜨거워진다. 여자는 가스 불을 줄이고 소금이 알맞게 밴 고깃덩어리를 팬 위에 얹는다. 밀폐된 실내는 고기 굽는 냄새로 꽉 찬다. 거무스름한 살점이 짙은 검은빛을 띠면서 익어간다. 여자가 서둘러 고기를 뒤집어놓는다.

완벽한 요리 레시피를 얻으려고 여자는 삼 년을 기다렸다. 국내 최고라고 자처하는 요리학원 강사와 중식 한식 일식당 주방장, 유명 레스토랑 셰프들은 여자에게 완벽한 레시피를 가르쳐주지 않았다. 하나같이 자신이 최고라고 떠벌렸던 그 사람들은 특별하지도 독특하지도 않은 그저 그럴듯해 보이는 요리를 만들어내는 기술자들일 뿐이었다. 자신의 부엌에서 최고라고 자처했던 사람 중에 여자의 시모가 있었다. 여자의 시모는 유명하거나 유명하지 않은 요리사들 대부분이 그랬듯 아낌없는 찬사를 듣고 싶어 했다. 시모는 여자에게 부엌을 맡기지 않았다. 시모의 부엌에서 음식을 만들 수 있는 사람은 시모 한 사람뿐이었다. 지문이 닳아 없어진 마디 굵은 손으로 김치를 담그고 나물을 무치고 생선을 찌고 구우면서 시모는 오로지 손맛과 정성만이 맛의 비법이라고 입이 닳도록 말했었다.

"재료를 아끼지 말아야 혀."

비방을 일러준다는 듯이 시모는 의뭉스럽게 말했다.

시모는 계량스푼이나 저울을 사용하지 않았다. 음식을 만들면서 짠지 싱거운지 맛이 있는지 없는지 먹어보지 않았다. 모양과 색깔, 크기가 제각각인 단지에서 꺼낸 고춧가루와 소금, 깨, 설탕, 참기름 같은 양념을 눈대중으로 넣고, 재빨리 버무려 상을 차려냈다.

부엌 찬장과 식기장에는 짝이 맞지 않는 낡고 오래된 그릇들이 차곡차곡 쌓여 있었다. 물을 사용하려면 가스레인지가 놓인 외짝 싱크대와 비좁은 조리대 옆을 지나 수돗가로 나가야 했다. 시모는 시멘트를 발라 턱을 만들어놓은 수돗가에 쭈그리고 앉아 음식 재료를 씻고 다듬고 썰고 무쳤다.

겨울에도 난방이 되지 않아 춥고 옹색한 부엌에서 시모는 배추를 절이고 무를 썰고 김칫소를 만들었다. 양념단지와 크고 작은 함지, 절여서 물기를 뺀 배추가 채반에 산더미처럼 쌓여 있었다. 달여서 식힌 멸치젓, 고춧가루, 소금과 깨, 다진 마늘, 대파를 아낌없이 넣고 김칫소를 버무리다 말고 시모가 양념이 묻은 손으로 찬장을 가리키면서 열어보라고 말했다. 여자가 불투명한 유리 문짝이 달린 찬장을 열자 시모는 마른 미역이며 다시마며 김이며 음식 재료들이 빽빽하게 들어 있는 찬장 안을 눈으로 훑으면서 비닐봉지에 든 것을 꺼내라고 일렀다. 여자는 기름과 고춧가루로 얼룩이 져서 내용물이 무언지 알 수 없는 비닐봉지를 꺼내 시모의 손에 건네주었다. 비닐봉지 안에는 누렇게 색이 바랜 봉지가 담겨 있었다. 시모는 양념이 묻은 손으로 봉지를 흔들어서 함지에 담겨 있는 김칫소 위에 뿌렸다. 샤프펜슬 심처럼 가느다랗고 하얀 알갱이의 정체가 무언지 여자는 알 수 없었다.

　"이걸 넣으면 맛이 쪼매 더 낫더라."

　여자에게 봉지를 건네주면서 시모가 능글맞게 말했다. 글자가 지워지고 양념이 묻어서 지저분한 봉지 안에 담겨 있는 내용물은 화학조미료가 분명했다. 여자는 젖은 행주로 봉지에 묻은 양념을 슬쩍 닦아내고 기름으로 얼룩진 비닐봉지를 새것으로 바꿔 찬장 안에 넣었다.

　완벽한 요리 레시피에 여자는 화학조미료를 추가했다. 반드시 계량스푼과 저울을 사용해야 하고, 청결한 주방 상태가 요리의 기본이라고 강조했던 요리학원 강사와 주방장들이 알려주지 않은 재료였다.

요리사의 긍지와 자부심을 찾아볼 수 없었던 중년 사내는 여자가 만난 최고의 주방장이었다. 여섯 개의 테이블이 놓인 작은 식당에서 일하는 사내는 어떤 음식이든 군말 없이 척척 만들어냈다. 좁고 지저분한 식당 벽에는 육개장, 설렁탕, 김치찌개, 된장찌개 같은 한식 종류와 돈가스, 생선가스, 제육볶음 등 고기 메뉴와 냉면, 쫄면, 스파게티, 칼국수, 라면 등 면 종류와 만두, 수제비, 김밥, 떡볶이까지 사람이 먹을 수 있는 음식 수십 가지가 큼직한 글씨로 적혀 있었다.

최소한의 재료와 짧은 시간은 사내의 요리 철학이고 자랑이었다. 화력이 센 가스 불 앞에서 세 가지 요리를 동시에 만들어내는 사내는 손님이 남긴 음식을 재활용하고 유통기한이 지난 재료도 절대 버리지 않았다. 덥고 비좁은 주방에서 쉴 새 없이 재료를 썰고 볶고 튀기느라 땀으로 셔츠가 펑 젖어도 불평하지 않던 사내는 주문이 뜸한 시간에 환풍기가 돌고 있는 주방 구석진 자리에서 담배를 피우고 개수대에서 얼굴을 씻었다. 여자의 시모처럼 요리하면서 맛을 보려고 하지 않던 사내는 유능한 요리사로 손색이 없었다.

최소한의 재료와 짧은 시간을 여자는 완벽한 요리 레시피에 추가했다.

너무 익히지 말라

남자를 먹이려고 여자는 요리를 배웠다. 세계적인 드러머를 꿈꾸는 남자가 굶어 죽기는 시간문제였다.

기억을 잃어버린 노령의 시모는 식욕이 왕성해서 불필요할 만큼 많이 먹었다. 곁에서 돌보고 감시하는 눈이 없었다면 지문이 닳아 없어진 자기 손까지 먹어치웠을지 모른다. 시모는 애원하고 화를 내고 울고 사정하면서 수시로 음식을 입에 넣었다. 평생 가족을 위해 새벽부터 저녁까지 썰고 무치고 지지고 볶고 찌고 튀겨냈던 거칠게 갈라진 뭉툭한 손으로 시모는 부지런히 자기 배를 채웠다.

어머니의 음식 맛은 남자의 기억에서 지워져갔다. 두 눈을 불안하게 희번덕거리면서 스틱을 두드려댈 뿐 남자는 먹으려고 하지 않았다. 여자는 날마다 새로운 요리를 만들었다. 요리학원에 다니면서 계량스푼과 저울로 재료와 양념의 무게를 재고 정해진 시간에 레시피에 따라 요리하는 방법을 배웠다. 인터넷을 샅샅이 뒤져 맛과 향을 짐작하기 어려운, 화려하고 아름다운 요리를 만드는 요리사를 찾아냈던 여자는 긍지와 자부심에 불타는 요리사에게 맛의 비법을 배우려고 더러운 그릇들이 산더미처럼 쌓여 있는 구정물 통에 손을 집어넣고 몇 시간 동안이나 불평하지 않고 설거지했다.

　미각을 잃어버린 남자를 다시 식탁에 앉힐 수만 있다면 여자는 하지 못할 일이 없었다.

　육질의 부드러운 맛을 느끼려면 너무 익히지 말아야 한다. 겉을 살짝 익히고 속은 전혀 익히지 않은 스테이크를 즐기는 사람들이 있다. 질기고 단단한 고기를 선호하는 쪽이라면 안심할 수 있을 만큼 충분히 오랫동안 구워야 한다. 요리란 먹는 사람을 위해 만들어진다. 다른 사람의 취향을 비난하거나 주제넘게 참견하는 일은 피해야 한다.

　고기는 알맞게 잘 익었다. 요리용 온도계를 찔러보거나 칼집을 넣어 색깔을 살펴보지 않아도 여자는 완벽하게 구워진 스테이크를 눈으로 확인할 수 있다. 유능한 요리사는 요리를 만들면서 먹어보지 않는다. 쓸데없이 많은 도구를 사용하지 않고 자신이 완성한 요리가 완벽하다는 사실을 의심하지 않는다.

　먹는 사람의 입에서 비명처럼 터져 나오는 탄성과 찬사로 요리는 완성된다. 지난 삼 년 동안 셀 수 없을 만큼 많은 종류의 음식을 만들었음에도 여자는 칭찬이나 감사의 말은커녕 수고에 대한 위로의 말조차 듣지 못했다. 먹지 않는 남자는 냉정하고 인색했다. 고마움을 모르는 몰염치한 사람이었다.

남자는 여자 몰래 무언가를 먹고 있는지도 모른다. 사람은 먹는 행위를 멈출 수 없고, 육체는 나약해서 음식물이 없으면 생존하기 어려운 법이다. 밖으로 통하는 길을 찾을 수 없는 밀림에서 남자는 나무에 매달린 열매와 풀, 뱀이나 악어 같은 파충류를 잡아먹고 흙탕물로 목을 축여야 했을 터이다. 날것과 다르지 않은 스테이크를 즐기는 사람들처럼 불을 사용하지 않고도 요리하는 방법을 찾아냈을지 모른다.

레스팅

여자가 희고 둥근 접시 하나를 꺼내 바짝 익힌 스테이크 덩어리를 담아놓는다. 토마토며 삶은 옥수수, 데친 브로콜리, 찐 감자 대신 씻어서 물기를 빼놓은 적양배추 한 장을 채 썰어 접시 가장자리에 얹는다.

육즙이 골고루 퍼지도록 기다리지 않아도 된다. 충분하게 익힌 고기가 식어간다. 부드럽고 촉촉한 스테이크가 아님에도 치아가 건강한 여자는 얼마든지 씹어 삼킬 수 있다.

스테이크와 적양배추 요리가 담긴 접시를 식탁에 가져다 놓고 여자가 어질러진 주방을 둘러본다. 남자는 서양 요리사들이 까다롭게 지키려고 하는 레스팅이 필요했는지도 모른다. 방점을 찍으려고 했던 남자는 마침표를 향해 달려갔다.

냄새를 맡지 못하게 된 남자는 시간이 지나면 자연스럽게 후각이 돌아오리라 믿고 싶어 했다. 미각을 완전히 상실한 뒤에야 남자는 자기 몸에 심각한 문제가 생겼음을 인정할 수밖에 없었다. 남자는 맛과 향이 없는, 물컹하거나 딱딱한 음식을 억지로 씹어 삼켰다. 햇볕에 수분이 마르듯 남자의 몸에서 시나브로 기억이 빠져나갔다. 알코올에 취한 사람처럼 남자는 자주 휘청거렸다. 무엇을 잃어버렸는지 알 수 없고 무엇을 잊게 될지 알지 못했다. 이비인후과와 신경과를 오가면서 상담과 치료를 받았지만 남자는 달아난 기억을 찾을 수 없었다.

명예롭게 직장을 나오지 못했던 남자는 햇빛이 환한 한낮에 종로 길을 걷다가 악기를 파는 상점 앞에서 걸음을 멈췄다. 딱히 사고 싶은 악기는 없었다. 출입문을 열고 안으로 들어가기 전까지 남자는 세상에 그렇게 많은 종류의 악기가 있는 줄 알지 못했다.

테이블 위에 바이올린을 올려놓고 줄을 갈아 끼우고 있던 악기점 주인이 드럼 세트 앞에서 멍한 눈빛으로 서 있는 남자를 힐긋 바라보았다.

"실용음악 학원을 하십니까? 아니면……"

악기점 주인이 줄을 갈아 끼운 바이올린을 손님에게 건네주고 드럼 세트 앞에 서 있는 남자 곁으로 다가와 물었다.

"제가 한번 쳐보려고요."

남자는 크기와 모양이 제각각인 여러 개의 북과 심벌즈에 차례로 손을 얹었다가 손바닥으로 전해지는 금속의 차가움에 진저리를 치면서 한 걸음 물러섰다.

"취미로 살 만한 악기가 아니죠. 바이올린이나 기타라면 모르지만."

악기를 사려고 들어온 손님이 아니라고 생각했는지 주인은 심드렁하게 대꾸하고 테이블에 널려 있는 바이올린 줄을 치웠다.

주인의 무관심에 주눅 들지 않고 남자는 악기점에서 가장 밝고 환하게 반짝이는 드럼 세트 앞으로 다가가서 손바닥으로 커다란 북을 두드리기 시작했다. 금속의 차가움에 감전되기라도 한 듯 손바닥이 찌릿찌릿했다. 남자는 초등학교에 다니는 동안 트라이앵글이나 캐스터네츠로 합주했던 기억이 있지만 그 뒤로 악기를 연주할 기회가 없었다. 십삼 년 동안 직장 생활을 하면서 동료들과 회식을 마치고 몰려갔던 노래방에서 탬버린을 흔들어댔을 뿐이었다.

북과 심벌즈의 단순하면서도 강렬한 소리에 남자는 매료되었다. 손바닥으로 전해지는 찌릿찌릿한 느낌이 마음에 들었다. 터무니없이 자리를 많이 차지한다는 점이 흠이지만 남자는 드럼 세트를 사고 싶었다.

"집 안에 드럼 세트를 두고 치는 사람은 없습니다. 드럼을 배우고 싶으면 실용음악 학원으로 가세요. 학원은 방음시설이 잘 돼 있으니까 시끄럽다고 항의가 들어오거나 하는 일은 없을 겁니다."

악기점 주인은 남자에게 드럼을 팔고 싶은 마음이 없는 듯했다.

몇 명의 손님이 들어왔다가 나가는 동안 남자는 드럼 세트 앞에서 꼼짝하지 않았다. 팔지 않는 물건을 억지로 사려는 사람처럼 남자는 초조한 얼굴로 악기점을 둘러보았다. 출입문 옆으로 벽을 따라 꽹과리와 징이 걸려 있고 양쪽 마구리에 가죽을 씌워놓은 장구와 북이 보였다. 크기가 제각각인 피리와 단소라면 악기점 주인이 군말 없이 팔겠다고 할 터였다.

"초보자한테는 이게 제격입니다. 집에서 두드려도 뭐라 할 사람이 없을 테고요. 방바닥에 두꺼운 담요를 깔아놓는다면 말이죠."

2인용 냄비 뚜껑만 한 드럼 패드 하나와 스틱 두 개, 받침대를 꺼내놓으면서 악기점 주인이 말했다.

초보자는 수영선수처럼 빠르게 헤엄칠 수 없고, 난생처음 바이올린을 배우려고 하는 아이에게 고가의 수입 바이올린이 필요하지는 않다고 악기점 주인이 말했다. 화려하게 빛나는 드럼 세트에 홀려 있던 남자는 세계적인 연주자들도 처음부터 좋은 악기로 연주하지는 않았으리라는 악기점 주인의 말에 고개를 끄덕였다.

값이 싸고 휴대하기 간편했음에도 드럼 패드는 드럼 세트와 전혀 비슷하지 않았다. 둔탁한 소리를 내는 패드가 썩 흡

족하지는 않았지만 남자는 걸음마를 시작한다는 마음으로 값을 치르고 밖으로 나와 출입문 너머로 눈부시게 반짝거리는 드럼 세트를 한 번 더 쳐다보았다.

둥글게 깎인 스틱의 단단하면서 부드러운 촉감이 좋았다. 남자는 손에 쥔 스틱을 입에 넣고 맛을 보고 싶었다. 금지된 약물을 몰래 먹으려고 하는 사람처럼 남자는 주위를 살피면서 재빨리 스틱을 입에 넣었다. 달콤하거나 시거나 짜거나 맵거나 쓴맛조차 느껴지지 않는 길쭉한 막대기는 하루 세 번 규칙적으로 식탁에 차려지는 음식처럼 밍밍했다. 떫거나 느끼하거나 비릿하거나 구역질이 치미는 역겨운 맛조차 느낄 수 없는 딱딱하고 건조한 무취의 사물이었다.

식탁 위에 완벽한 스테이크와 적양배추 요리가 놓여 있다. 남자는 신선하고 질 좋은 재료로 정성껏 만든 여자의 요리를 먹을 수 없다.

스테이크는 바짝 말라 쪼그라들었다. 시간이 조금 더 지나면 기름이 엉기고 딱딱하게 굳어 먹기 어려울 듯싶다.

여자가 남자의 방으로 들어가서 벽을 더듬어 스위치를 누른다. 형광등이 서너 번 껌뻑거리다가 켜진다. 커튼이 무겁게 드리워진 창 쪽으로 드럼 패드가 받침대 위에 놓여 있고 둥글게 깎인 스틱 하나가 바닥에서 구른다. 스틱을 주위 들고 여자가 나머지 하나를 찾으려고 두리번댄다. 송년회에 참석하려고 집을 나간 남자는 돌아오지 않았다. 남자를 불러낸 사람은 직장 동료들이었다. 비슷한 시기에 명예퇴직을 한 사람들이 번갈아가면서 전화를 걸어 명예퇴직자들만의 송년회에 나오라고 남자를 부추겼다.

눈이 내리는 날 저녁, 남자는 양복 위에 두꺼운 점퍼를 걸치고 지하철을 탔다. 연말을 앞두고 사람들로 붐비는 지하철에서 남자는 아파트 주차장 어딘가에 세워놓은 자신의 소나타를 떠올렸다. 차를 가지고 나오지 않았어도 남자는 불편하거나 아쉬운 줄 몰랐다. 운전대를 잡고 도로를 달렸던 날이 까마득히 오래전인 듯했다.

밤늦도록 남자는 귀가하지 않았다. 새벽에 깜빡 잠들었다가 여자는 전화벨 소리에 놀라 잠에서 깼다. 전화를 건 사람은 남자가 아니었다. 수화기 너머로 들려오는 어지러운 발걸음 소리와 사람들이 내지르는 소음 탓에 여자는 발신자의 말을 정확하게 알아듣기 어려웠다. 여자는 베란다로 나가 창문을 열었다. 밤새 퍼붓던 눈이 그치고 뿌옇게 날이 밝아 있었다. 여자는 방으로 들어와 주섬주섬 옷을 갈아입었다.

초저녁부터 마신 술이 2차, 3차로 이어졌다. 취기가 돌고, 남자들은 말을 달리듯 술자리를 옮겨가면서 끝장을 보려는 기세로 마셔댔다. 거리와 술집마다 가는 해를 아쉬워하며 먹고 마시고 떠들고 싸우는 사람들로 넘쳐났다. 술에 취해 휘청거리면서 남자들이 마지막으로 가려고 했던 곳은 노래방이었다. 넥타이를 풀어 전리품처럼 이마에 두르고 탬버린을 흔들면서 목이 터져라 노래 부르고 나면 막혔던 숨통이 트일 듯싶었다.

인근의 노래방은 만원이었다. 노래방마다 정신없이 몸을 흔들고 악을 쓰고 노래 부르는 사람들로 꽉 차서 발 디딜 자리가 없었다. 명예퇴직한 남자들에게 송년의 밤은 남다른 의미로 다가왔다. 어떤 일도 할 수 없을 듯해서 괴롭고 막막했던 심정은 무엇이라도 할 수 있다는 자신감으로 충만해졌다. 다섯 명 중 셋이 자동차를 가지고 왔는데 한 차에 모두 타기로 했다.

술에 취한 남자들은 도시를 벗어나 한적한 도로를 미친 듯이 달렸다. 노래를 부를 수만 있다면 북적거리는 도시의 번화가가 아니더라도 상관없었다. 운전대를 잡은 사람이 누구인지 눈이 내리는 도로가 얼마나 미끄러운지 아무도 알려고 하지 않았다. 성미 급한 한 사람이 자동차 뒷자리에서 넥타이를 풀고 노래를 부르기 시작했다. 다섯 명의 남자들은 약속이라도 한 듯 하나같이 양복 차림이었다. 고등학교 졸업식 날 길고 암담했던 학창 시절을 마감하는 기념으로 어둡고 칙칙한 교복을 찢으면서 환호성을 지르는 남학생들처럼 남자들은 양복 윗도리를 벗어 던지고 넥타이를 풀면서 노래 불렀다.

눈이 쏟아지는 어두운 도로에서 남자가 조수석 창을 내렸다. 눈발이 차창 안으로 들이쳤는데 투덜대거나 짜증을 내는 사람은 없었다. 남자는 어둠 속을 달려가면 크고 아늑한 실내에 음향시설이 완벽하게 갖추어진 노래방이 나타나기를 바랐다. 종로 악기점에서 보았던 드럼을 머릿속으로 떠올리면서 남자는 드럼을 치면서 노래 부를 수 있는 곳이면 좋겠다고 생각했다. 자동차 앞 유리창 쪽을 향해 두 팔을 뻗고 부드럽게 손에 잡히는 스틱의 감촉을 상상하면서 남자는 천천히 손을 움직였다.

조심스럽게 움직이던 남자의 두 손이 빠르게 내달리는 자동차의 속도를 따라 정신없이 사방으로 흔들렸다. 폭발할 듯한 강렬한 사운드가 남자의 귀청을 찢었다. 급제동이 걸리고 다섯 명의 남자를 태운 자동차가 제자리에서 정신없이 돌기 시작했다. 남자들의 몸이 자동차를 따라 한쪽으로 쏠렸다가 흩어지기를 반복했다. 누군가 음 소거 버튼을 눌러놓은 듯 남자는 아무 소리도 들을 수 없었다. 중심을 잃고 비틀거리던 자동차가 가드레일을 치고 벼랑 아래로 굴러떨어졌다. 남자의 몸은 전복된 자동차의 깨진 앞 유리창 밖으로 튕겨 나갔다. 손바닥으로 전해지는 금속의 차가움을 온몸으로 느끼면서 남자는 진저리쳤다. 남자의 머리와 뺨이 가장 먼저 땅에 닿았다.

여자가 침대 밑에서 찾아낸 스틱 하나를 침대 위에 올려놓고 방에서 나온다.

완벽한 스테이크와 적양배추 요리가 여자를 기다리고 있다. 여자를 위해 차려진 만찬이다. 딱딱하게 굳은 스테이크를 가위로 듬성듬성 잘라 한 조각 입에 넣고 여자가 천천히 씹어 삼킨다.

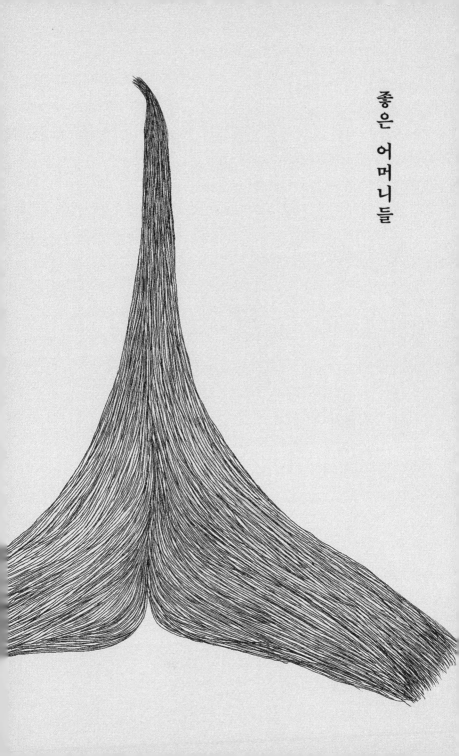

좋은 어머니들

지난밤 어머니의 병세가 위중해서 종합병원 응급실로 모셨다고 했다. 재욱은 휴대전화를 귀에 대고 서서 귀향하라고 재촉하는 막내에게 건성으로 대꾸하며 사거리 길을 따라 둥글게 꽃이 피어난 겹벚꽃 나무를 바라보았다. 며칠 사이 벚꽃이 지고 겹벚꽃 나뭇가지마다 분홍빛 꽃이 만개했다. 아침 산책은 재욱이 은퇴하던 해부터 시작된 습관이었다. 사거리를 지나 천변으로 내려가면 산책로가 나온다고 알려준 사람은 재욱의 아내였다.

　집으로 돌아와 샤워하고 급하지 않은 일 몇 가지를 느릿느릿 처리하다가 재욱은 아내와 상의 없이 이튿날 정오에 출발하는 비행기표 한 장을 예매했다. 여든여덟 살 어머니는 지난 몇 년 동안 입원과 퇴원을 반복하고 있었다. 몇 차례 위험했던 고비가 없지는 않았어도 어머니가 손수 장만해 장롱 깊숙이 넣어두었던 수의를 꺼내야 할 일은 생기지 않았다. 홀로 억척스럽게 세 아들을 키워낸 어머니는 호락호락 명줄을 놓칠 사람이 아니었다.

한 시간 남짓 재욱이 병상을 지키고 있는 동안 어머니는 눈을 뜨지 않았다. 막냇동생 종욱이 병실에 두어 시간만 있어달라고 재욱에게 부탁하면서 어머니가 종이 기저귀를 차고 있으며 갈아줘야 할 일이 생길지 모른다고 귀띔했다. 고향에서 제수와 함께 식당을 운영하는 종욱은 어머니의 병구완까지 도맡아 하고 있었다. 비용은 얼마든지 댈 테니까 전문 간병인을 구하라고 벌써 여러 차례 재욱이 말했음에도 어머니가 마다하고 종욱 역시 간병하는 일이 힘들다고 하지 않았다.

대나무처럼 꼿꼿했던 어머니는 바싹 말라 얼굴이며 팔이며 살점이 하나도 붙어 있지 않았다. 재욱이 온 줄 알았다고 해도 반가워했을 리 없었다. 명절과 크고 작은 집안 행사를 치를 때마다 큰아들을 어려운 손님처럼 맞았던 어머니였다. 재욱이 좋아하는 돔회며 매운탕이며 정성스럽게 만들어주면서도 책망당하지 않으려고 눈치를 살피고 조심하는 기색이 역력했다. 한 치도 소홀함 없이 먹을거리를 챙기고 잠자리를 살피는 어머니의 모습은 객지에서 내려온 큰아들이 아니라 까다롭고 불편한 손님치레하는 듯했다. 빈틈없이 챙기고 대접해 주고 혹여 부족할까 전전긍긍하는 어머니가 불편해서 재욱은 고향집에 내려와도 느긋하게 머물러 있지 못했다.

병상 주위로 구린내가 진동했다. 어머니는 아무것도 모른다는 듯 두 눈을 감고 꼼짝하지 않았다. 잠에서 깨지 않았다고 속이고 싶었을 테지만 다섯 명의 환자로 병상이 꽉 찬 병실에 악취가 퍼져 숨을 내쉬기 어려울 지경이었다. 무엇을 어떻게 해야 할지 몰라 허둥거리다가 재욱은 개인 수납장을 열어놓고 차곡차곡 쌓여 있는 환자용 종이 기저귀 더미를 바라보았다. 오래전 두 아이를 키우면서 대소변 묻은 기저귀를 갈아주었던 기억을 떠올리기 어려울 만큼 불편하고 난감한 상황에 당황해서 재욱은 진땀이 흘렀다.

깊이 잠들었다고 시위라도 하는 양 어머니는 완강하게 눈을 감고 있었다. 설령 억지로 눈을 뜨게 만든다고 해도 어머니의 옷을 벗길 수 없었다. 순순히 큰아들에게 아랫도리를 내맡길 어머니가 아니었다. 재욱은 종이 기저귀 한 장을 꺼내 병상 발치에 던져놓고 복도로 나왔다. 난처한 상황에서 벗어나려면 종욱에게 전화를 걸어 자초지종을 털어놓고 도움을 청할 수밖에 없었다.

종욱은 곧장 병원으로 오겠다면서 걱정하지 말고 기다리라고 했다. 재욱을 탓하거나 어머니를 성가셔하는 기색은 없었다.

재욱과 통화하고 십여 분이 지나 종욱이 병실에 도착했다.

"우리 엄마, 아기지? 그래서 기저귀에 실례하는 거잖아."

병상 주위에 커튼을 둘러쳐놓고 종욱이 어머니를 달래고 어르는 동안 재욱은 병실 입구 쪽에 어정쩡한 자세로 서 있었다. 잠투정하면서 보채거나 먹지 않으려고 떼쓰는 아기를 보듬고 타이르는 듯 믿을 수 없을 만큼 나긋나긋하고 살가운 목소리였다.

"깨끗하게 닦아줄게요. 걱정하지 않아도 돼요. 옳지, 우리 엄마 참 착하네."

어머니의 목소리는 들리지 않았다. 어떤 표정을 짓고 있을지 알 수 없었다. 재욱은 오물로 범벅이 되어 있는 어머니의 아랫도리를 상상하지 않았다.

재욱이 어머니 곁에 있어도 딱히 도움이 될 일은 없을 듯싶었다. 임종을 준비해야 할 만큼 어머니의 상태가 나빠 보이지 않았어도 곧바로 비행기를 타겠다고 말하기는 어려웠다.

병원을 나와 무작정 걷다가 재욱은 기사식당 간판이 붙어 있는 식당으로 들어갔다. 점심을 먹지 않아서 배가 고팠고 술을 한잔 마시고 싶었다. 설렁탕과 소주를 주문하고 깍두기를 안주로 술을 마셨다. 어린아이에게 하듯 다정하게 어머니를 달래고 돌보는 종욱이 대견했음에도 소외감을 떨칠 수 없었다. 어머니와 종욱은 친밀감을 넘어서 특별한 애정으로 이루어진 모자지간이었다.

어머니를 모시고 살고 싶다고 벌써 여러 차례 말했는데 재욱은 번번이 거절당했다. 맞벌이하는 큰아들 내외에게 폐를 끼치고 싶지 않고 고향을 떠날 수 없다는 이유였다. 재욱과 재욱의 아내가 은퇴하고 한가하게 시간을 보내기 시작했을 무렵 어머니는 암 진단을 받았다. 입원할 병원을 수소문하면서 재욱은 어머니를 서울로 모시고 오라고 종욱에게 전화를 걸어 말했다. 병원에서 수술받고 퇴원하면 어머니를 집으로 모시고 와서 돌봐드리자고 하는 재욱에게 재욱의 아내는 토를 달지 않았다.

어머니를 간병하면서 마음의 짐을 덜고 싶었다. 다달이 어머니 앞으로 용돈을 보냈고, 종욱에게 목돈을 보내거나 자동차를 바꿔주었어도 동생에게 어머니를 떠맡겼다는 부담감은 덜어지지 않았다. 시집살이는커녕 이따금 내려가도 큰며느리라고 딱히 할 일이 많지 않았던 재욱의 아내는 말년의 시어머니를 봉양하는 의무를 당연하게 받아들이려는 눈치였다. 사십 년 넘게 섬과 육지로 떨어져서 살았던 탓에 멀게 느껴졌을 뿐 재욱은 어머니가 싫다거나 부담스럽지 않았다.

어머니는 육지로 오지 않았다. 자궁에서 자라는 암세포보다 어머니는 비행기를 더 무서워했다. 평생 한 번도 타지 않은 비행기에 억지로 태울 수 없었다. 시간이 오래 걸리더라도 배를 타고 오시라고 우기기도 어려웠다. 어머니는 섬에 있는 종합병원 산부인과에 입원하고 수술받았다. 대기실에 앉아 수술이 끝나기를 초조하게 기다리다가 어머니를 모시고 갈 수 없다면 자신이 고향으로 내려와서 살아도 좋겠다고 재욱은 생각했다. 큰아이는 결혼했고 작은아이는 직장 가까운 곳에 방을 얻어 혼자 지내고 있었다. 은퇴 후 소일거리 없이 지루하게 시간을 보내는 재욱과 달리 등산이며 친목계 따위로 바쁘게 살고 있는 아내에게 고향으로 내려가서 살자고 하면 선선히 그렇게 하자고 할지 확신이 서지 않았지만, 먼저 종욱과 의논하고 말을 꺼내도 늦지 않을 성싶었다.

수술이 끝난 뒤 재욱이 아내와 함께 병실로 들어가서 어머니가 마취에서 깨어나기를 기다렸다. 주치의는 환자가 고령이라 수술이 잘되었지만 재발하거나 전이될 확률이 높고 예후가 비관적이라고 말했다. 재욱은 말년에 투병하면서 살아야 할 어머니가 안타까웠다. 홀몸으로 아들 셋을 키우고 뒷바라지했던 어머니는 평생 늙거나 병들지 않을 사람처럼 강단 있게 살았다. 거센 바닷바람을 맞으며 살아온 탓에 거칠고 두꺼워진 피부처럼 쉽게 속내를 드러낸다거나 인정에 쏠려 마음이 약해지는 사람이 아니었다. 아들 셋 중 어머니가 유독 둘째에게 모질고 냉정했던 까닭이 무엇인지 재욱은 여태도 알지 못했다.

마취에서 깨어난 어머니가 종욱을 찾았다. 통증으로 얼굴을 찌푸리면서 어머니는 막내의 손을 붙잡고 놓으려고 하지 않았다. 재욱과 재욱의 아내는 병풍처럼 둘러서 있다가 하릴

없이 병실 밖으로 나와야 했다. 어머니가 회복되기를 기다리면서 재욱은 아내와 함께 포구에 있는 식당이 딸린 고향집에 머물렀다. 이층에 민박을 치는 방이 있는데도 재욱은 비어 있는 어머니의 방에서 아내와 함께 묵었다. 세월과 함께 낡아가는 오래된 장롱과 문갑이 놓인 방 안은 먼지 한 톨 없이 깨끗했다. 입원을 앞두고 방을 쓸고 닦으면서 부지런 떨고도 남았을 어머니였다.

재욱은 흐트러진 어머니의 모습을 본 기억이 없었다. 어머니는 아들만 키우는 여느 어머니들과 달리 목청을 높이지 않았다. 초등학교에 입학하면서부터 늘 일등을 놓치지 않았던 재욱은 어머니의 자랑이었다. 잔소리 들을 일 없는 모범생이었던 재욱과 애지중지 귀여움을 받고 자란 종욱과 달리 성욱은 천덕꾸러기였다. 둘째는 심성이 사납거나 거칠지 않았다. 군대를 면제받아야 했을 만큼 병약했던 성욱에게 어머니는 차갑고 무관심했다.

먼지를 뒤집어쓴 사진첩 하나가 장롱 위에 놓여 있었다. 재욱은 먼지가 날리지 않도록 조심하면서 죽은 동물의 뼈처럼 세월과 함께 삭아가고 있는 사진첩을 꺼냈다. 방 안에 머리카락 한 올 보이지 않을 만큼 부지런을 떨면서도 장롱 위에 쌓인 묵은 먼지는 털어낼 생각조차 하지 않는 어머니가 딱했다. 젖은 걸레를 가져와 먼지를 닦아내자, 사진첩 겉장에 새겨진 글자와 그림이 마른 나뭇잎처럼 바스러졌다. 어머니는 장롱 위에 사진첩을 올려놓고 아주 잊고 살아온 듯했다.

사진첩 겉장을 넘기자 누렇게 색이 바랜 비닐에 덮여 있는 사진이 보였다. 삼십대 초반으로 보이는 아버지는 명함판 크기의 사진 한 장으로 남아 있었다. 너무 일찍 죽어버린 아버지의 유일한 사진이었다. 알몸으로 찍은 돌 사진은 재욱이 아니었다. 어머니의 품에 안긴 발가벗은 아이는 막내 종욱이었다. 첫돌을 앞두고 동네 사진관에서 찍은 사진이었다. 막내가 첫돌을 맞은 해에 초등학교 6학년이었던 재욱은 그날 일을 어렴풋이 기억했다. 재욱과 성욱의 돌 사진은 없었다.

재욱의 초등학교 졸업식 사진이 몇 장 있었다. 어머니가 이웃집에서 빌려온 사진기로 사진을 찍었던 기억이 났다. 중학교와 고등학교 졸업식도 몇 장의 사진으로 남아 있었다. 재욱은 고등학교를 졸업했던 날의 기억이 또렷했다. 한복을 곱게 차려입은 어머니가 꽃다발과 졸업장을 손에 든 재욱의 옆에 다소곳이 서 있었다. 우수한 성적으로 고등학교를 졸업하고 서울의 명문대학에 합격했던 재욱은 어머니와 이모들뿐 아니라 학교의 자랑거리였다. 하숙집을 얻으려고 재욱은 대학교 입학을 한 달 앞두고 상경했다. 입학식 날 어머니는 오지 않았다. 하숙비를 올려보낸다거나 하는 특별한 날이 아니면 어머니는 전화조차 하지 않았다. 입에 맞지 않은 하숙집 밥을 먹고 낯선 길을 오가면서 재욱은 어머니가 명문대학에 입학한 큰아들이 대견해서가 아니라 눈앞에서 멀어지면 마음의 짐을 덜 수 있어서 환하게 웃으며 기뻐했을지 모른다고 생각했다.

고등학교 졸업식을 끝으로 재욱의 사진은 없고 때마다 찍은 막내의 사진이 사진첩에 끼워져 있었다. 군대 내무반에서 찍은 종욱의 사진이 몇 장 보였다. 집마다 카메라를 하나씩 사들이는 일이 더 이상 어렵지 않을 만큼 세월이 흐르고 흑백에서 컬러로 필름이 바뀌었는데도 사진첩의 사진은 막내의 이십대 모습에서 멈춰 있었다.

텔레비전 연속극을 보고 있던 재욱의 아내가 재욱이 방바닥에 펼쳐놓은 사진첩 쪽으로 시선을 돌렸다. 늙어서 머리가 성성해진 남편의 학창 시절 모습이 낯설고 신기하고 재미있다는 듯 아내가 입가에 미소를 지었다.

"가족사진이 한 장도 없네요. 어머님과 아버님이 함께 찍은 사진도 없고. 당신, 아버님 얼굴 기억해요?"

아내가 건성건성 사진첩을 넘기면서 물었다.

재욱은 아버지의 얼굴을 기억하지 못했다. 사진첩에 있는 젊은 남자가 아버지라고 알고 있을 뿐이었다. 음력 6월 초순에 제사를 지냈는데 아버지가 돌아가신 날짜는 정확히 알지 못했다.

재욱은 아내의 물음에 대답하지 않고 낡은 명함판 사진을 손가락으로 가리켰다.

"이분이 아버님이라고요? 당신하고 하나도 안 닮았네. 젊었을 때 찍은 사진이라고 해도 생판 남 같잖아요. 서방님과 닮은 것 같지도 않고."

딱딱하게 굳은 재욱의 얼굴을 살피다가 재욱의 아내는 잠자코 텔레비전 화면 쪽으로 고개를 돌렸다.

어린 시절 재욱이 살았던 섬은 아버지가 없어도 크게 허물이 되지 않았다. 남자 어른들은 죽었거나 행방불명되었거나 육지로 떠났거나 했다. 물질하거나 민박을 치고 장사를 하면서 억척스럽게 혼자 자식들을 키우는 여자들의 집에서 이따금 갓난아기의 울음소리가 들렸다. 아기의 아비가 누구인지 묻는 사람이 없었다. 동기간이 아니더라도 여자들은 품앗이하듯 이웃의 아이들을 돌봐주었다. 바람과 돌처럼 흔하디흔한 여자들이 서로 돕지 않으면 살아가기 어려웠던 시절이었다.

어머니가 명함판 사진을 언제 처음 꺼내 보여주었는지 재욱은 기억하지 못했다. 아버지 없이 살았어도 아버지 없이 세상에 태어난 자식이 있을 리 만무했다. 어머니는 체크무늬 넥타이를 매고 감색 양복을 입은 남자 어른 사진 한 장을 꺼내 보여주면서 그 사람이 재욱의 아버지라고 말했다. 가슴 위쪽으로 상체만 인색하게 찍혀 있는 남자 어른의 사진을 문갑에 넣어놓고 어머니는 재욱이 아버지에 관해 물을 때마다 꺼내 보여주었다. 재욱과 네 살 터울로 태어난 둘째가 아버지를 궁금해할 만큼 자랐을 무렵 어머니는 다시 문갑을 뒤져서 사진을 꺼냈다. 둘째와 여덟 살 터울의 막내가 자라 아버지가 어떤 사람인지 물을 나이가 되자 어머니는 망설이지 않고 문갑을 열어 흘러간 시간만큼 빛이 바랜 남자 어른의 주름살 하나 없는 사진을 꺼내 보여주었다.

어느 봄날 오후, 어머니는 두툼한 사진첩을 사 들고 와서 아버지가 누구냐고 묻는 자식들에게 증거를 내밀듯 언제라도 꺼내 보여주었던 남자 어른의 사진을 끈적끈적한 접착제가 묻어 있는 사진첩에 넣고 비닐을 덮어 눌러놓았다.

유독 막내에게 다정했어도 어머니는 아버지의 사진을 보여줄 때만큼은 삼 형제 모두에게 공평했다. 더 이상 아버지가 누구인지 궁금하지 않을 만큼 나이를 먹은 재욱에게 아버지란 고작 사진 한 장 크기의 그리움으로 남았다. 수없이 사진으로 보았어도 떠오르지 않는 기억을 억지로 만들어낼 수 없었다.

재욱과 재욱의 아내가 병실에 있으면 어머니는 끼니때가 돼도 밥을 먹으려고 하지 않았다. 어머니가 퇴원을 서둘렀던 까닭이 큰아들 내외와 함께 보내야 하는 시간이 불편하고 견디기 어려워서이리라고 재욱은 짐작했다. 재욱은 막내처럼 살갑지 않고 서먹서먹하기는 재욱의 아내도 다르지 않았다. 늙고 병든 어머니는 큰아들에게 짐을 지우지 않겠다는 생각이 완강했다. 재욱은 장자의 도리를 하려고 했을 뿐 어머니의 진심을 알려고 애쓰지 않았다고 자책했다. 막내에게 어머니를 부탁하고 택시를 불러 아내와 함께 공항으로 향하면서 재욱은 고향으로 돌아와 살려고 했던 계획을 머릿속에서 지웠다.

퇴원 후 어머니는 주기적으로 항암치료를 받았다. 어머니가 입원과 퇴원을 반복하는 동안 재욱은 종욱의 은행 계좌로 매달 치료비와 간병비로 쓸 돈을 넉넉하게 입금했고, 아버지의 기일이 돌아오면 어머니를 대신해서 아내와 함께 간소하게 제사를 지냈다. 재욱이 여섯 살 되던 해에 어머니는 아버지의 첫 제사를 지냈다. 명함판 사진으로 보았던 남자 어른이 언제 어떻게 죽었는지 어머니는 알지 못했다. 이웃집에 향불이 타오르는 날짜에 맞춰 제사를 지내기 시작하면서부터 마음의 안정을 찾아가는 듯 보였던 어머니는 젖을 먹이다 말고 야멸치게 떼어내곤 했던 둘째를 새삼스럽게 보듬어 안고 토닥여주었다.

사진을 보여주었을 뿐 어머니는 아버지에 대해 말해주지 않았다. 키가 얼마나 컸는지, 목소리가 굵었는지, 어부였는지, 군인이었는지 재욱은 알지 못했다. 남자 어른들을 태우고 바다에 나간 배가 돌아오기를 기다리면서 상심에 잠겼던 어머니는 이듬해 겨울 달수를 전부 채우지 않은 둘째를 낳았다. 어머니는 병약하게 태어난 아기를 살뜰하게 돌보지 않았다. 네 살 터울 형에게 어린 동생을 맡겨놓고 이른 아침 물질을 나가면 어머니는 사방이 어두워져서야 무거운 걸음으로 집으로 돌아왔다.

둘째의 몸이 불덩어리처럼 달아올랐던 날에도 어머니는 바다로 나갔다. 열에 들떠 신음하는 둘째와 함께 재욱은 온종일 어머니를 기다렸다. 어머니가 지친 모습으로 어둑한 마당에 들어설 때까지 둘째의 몸은 뜨거웠다. 한밤중에 재욱은 신음을 듣고 잠에서 깼다. 어머니가 둘째의 머리맡에 앉아 있었다. 대야에 떠온 물로 수건을 빨아 둘째의 이마에 얹어주면서 어머니는 알아들을 수 없는 말을 중얼거리면서 흐느꼈다. 주먹 쥔 손으로 가슴팍을 때리며 울던 어머니가 돌연 둘째를 들쳐 안고 허둥지둥 밖으로 뛰쳐나갔다. 오줌이 마려웠는데 재욱은 꼼짝할 수 없었다. 어머니가 둘째를 바다에 버리고 오리라 생각하자 더럭 겁이 났음에도 몸을 움츠린 채 어둠 속에 누워 있었다.

둘째가 소리를 듣지 못하는데도 어머니는 한동안 눈치채지 못했다. 뒤늦게 병원으로 데리고 갔지만 둘째가 청력을 회복하기 어려우리라는 무서운 말을 의사의 입을 통해 듣게 되었을 뿐이었다. 어머니는 자신을 탓하거나 둘째에게 닥친 재앙에 통곡하며 무너지지 않았다. 예정되었던 불행한 운명을 받아들일 수밖에 없다는 듯이 순순히 체념했다. 어머니는 잔병치레가 잦았던 둘째에게 어떤 시련이 닥치더라도 감당해야 한다고 생각하는 듯했다. 이듬해 어머니는 물질을 그만두고 포구에 가게를 얻어 밥을 팔았다. 둘째가 여섯 살 되던 해였다.

재욱이 고등학교를 졸업하고 섬을 떠나는 날까지 둘째는

온종일 방 안에 틀어박혀 지냈다. 방 안에 쭈그리고 앉아 책을 읽거나 공책에 무언가를 끼적거리는 둘째가 무슨 생각을 하는지 재욱은 짐작하기 어려웠다. 둘째는 입 모양을 살피면서 말을 알아듣는 듯했지만 좀처럼 제 마음을 표현하지 않았다. 용돈이 생기면 재욱은 헌책방으로 가서 닥치는 대로 책을 샀다. 읽을 수 있다면 둘째는 무엇이든 마다하지 않았다. 재욱이 철 지난 잡지와 만화책, 소설책을 사 들고 집으로 돌아오면 둘째의 순한 얼굴에 웃음이 돌았다.

방바닥에 쭈그리고 앉아 공책에 무언가를 쓰고 있는 둘째에게 재욱이 무얼 하고 있느냐고 물었다. 공책을 덮고 고개를 내저으면서 심심해서 글을 쓰고 있다고 둘째가 입 모양으로 대답했다. 볼펜과 공책이 있으면 시간이 금방 지나간다고 했는데, 재욱이 보여달라고 하자 고개를 내저었다. 대학에 다니면서 재욱은 규칙적으로 학교 앞 헌책방에 드나들었다. 책이 모이면 우체국으로 가서 소포로 부쳤다. 신중하고 정성껏 골라서 산 책을 받고 기뻐하는 둘째의 모습을 떠올리며 재욱은 미소 지었다. 사면 벽을 꽉 채우고 입구까지 책들로 빼곡한 헌책방이 사라지지 않는 한 재욱은 언제까지라도 둘째에게 책을 보낼 수 있으리라 생각했다.

입대하면서부터 재욱은 더 이상 책을 살 수 없었다. 여러 번 읽어서 내용을 환히 알고 있는 손때 묻은 책을 펼치고 앉아 있거나 아무에게도 보여주지 않을 글을 쓰고 있는 둘째를 생각하면 마음이 답답했다. 병영에 갇혀 둘째에게 영영 돌아가지 못할 듯해서 마음이 조급해졌다. 제대하고 고향집으로 돌아가는 길에 재욱은 헌책방에 들러 소설책 몇 권을 샀다. 포구와 집과 어머니는 변함이 없었다. 둘째는 그림처럼 조용히 앉아 있었다. 재욱이 책을 건네주자 손으로 더듬어 만져볼 뿐 펼쳐 읽으려고 하지 않았다.

복학하기 전까지 재욱은 고향집에 머물러 지낼 계획이었다. 고향집을 떠나기 전에 둘째를 헌책방으로 데리고 가려 했다. 좁은 방 안에 둘째를 평생 갇혀 살게 할 수 없다고 생각했다. 산더미처럼 쌓여 있는 책을 뒤져서 찾아내는 일을 둘째 스스로 할 수 있게 돕고 싶었다. 어머니는 둘째의 외출을 허락하지 않았다. 재욱에게 더 이상 책을 사 올 필요가 없다고 말했다.

"글자를 못 본다. 나도 한참을 몰랐다."

어머니가 무슨 말을 하고 있는지 재욱은 금방 알아들을 수 없었다.

"사람들의 얼굴을 알아보지 못하는 모양이더라. 언제부터 그랬는지 나도 모르겠다."

병원에 데리고 가려고 했는데 둘째가 완강하게 저항했다고 어머니가 말했다. 어머니는 재욱에게 둘째를 설득해보라고 하지 않았다.

책을 읽거나 노트에 글을 쓰지 않고 둘째는 온종일 정물처럼 앉아 있었다. 병원에 가서 검사받으면 둘째가 잃어버린 시력을 되찾을 수 있을지 재욱은 알 수 없었다.

"내가 지고 가야 할 짐이다. 너는 마음 쓰지 마라."

일말의 기대마저 잘라내려는 듯 어머니는 야멸치게 말했다.

복학을 서두르는 재욱에게 어머니가 잠자코 학비와 하숙비를 건네주었다. 고향집을 떠나는 날까지 재욱은 창문 너머로 포구가 보이는 방 안에서 우두커니 앉아 있는 둘째의 곁으로 가지 않았다. 더 이상 둘째를 위해 해줄 수 있는 일이 없다고 생각했다. 슬픔과 공포로 일그러진 둘째의 야윈 얼굴을 바라볼 용기가 나지 않았다.

기사식당을 나와 재욱이 차도를 따라 걸었다. 섬에서 하룻밤을 보내고 집으로 돌아가야 했다. 어머니가 목숨줄을 놓치지 않는 한 하릴없이 다시 비행기를 탈 수밖에 없었다. 섬은 재욱이 마음 편하게 머물 수 있는 장소가 아니었다. 열아홉 살 겨울, 포구에 있는 어머니의 집에서 추방당한 재욱은 고향으로 돌아올 수 없었다.

낮술에 취해 걷다가 정류장에 정차해 있는 낯익은 버스 번호판을 발견하고 재욱이 무춤 멈춰 섰다. 병원 근처 여관이나 모텔에서 잠을 자고 아침 일찍 어머니의 얼굴을 한 번 더 본 뒤에 집으로 돌아가려고 했는데 무심코 버스에 올라탔다.

저물녘에 재욱이 포구에 도착했다. 봄인데 바람이 차가웠다. 외투 깃을 여미면서 재욱이 고기잡이 어선 몇 척이 정박해 있는 바다 쪽으로 걸어갔다. 자궁암 진단을 받기 전까지 어머니가 수십 년 동안 비늘을 벗기고 생선을 손질해서 매운탕을 끓였던 식당이 지척에 있었다. 섬에서 대학을 중퇴하고 몇 군데 직장을 옮겨 다녔던 막내는 결혼한 뒤 제수와 함께 식당 일을 돕기 시작했다. 재욱은 나이 차가 많이 나는 제수가 어려워서 아내와 동행하지 않으면 고향집에 발걸음하기가 꺼려졌다.

포구가 내다보이는 방은 창문이 닫혀 있었다. 시력이 가물가물한 눈으로 둘째가 창문 너머로 펼쳐진 바다를 바라보고 있었다. 소리가 사라진 바다였다. 폭풍이 치고 천둥이 지축을 흔들어도 세상은 고요했다. 창문을 열면 뺨을 후려치고 지나가는 거센 바람을 느낄 수 있었다. 온통 어둠으로 둘러싸인 세상이었다.

재욱은 둘째가 살았던 침묵과 어둠의 세계를 상상하기 어려웠다. 어느 날 갑자기 들을 수 없게 되었을 때처럼 둘째가 볼 수 없는 세상을 체념하듯 받아들이기를 바랐다. 누구도 원망하지 않고 온순하게 운명과 타협했던 둘째가 목숨을 내걸고 저항하리라고 예상하지 못했다.

손님은 등산복을 입은 남자 한 사람뿐이었다. 매운탕 냄비가 놓인 탁자 위에 반찬 그릇 두어 개와 소주병이 보였다. 앞치마를 두른 젊은 여인이 소주를 마시고 있는 남자 쪽으로 다가가 앞자리에 앉았다. 재욱보다 열여섯 살이 어린 제수였다.

출입문을 등진 자리에 앉아 있어서 제수의 얼굴은 보이지 않았다. 제수가 소주병을 집어 손님 잔에 술을 따랐다. 챙이 둥근 모자를 쓴 남자 옆으로 낚시 가방이 세워져 있었다. 남자는 육지에서 온 낚시꾼이 분명했다. 연거푸 술잔을 비우는 남자의 얼굴은 어머니의 장롱 위에서 세월과 더불어 삭아가는 사진첩 속 명함판 사진으로 남아 있는 아버지처럼 특징이 없었다. 희미한 기억으로 남아 있는 오래전 시간 속으로 들어와 있는 듯 재욱이 돌연 긴장했다.

남자는 이층에서 사흘 밤을 머물러 지냈다. 민박하는 손님이 많지 않은 겨울이었다. 아침밥을 먹고 남자는 낚싯대를 챙겨 바다로 나갔다가 물고기 두어 마리가 담긴 어망을 들고 식당으로 돌아왔다. 회와 매운탕을 먹으려고 온 여느 손님들과 달리 남자는 얌전히 앉아서 음식이 나오기를 기다리지 않았다. 살아 꿈틀거리는 생선의 비늘을 벗기고 회를 뜨는 남자의 모습을 재욱은 우두망찰하고 지켜보았다. 전복이며 소라며 돌미역 등속으로 가득 찼던 어머니의 망사리에 비하면 남자의 어망은 초라하기 그지없었다. 재욱은 잡고기 몇 마리에 우쭐해서 식당 주방을 어지럽히는 남자를 나무라기는커녕 다정하게 웃는 얼굴로 바라보고 있는 어머니를 이해하기 어려웠다.

남자가 떠나고 몇 달 뒤 어머니의 배가 불러오기 시작했다. 재욱은 불러오는 배를 복대로 친친 싸매고 물질을 나갔다 돌아온 어머니가 주먹을 쥔 손으로 복부를 내려치면서 우는 꿈을 꾸었다. 복대로 배를 감싸고 쩔쩔매는 어머니의 모습이 생생해서 꿈인지 현실인지 헷갈렸다. 어머니가 불러오는 배를 감추려고 하지 않았음에도 재욱은 아기가 태어나면 틀림없이 둘째처럼 열병에 걸려 듣지 못하게 되리라 짐작했다.

재욱의 걱정이나 두려움과 상관없이 어머니는 건강한 사내아이를 낳았다. 어머니는 아기가 충분히 젖을 만지고 빨 수 있게 해주었다. 재욱이 상상했던 불길한 일은 일어나지 않았다. 어머니는 아기를 방 안에 혼자 두지 않았다. 포대기로 둘러업고 일하면서 아기가 울거나 보채도 짜증을 내지 않았다. 아기가 첫걸음마를 떼고 얼마 뒤 어머니는 시내에 있는 사진관으로 가서 돌 사진을 찍었다. 떡과 음식을 만들었고 홀로 아이를 키우는 이모들을 불러 밥을 먹였다.

사라졌거나 떠나버린 남자 어른들은 돌아오지 않았다. 여자들과 아이들이 사는 섬으로 찾아온 육지 남자들이 잠시 머물렀다 떠났을 뿐이었다. 어머니는 어린 재욱에게 어른이 되면 섬을 떠나야 한다고 오금을 박듯 말했다. 젊고 건강한 남자는 육지로 가야 한다고 했다. 여자들에게 의지해서 살아야 하는 늙고 병든 노인이 아니라면 미련 없이 떠나야 한다고 했다.

막내는 어머니의 종마였다. 어머니는 걷고 뛰고 말을 배우기 시작하는 막내를 한순간도 시야에서 놓치려고 하지 않았다. 이제 젖을 찾지 않을 만큼 훌쩍 자란 막내를 품에 안고 토닥거리며 재웠고, 섬에서 나고 자란 여느 아이들처럼 바다를 무서워하지 않는 막내가 행여 헤엄을 치다가 물에 빠지는 사고라도 당할까 애면글면했다.

막내에게 재앙이 닥칠지도 모른다는 걱정과 두려움이 차차 의심으로 바뀌었을 무렵 재욱은 어머니 몰래 문갑을 열고 남자 어른의 사진을 꺼내 보았다. 사진 속 남자 어른의 얼굴과 칼을 손에 쥐고 바다에서 잡아 온 잡고기를 손질했던 남자는 비슷하지 않지만 다르지도 않았다. 특징이 없는 남자 어른의 사진 속 얼굴과 낚시 가방을 메고 식당으로 와서 매운탕을 안주로 술을 마셨던 남자들을 구별해낼 수 없었다. 재욱은 아버지가 죽거나 사라지지 않고 육지 어딘가에 살아 있을지도 모른다는 의심이 솟구쳤다.

어머니는 문갑에 넣어둔 사진을 꺼내 막내에게 보여주었고 재욱은 혼란에 빠져들었다. 엉킨 실타래는 풀리지 않고 만질수록 점점 더 어지럽게 헝클어질 뿐이었다. 아무리 애를 써본다고 해도 재욱은 가지런했던 본래의 실타래를 가질 수 없을 듯싶었다. 삼 형제가 공평하게 사진을 보았음에도 아버지에 대한 그리움이나 원망이 같을 수 없었다. 막내는 혼란과 의심으로부터 자유로웠다. 세상에 나오기 전부터 준마에서 열외였던 둘째에게 아버지란 어둠과 적막에 둘러싸인 혼돈이었으리라 생각했다. 재욱은 억세고 투박한 손의 감촉으로 아버지를 기억했다. 수십 번을 보았어도 문갑에 사진을 넣는 순간 얼굴을 떠올리기 어려웠던 남자 어른은 크고 단단한 그 손의 주인이 아니었다. 어린 재욱의 손을 잡아주었던 커다란 손을 가진 사람의 얼굴이 흐릿했다. 목소리를 기억하지 못했다. 불러오는 배를 복대로 감싸고 신경질적으로 울음을 터뜨리고 주먹 쥔 손으로 복부를 내려쳤던 어머니의 모습이 꿈인지 실제인지 헷갈렸어도 얼굴이 지워지고 보이지 않는 그 사람의 손은 꿈이 아니었다.

재욱은 어린 자신을 안아주었던 사람이 사진 속 남자 어른이 맞느냐고 어머니에게 묻지 않았다. 둘째가 듣지 못하게 되었어도 묻지 않았다. 막내가 자라 사진 속 남자 어른의 아들이 된 뒤에도 물을 수 없었다. 포구가 내다보이는 좁은 방 안에서 둘째가 언제까지라도 책을 읽고 글을 쓸 수 있었다면 평생 어머니에게 물으려고 하지 않았을 터였다. 어머니가 반대하지 않는다면 재욱은 둘째를 육지로 데려오고 싶었다. 어느 곳에서 살아가든 침묵과 어둠의 세상일지라도 둘째를 곁에 두고 보살펴야 한다고 생각했다. 둘째와 함께하는 삶이 이미 오래전부터 정해져 있었고, 아픈 동생을 더 이상 어머니에게 떠맡기지 않아도 된다고 생각하자 재욱은 마음이 한결 편안해졌다.

재욱이 대학을 졸업하고 직장을 구할 때까지 둘째는 참을성 있게 기다려주지 않았다. 바람이 차가웠던 봄날 아침에 재욱은 서둘러 귀향해야 했다. 시내에 있는 종합병원 영안실 빈

소에는 어머니와 막내, 이모들이 앉아 있었다. 둘째의 사인은 신경안정제 과다 복용이었다. 집 안에만 틀어박혀 지냈던 둘째가 치사량이 넘는 그 많은 양의 약을 어떻게 사 모았는지 알 수 없었다. 어머니는 통곡하면서 무너졌다. 이모들이 주먹 쥔 손으로 가슴팍을 치면서 당신이 죄를 지었고 그 죄로 둘째가 죽었다고 소리치는 어머니의 몸을 끌어안고 흐느꼈다. 차라리 배 속에서 죽었어야 했던 아이라고 했다. 자식을 죽인 죄 많은 어미라고 한탄하는 어머니를 위로해줄 사람은 아비 없는 아이들을 키워낸 이모들뿐이었다. 문상객이 찾아오지 않는 빈소에서 어머니는 물 한 모금 마시지 않고 뜬눈으로 이틀 밤을 보냈다.

둘째의 주검이 불에 태워지고 작은 단지에 담겨 재욱에게 돌아왔다. 해가 지고 뜨도록 재욱은 주인이 떠난 방 안에 우두커니 앉아 있었다. 방바닥에 쭈그리고 앉아 이제 아무도 읽지 않을 책더미를 바라보다가 눈에 익은 공책 몇 권을 발견하고 재욱이 몸을 일으켰다. 무엇을 쓰느냐고 물으면 고개를 내젓고 보여주지 않았던 둘째의 공책이었다.

재욱이 책상에 앉아 공책을 펼쳤다. 검은색 볼펜으로 쓰인 글자들이 정갈했다. 산문과 시, 일기가 뒤섞여 있었다. 재욱은 둘째에게 노트를 사준 기억이 없었다. 글을 쓰고 있으면 심심하지 않고 시간이 훌쩍 가버린다고 했던 둘째가 이토록 많은 글을 썼으리라고 짐작하지 못했다.

바람이라는 단어가 눈에 띄게 많았다. 바람이 얼마나 사납게 얼굴을 할퀴고 지나갔는지, 뺨에 와 닿았던 바람이 따뜻했는지 부드러웠는지 차가웠는지 향기로웠는지 적혀 있었다. 나뭇가지를 흔드는 바람을 따라 떨어지는 꽃잎을 보려고 시내까지 걸어서 갔다고 둘째는 문장으로 써놓았다. 시내 문구점에 들러 공책과 볼펜을 사면 버스를 타고 돌아온다고 했다. 열어놓은 버스 차창으로 따뜻하고 향기로운 바람이 불어왔다고 했다.

해마다 벚꽃이 지는 4월을 기다렸다는 둘째가 낯설었다. 지는 꽃을 보러 간다는 핑계를 대고 둘째가 시내까지 걸어가서 공책을 사 왔으리라고 재욱은 상상도 하지 못했다. 시내에서 부는 바람은 포구의 바람과 냄새가 다르고 몸에 와 닿는 느낌이 다르고 소리가 같지 않다고 했다. 포구가 내다보이는 방 안에서 사납게 휘몰아치는 바람 소리를 들었다고 했다. 귀에 들리지 않는 그 소리를 온몸으로 느낀다고 문장으로 써놓았다.

책상 서랍에는 검은색 볼펜 한 다스와 공책 몇 권이 들어 있었다. 아직 사용하지 않은 새 볼펜과 새 노트였다.

서랍을 닫아놓고 재욱은 어머니의 방으로 건너갔다. 앓아누워 있는 어머니는 며칠 사이 십 년은 더 늙어버린 듯했다.

해가 저물고 어두워지도록 재욱은 방 안에 우두커니 앉아 있었다. 어머니는 불을 켜라고 말하지 않았다. 나뭇가지를 흔드는 바람이 따듯하고 향기로웠다고 둘째가 공책에 써놓은 문장을 중얼거리다가 재욱이 불쑥, 오래전 포구에서 아버지를 기다렸던 그날을 기억하느냐고 어머니에게 물었다. 크고 단단한 손을 가진 그 사람은 통통배를 타고 바다로 나가면 어망가득 물고기를 잡아서 돌아왔다. 배에서 내리는 사람들 속에서 재욱은 단번에 그 손의 임자를 알아볼 수 있었다. 어머니의 손을 뿌리치고 달려가면 낚싯바늘에 능숙하게 미끼를 끼우고 눈 깜짝할 사이에 생선 비늘을 벗겨 배를 가르고 내장을 꺼내 회를 떴던 크고 두툼한 손을 잡았다. 그 손을 잡고 있으면 재욱의 작은 손은 사라지고 보이지 않았다. 크고 단단한 손을 잡고 있으면 언제까지라도 안전하리라는 믿음이 생겼다.

바다로 나간 고기잡이배는 돌아오지 않았다. 물옷을 입고 바다에 나가면 어머니는 망사리를 가득 채워 집으로 돌아왔다. 바다가 잔잔한 날에도 포구에 정박해 있는 고기잡이배들은 출항하지 않았다. 밤이 되면 어머니는 깊이 잠들지 못했다. 재욱은 고기잡이배에 탄 사람들이 어디로 사라졌는지 궁금했다. 아플 만큼 세게 잡고 놓지 않았던 그 손이 어디에 있는지 알고 싶었다. 어머니는 홀연히 사라졌던 사람들이 모두 함께 돌아올 거라고 말했다. 야윈 얼굴과 반대로 배가 점점 불러오기 시작하자 어머니의 기다림은 두려움으로 바뀌었다. 흐느껴 우는 소리를 듣고 잠에서 깬 재욱에게 어머니는 나쁜 꿈을 꾸었다고 말했다. 잠들지 않아도 꿈을 꾼다고 했다. 제대로 먹지 못하는 어머니는 금방이라도 숨이 끊어질 듯 고통스럽게 구역질을 해댔다. 재욱은 무서운 사람들이 다시 나타나서 어머니를 해치는 일이 벌어질까 두려웠다. 고통스럽게 몸부림치는 어머니를 눈앞에서 보고 있으면서도 꼼짝할 수 없었던 그날 밤이 꿈이었기를 바랐다.

바다에서 잡은 잡고기의 비늘을 벗기고 회를 떴던 남자의 얼굴은 까맣게 잊었어도 서툴렀던 칼질은 기억에서 지워지지 않았다. 커다랗고 억세 보였던 손을 가진 남자는 날렵하고 섬세하게 움직였던 손의 주인이 아니었다. 어머니가 삼 형제에게 공평하게 보여주었던 사진 속 남자 어른은 삼 형제 모두의 아버지이고 누구의 아버지도 아니었다. 어둠이 차올라 사물을 분간할 수 없는 방에서 어머니는 대답하지 않았다.

재욱은 섬을 떠나면 두 번 다시 질문하지 않으리라 마음먹었다. 어머니가 말하지 않은 지난 일을 알려고 애쓰지 말아야 한다고 생각했다.

바람이 거세게 불어 전화벨 소리를 듣지 못했다. 막내에게 여러 차례 전화가 걸려와 있었다. 재욱이 전화를 걸자 그사이 어머니가 갑자기 위독해졌을 리 없는데도 다급한 목소리로 막내가 물었다.

"형님, 지금 병원으로 오실 수 있는지요?"

지금 술을 마시고 있고 이미 취해버려서 내일 아침 일찍 어머니를 찾아뵙겠다고 재욱이 대답했다.

"엄마가 형님을 찾아오라고 하십니다. 하실 말씀이 있대요."

바닷바람을 맞고 서서 재욱이 불 꺼진 둘째의 방을 올려다보았다.

둘째의 방에서 하룻밤을 보내고 서울 하숙집으로 돌아왔던 재욱은 수년 동안 섬에 발걸음하지 않았다. 침묵과 어둠 속에 둘째를 방치해놓았다고 어머니를 탓할 수 없었다. 재욱은 울음을 참으면서 방바닥에 엎드려 있는 어린 재욱으로부터 멀리 달아나려고 했었다.

언어 바깥에서 잠시 살았던 아이는 죽지 않고 여태도 그 자리에 머물러 있었다. 산 채로 죽음 속으로 침몰된 둘째의 모습이 불 꺼진 방 창문에 어른거렸다. 낯선 이들이 하룻밤을 묵으려고 찾아오는 방으로 둘째는 수없이 죽어서 되돌아오고 있었다.

둘째를 떠나보내야 했다. 벚꽃이 떨어지는 봄날 재욱은 둘째의 초상을 치르고 어머니의 죽음을 기다려야 했다. 오랜 세월 어머니는 대답할 말을 골랐을 테지만 재욱은 사진 속 남자가 누구인지 궁금하지 않았다. 종욱의 목소리가 사라지고 바람 소리가 귓전을 때렸다. 손님과 마주 앉아 있는 제수의 뒷모습을 응시하면서 재욱이 바람 소리에 귀 기울였다.

어머니가 죽음으로 돌려보낸 아이를 장사 지내고 침묵과 어둠의 바다를 떠나라고 바람이 재욱의 등을 떠밀었다. 휴대전화를 바지 주머니에 넣고 재욱이 휘청거리며 걸음을 뗐다.
지는 꽃을 보려고 둘째가 걸어갔던 길은 어둠에 잠겨 있었다.

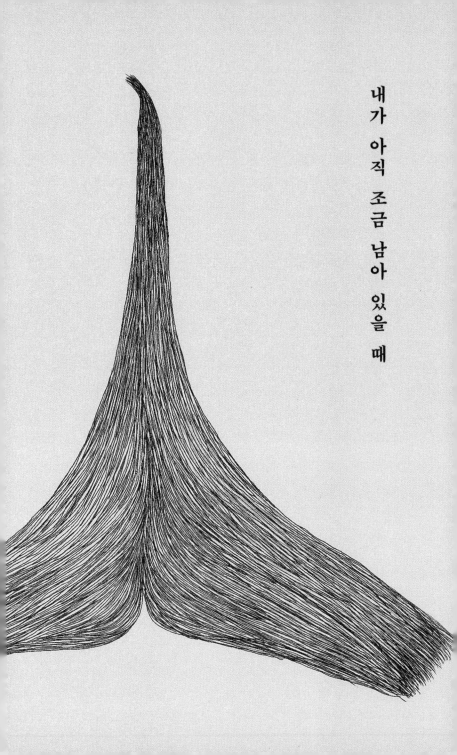

내 가 아 직 조 금 남 아 있 을 때

커피와 과일을 쟁반에 담아 들고 온 연희에게 재섭이 소파에 앉으라고 재촉하듯 말했다. 저녁 식사하면서 충분히 이야기를 나누었음에도 그는 딸에게 더 듣고 싶은 말이 있는 듯했다. 혜순은 설거지한 그릇을 식기 건조기에 넣고 마른행주로 조리대와 개수대 가장자리를 훔치면서 남편과 딸이 다정하게 주고받는 대화에 귀를 기울였다.

금요일 저녁이었다. 언제부턴가 세 식구는 약속이라도 한 듯 금요일 저녁에 함께 밥을 먹었다. 주중에 이따금 집에 들렀다 가는 딸은 금요일에는 혜순을 도와 저녁 식사를 차리고 토요일 오전에 밑반찬을 챙겨 작업실로 돌아갔다. 지방 도시에서 원룸을 얻어 생활하는 재섭은 목요일 저녁에 집으로 오고 일요일 오전에 떠나기를 이십여 년 동안 반복하고 있었다.

일주일에 사흘을 머물렀어도 재섭이 집에서 저녁 식사를 하는 날은 금요일 하루뿐이었다. 노년이라고 해도 어색하지 않은 나이에 재섭은 쉴 수 있는 날에도 늘어져 있지 않고 부지런히 나돌아다녔다. 단둘이 마주 앉아 식사하면 딱히 할 이야기가 없고 온종일 함께 보내는 시간이 불편하게 느껴졌던 터라 혜순은 전처럼 서운하기는커녕 일요일 아침, 재섭이 돌아가려고 준비할 무렵이 되면 무사히 한 주가 끝나고 다시 혼자 남는다는 사실에 조용히 안도했다.

재섭과 연희는 올가을 예술극장 대극장 무대에 올라갈 연극 이야기를 하고 있었다. 혜순이 식탁에 널려 있는 사과와 키위 껍질을 비닐에 담아 묶고 커피머신에서 캡슐 세 개를 꺼내 쓰레기통에 버렸다. 물탱크와 컵 받침대를 분리해 물에 헹구고 젖은 행주와 마른행주로 커피머신 주위를 꼼꼼히 닦으면서 혜순은 부녀의 대화를 한마디도 놓치지 않고 듣고 있었다.

작년 가을 연희가 작업실을 얻어 독립했다. 캡슐 커피를 즐겨 마시는 연희는 제가 산 커피머신을 야박하게 가지고 가지 않았다. 인스턴트커피와 원두커피에 비해 값이 비싸긴 했어도 혜순은 캡슐이 동나기 전에 미리미리 온라인 쇼핑몰에 주문해서 바구니를 채워놓았다. 재섭이 연출가인 송에 대해 말하고 있었다. 재섭의 대학 후배이고 예술대학 교수인 송이 올가을 대극장 무대에 올라갈 작품을 맡았다는 소식을 혜순은 이미 들어서 알고 있었다. 연희가 쓴 희곡이었다.

「돌아오는 아이들」인지 「돌아가는 아이들」인지 작품 제목이 정확하게 기억나지 않는 그 희곡을 쓰기 위해 연희는 오랫동안 취재와 자료 조사를 했다. 희곡 한 편을 쓰려고 단행본이며 논문까지 찾아서 읽는 딸이 과연 어떤 작품을 쓰게 될지 궁금했음에도 혜순은 묻지 않았다.

"당신도 이리 와서 앉아."

재섭이 부엌 쪽으로 고개를 돌리고 큰 소리로 말했다.

"엄마, 커피 식어요."

연희가 다정하게 재촉했다.

일거리를 찾으려고 하면 끝이 없었다. 주방 바닥을 스팀 걸레로 닦고 음식물 찌꺼기를 내다 버려야 했다. 내일 아침에 먹을 반찬을 미리 준비할 수도 있었다.

"엄마, 어서 오세요. 사과가 맛있어요."

연희가 사과 한 쪽을 포크로 찍어 들고 혜순을 향해 거실로 오라고 손짓했다.

행주를 빨아 널어놓고 느릿느릿 거실로 가서 혜순이 1인용 소파에 앉았다. 커피는 이미 식어 있었다. 혜순은 머그컵을 집어 들고 연희가 건네준 사과를 깨물면서 잠자코 재섭의 이야기를 들었다. 연희의 희곡이 지면에 실려 나오면 기뻐하고 격려를 아끼지 않았던 재섭은 이번 작품에는 유독 관심이 많은 듯 보였다.

한국문화예술위원회와 문화체육관광부의 지원을 받아 예술극장 대극장에 올라갈 연극인데다 재섭의 대학 후배가 연출을 맡은 작품이었다. 주목받는 작가는 아니었어도 신춘문예에 희곡이 당선된 후 꾸준히 작품을 발표했던 연희는 한국 사회에서 비주류로 살고 있는 사람들을 따뜻한 시선으로 응시하는 삼십대 젊은 작가라고 호평을 듣고 있었다.

"한국 사회의 감춰져 있는 아프고 불편한 지점을 건드린다는 점에서 의미가 있는 작품이야. 연극 한 편으로 묵은 상처가 치유되지는 않겠지만, 당사자들의 고통이 현재진행형이라는 사실을 드러내고 말한다는 것만으로도 회복으로 가는 문을 여는 유의미한 작업이 될 거다."

재섭이 과일 접시에 포크를 내려놓고 혜순을 바라보았다.

"연희가 쓴 희곡, 당신도 읽어봤지?"

혜순은 읽지 않았다. 자료를 찾고 논문을 읽으면서 작품을 구상하고 쓰고 탈고하는 과정을 지켜보았을 뿐이었다. 희곡을 쓰는 연희에게 관심과 지원을 아끼지 않았던 사람이 재섭만은 아니었다. 연희는 책으로 둘러싸인 집에서 글쓰기를 시작하면서부터 언제나 엄마인 혜순이 먼저 읽고 평해주기를 바랐다.

십수 년 전 수필집 한 권을 출간한 혜순을 작가라고 인정해주는 사람은 연희뿐이었다. 모 기업체에서 주관하는 주부 대상 에세이 공모전에서 운 좋게 장원으로 당선되었던 혜순은 그동안 틈틈이 써놓은 글과 새로 쓴 글을 모아 인세를 받지 않는다는 조건으로 작은 출판사에서 책을 출간할 수 있었다. 첫 책이자 유일한 책이 될지도 모르는 수필집을 출간하고 혜순은 한동안 집 안에 틀어박혀 지냈다. 수필집 첫 문단에 박혀 있는 오자를 지적해준 사람은 재섭이었다. 오자와 비문 몇 군데를 알려주고 그는 표지에 꽃 그림이 그려져 있는 수필집을 혜순에게 돌려주었다.

책을 내고 혜순은 오히려 글쓰기가 어려워졌다. 오자와 비문을 바로잡아주지 않았다고 출판사 담당자를 탓할 수 없었다. 돌이 씹히는 밥을 지은 사람은 혜순이었다. 혜순이 쓴 글인데 혜순이 쓰려고 했던 글이 아닌 듯싶었다. 출판사 창고에 쌓여 있는 책을 전부 사들여서 불태워버리고 싶은 충동에 휩싸이기도 했지만, 어차피 누구도 읽지 않으리라고 생각하면 혜순은 쓸쓸하면서도 마음이 조금 편안해졌다.

연희의 작품을 읽고 조언해줄 적임자는 혜순이 아니었다. 재섭은 연희가 등단하기 전까지는 야멸치다 싶을 만큼 말을 아꼈다. 그는 학생들의 리포트와 작품을 읽어주기도 바쁜데다 문학은 홀로 궁리하고 모색하는 작업이라며 머리를 내저었다. 에세이라면 모를까 소설이나 희곡은 많이 읽지 않았고, 부족한 부분을 지적해줄 지식과 안목이 부족한 줄 알면서도 혜순은 연희의 작품을 열심히 읽고 짤막하게 감상을 말하고 칭찬과 격려를 아끼지 않았다.

"당신은 시간이 남아도는 사람인데 왜 아직 안 읽었어?"

아직 읽지 않았다고 머리를 내젓는 혜순에게 재섭이 나무라듯 물었다.

"이 주제는 대중적인 서사로 접근하면 위험해. 십중팔구, 아니 백 퍼센트 통속 드라마가 될 테니까 말이야. 순문학만이, 순수 예술 장르에서 다뤄야 할 주제라고."

접시에 남아 있는 마지막 사과 한 쪽을 집어 들고 재섭이 강의 시간에 그러듯 단호한 어조로 말했다.

"엄마는 요즘 시력이 나빠져서 책을 읽지 못하신대요. 두통이 심해서 약을 먹고 있는데 아빠는 모르셨어요?"

연희가 혜순과 재섭을 번갈아 바라보면서 말했다.

"돋보기 있잖아. 나이 들면 노안이 오는 건 당연한 거고. 나는 일주일에 나흘 동안 강의하고 리포트 읽고 채점하느라 눈이 시리구먼."

재섭이 투덜거리며 자리에서 일어났다.

금요일 저녁 가족 모임은 파장이었다. 재섭이 서재로, 연희가 접시와 머그컵을 씻어놓고 제 방으로 들어갔다. 혜순은 두 사람이 아침 식사를 마치자마자 서둘러 집을 나가고 홀로 남게 될 토요일 오전이 벌써 기다려졌다. 모임이며 낚시며 늘 저혼자 바쁘게 돌아다닌다고 재섭을 다그쳤던 일을 까맣게 잊은 사람처럼 혜순은 혼자만의 시간을 간절히 바라고 있었다.

연희가 쓴 희곡의 스토리와 주제는 짐작하기 어렵지 않았다. 일곱 살에 미국으로 입양되고 파양과 재입양 과정을 겪었던 그 아이는 서른일곱 살이 되던 해 겨울, 주 정부의 추방 명령을 받고 한국으로 돌아왔다. 연희는 자신의 의지와 상관없이 보내지고 돌아와야 했던 존 터너의 사연에 주목했다. 미국 시민권을 얻지 못한 채 살았던 존은 폭력과 절도 등의 전과로 추방당했다. 한국말을 모르고 돈이 없었던 존은 이태원 거리를 부랑자처럼 떠돌다가 행인과 시비가 붙어 경찰에 체포됐다. 십대부터 정신과 치료를 받았고 조현병 약을 먹지 않으면 자신을 제어하기 어려웠던 존은 경찰에 의해 정신병원으로 넘겨졌다.

한국 입양기관은 존이 해외 입양인이고 추방당해 한국으로 돌아왔다는 사실을 일 년이라는 긴 시간이 지난 뒤에야 파악할 수 있었다. 입양기관에서 마련해준 시설에 입소해 지내는 동안 존은 자신과 같은 처지인 사람들과 크고 작은 갈등을 겪었다. 존은 한국어를 배우려고 하지 않았고 한국에서 살아보겠다는 의지가 없었다. 한국으로 돌아오고 이 년이 지난 어느날 존은 십층 건물 옥상으로 올라가서 바닥으로 뛰어내렸다.

장례가 치러지고 석 달 뒤, 존 터너의 유해는 그의 유언대로 바다 건너 미국으로 돌아갔다. 미국에서 추방당하고 출생국에서 생을 마감한 양아들의 유골을 기꺼이 건네받겠다는 의사를 그의 양부모로부터 전해 듣기까지 석 달이 걸렸다. 해외 입양인 연대 자문위원 K씨가 존 터너의 양부모 주소를 찾아내 연락하고 답을 얻어내기 위해 애쓰지 않았다면 불가능했을 일이었다.

　피부색과 생김새가 비슷한 사람들이 사는 한국에서 이방인으로 겉돌다가 자신을 추방한 나라로 주검이 되어서라도 돌아가고 싶다고 유서를 남기고 자살한 존 터너의 사연은 텔레비전 뉴스와 신문 기사를 통해 한국 사람들에게 알려졌다. 혜순이 여러 날 잠을 설쳐야 했을 만큼 가슴 아프고 안타까운 사연이었다.

　연희의 방을 청소하려고 들어갔다가 해외 입양인들의 수기와 소설, 연구자들의 논문과 보고서 등으로 잔뜩 어질러져 있는 책상을 보고 혜순은 망연자실했다. 식탁에 마주 앉아 밥을 먹으면서 존 터너의 비극적인 삶이 안타깝고 슬프다고 말했던 연희가 그의 이야기를 작품으로 쓰려고 자료를 모으고 있을 줄 혜순은 짐작도 하지 못했다.

　딸이 해외 입양인들의 삶에 관심을 기울이고 작품으로 쓰려고 하는 까닭을 혜순은 알 수 없었다. 아프고 고통스러운 그들의 삶을 감당해낼 만한 경험이 없고 나이도 젊은 연희가 왜 하필 생부모에게 버려지고 해외로 입양되었다가 추방되어 돌아와 스스로 목숨을 끊은 비극적인 인물의 삶에 몰두하는지 이해하기 어려웠다.

　글쓰기 소재는 가까운 곳에서 찾아야 한다고 혜순은 배웠다. 시를 쓰면서 여러 대학에서 강의했던 재섭이 지방 국립

대학 전임으로 임용되어 집과 원룸을 오가기 시작하면서부터 혜순은 갑자기 늘어난 시간을 의미 있게 보낼 요량으로 문화센터 에세이 쓰기 강좌에 등록하고 본격적으로 글쓰기에 매달렸다. 혼잣말하듯 글을 써왔던 혜순은 전문가의 지도를 받으면 조금 더 잘 쓸 수 있으리라 생각했다.

에세이 강좌를 맡았던 늙은 강사는 모든 글은 결국 자신의 이야기라고 했다. 거창한 소재를 찾으려고 애쓰지 말고 본인의 경험을 진실하게 쓰라고 조언했다. 자신의 이야기를 진실하게 쓰라는 강사의 말에 더럭 겁이 났던 혜순은 가까운 곳에서 소재를 찾으면 쓰는 사람이 감당할 수 있고 독자의 공감을 얻는다는 말을 들으면서 고개를 끄덕였다. 글을 쓰면서 강사의 말을 곱씹어보았음에도 자신이 쓰고 있는 글이 얼마만큼 진실한지 혜순은 알 수 없었다.

존 터너가 겪어야 했던 아픔과 고통에 공감하는 마음만으로 충분하지 않겠느냐고 혜순은 딸에게 말해주고 싶었다. 아무리 많은 자료와 논문, 수기를 찾아서 읽는다고 해도 입양과 파양, 추방을 겪고 스스로 생을 마감한 입양인의 서사를 딸이 감당하기 어려울 듯싶었다.

혜순이 어렵게 말을 꺼냈는데 연희는 귀담아들으려고 하지 않았다.

"초고가 벌써 내 머릿속에 있어요, 엄마."

연희는 입가에 웃음을 짓고 말했다.

"너무 어둡고 무거운 이야기가 되지 않겠니?"

혜순이 책망하는 목소리로 말을 건넸다.

연희가 무엇을 쓰든 좋은 점을 찾으려고 했고, 희곡 작품을 읽어내는 안목이 부족한 줄 알면서도 칭찬과 격려의 말을 아끼지 않았던 혜순은 딸의 머릿속을 꽉 채운 어두운 이야기에 놀라 지레 걱정하고 있었다.

작품의 소재와 주제는 전적으로 쓰는 사람이 결정한다는 사실을 혜순은 모르지 않았다. 스스로 검열에 걸려 포기할 수 있겠지만 타인이 건넨 우려 섞인 말 한마디에 글쓰기를 중단하는 작가는 아마 없을 터였다.

"엄마도 글을 쓰니까 아실 거예요. 이번 작품은 이야기가 나를 찾아왔어요. 쓰지 않을 도리가 없죠. 아마 한 편으로 끝나지 않을 것 같아요. 같은 주제로 희곡집 한 권 분량의 작품을 써내고 싶어요."

연희가 떠들어댔고, 혜순은 입을 다물었다.

한 편이 아니라 책 한 권 분량으로 '돌아오는 아이들' 이야기를 쓰겠다는 딸의 말에 혜순은 경악했다.

연희는 시민권이 없어서 한국으로 추방당해 돌아온 입양인들뿐 아니라 미국과 유럽 각국으로 입양된 한국계 미국인, 한국계 유럽인들의 이야기를 쓸 계획이라고 했다.

"한국은 전쟁 직후부터 해외로 고아 수출을 가장 많이 했던 나라인 걸 엄마도 알고 있죠? 고아들을 수출해서 돈을 벌어

들인 나라라고요."

전쟁이 끝나고 경제적으로 급속히 성장했음에도 한국은 지금껏 고아 수출이 이어지고 있는 무책임한 나라라고 연희는 분개했다.

"존 터너는 우편 주문 아이였어요. 아이가 필요한 양부모들은 굳이 한국으로 오지 않고도 손쉽게 입양할 수 있었다고요. 존 터너처럼 입양기관이 양부모를 대신해서 비자를 받으면 미국에서는 시민권이 자동으로 부여되지 않아서 여러 가지로 문제가 생길 가능성이 큰데도 말이에요."

한국 정부와 입양기관은 양부모가 한국을 방문해서 입양 절차를 완료하고 받는 IR-3 비자와 달리 입양기관이 양부모를 대신해서 IR-4 비자를 받으면 미국에서는 시민권이 자동으로 부여되지 않는 줄 알면서도 입양의 수월성을 내세워 수많은 고아를 해외로 보냈다고 했다.

"그렇게 보내졌던 아이들이 돌아오고 있는 거예요. 엄마, 나는 연구자나 시민운동가가 아니라 희곡을 쓰는 사람이에요. 그들은 내가 글을 쓰기 바랄 거예요. 자신들이 왜 떠나야 했고 돌아올 수밖에 없었는지 말하고 싶지 않을까요?"

글을 쓰려고 하는 딸의 의지를 어떤 말로도 꺾을 수 없음을 확인하고 혜순은 절망했다. 지금껏 혜순은 예술대학에 입학해서 문학을 공부하고 글을 쓰고 작가가 되어 성실하게 작품 활동을 이어가는 딸의 든든한 조력자로 살아왔다. 작가란 타인의 상처에 고통을 느끼고 아파하는 사람이라고 했던 딸의 말에 아무 의심 없이 고개를 끄덕였던 기억이 떠오르자, 혜순은 가슴이 답답하고 두통이 몰려왔다.

일요일 오전, 재섭이 S시로 떠났다. 술을 마시고 밤늦게 돌아왔는데도 그는 아침 일찍 일어나 콩나물국을 먹고 빈손으로 집을 나섰다.

집과 대학 근처 원룸을 규칙적으로 오가며 지내고 있는 재섭을 위해 혜순은 밑반찬과 생필품을 따로 준비해놓지 않았다. 밑반찬을 만들어주고 요긴하게 사용할 물건을 챙기는 일은 번거롭다고 생각할 새도 없이 끝나버린 지 오래였다. 그는 원룸에서 밥을 짓고 반찬을 꺼내 혼자 궁상스럽게 식사하고 싶지 않아 식빵 한 쪽과 커피 한 잔으로 간단하게 아침 끼니를 때운다고 했다.

빈손으로 와서 빈손으로 떠나기를 반복하다가 종강 무렵에 재섭은 승용차 트렁크 가득 짐을 싣고 집으로 돌아왔다. 길고 긴 여름방학과 겨울방학 동안 그는 집에서 책을 읽고 시를 쓰고 출간 준비를 하는 와중에 친구들과 어울려 술을 마셨다. 날마다 무엇을 사 먹을까 고민하지 않고 강의며 학생들의 리포트, 습작 시를 읽어야 하는 의무에서 벗어나 자유롭게 지낼 수 있는 시간을 기다렸던 사람이 재섭 혼자만은 아니었다.

언제부터 방학을 기다리지 않게 되었는지 혜순은 정확하게 기억하지 못했다. 연희가 독립하고 재섭과 단둘이 보낸 겨울방학은 유난히 길게 느껴졌었다. 두 달이 조금 넘는 겨울방학 동안 두 사람은 함께 외출하지 않았다. 식탁에 마주 앉아 식사하다가 정년이 삼 년밖에 남지 않았다는 재섭의 말을 듣고 혜순은 화들짝 놀랐다. 삼 년 뒤 펼쳐질 지루한 노년의 삶이 걱정스러웠지만 남편의 정년을 늦추게 할 수는 없었다.

퇴직하고 학교와 학생들에게서 벗어나면 그는 책을 읽고 시를 쓰고 친구들과 만나 술을 마시며 살아갈 수 있었다. 풍족하다고는 할 수 없어도 돈에 쪼들리는 노년을 살게 될까 염려하지 않아도 되었다. 먼 곳으로 여행을 가거나 원 없이 낚시하고 건강을 위해 운동을 시작할 수도 있었다. 술에 만취해 돌아와도 이튿날 아침이면 일찍 눈을 뜨고 하루를 시작하는 재섭은 평생 병을 앓았던 적이 없었다.

집 안을 대강 치우고 혜순이 머그컵에 캡슐 커피를 내렸다. 서재에 책이 넘칠 듯 쌓여 있는 텅 빈 집에서 혜순은 책을 읽거나 글을 쓰지 않았다. 눈이 나빠져서 글자를 읽기 어렵다고 딸에게 둘러댔는데 사실이 아니었다. 편두통 때문에 날마다 먹고 있는 약은 시력과 상관이 없었다. 연희가 독립해 집을 떠나기 전부터 시작된 두통은 약을 먹어도 좀처럼 나아지지 않았다.

평화롭고 조용한 일상에 균열을 낸 사람은 딸이었다. 혜순은 난독증에 걸린 듯 어느 날부터 책을 읽어낼 수 없는 사람이 되었다. 주어와 목적어와 서술어로 이루어진 문장을 쓸 수 없었다. 노트북에 갇혀 있는 글을 불러내기가 두려웠다. 발표 지면이 없어도 꾸준히 글을 썼고, 언젠가 다시 책을 낼 수 있으리라는 기대를 버리지 않았던 혜순은 당황했고 두려움에 빠져들었다.

작가로 인정받지 못했고 치열하게 작품을 쓰지 않았어도 굴곡 없이 평탄했던 삶에 혜순은 만족하고 감사하며 살아왔다. 시인이고 대학교수인 남자의 아내이고 희곡을 쓰면서 석사학위를 받고 이듬해 박사과정에 입학한 딸은 대학에서 전임 자리를 얻기 위해서 경력을 쌓고 있었다. 둘러앉아 식사하면서 문학과 예술에 대해 깊이 있는 대화를 나누고 토론할 수 있는 가족이 결코 흔하다고 할 수 없었다.

문학을 전공하지 않았고 오래전 수필집 한 권을 출간했을 뿐인 엄마를 대화에서 소외시키지 않으려고 했을 만큼 딸은 사려 깊었다. 혜순의 노트북에 차곡차곡 쌓여가는 원고가 책으로 나올 날을 기다리는 사람도 딸이었다. 엄마와 아내가 아니라 정혜순이라는 사람에게 관심을 기울이고 응원해준 딸 덕분에 혜순은 특별하지 않은 삶을 기록하고 반추하며 살아올 수 있었다. 진실하게 써야 좋은 글이 된다고 했던 강사의 말이 불쑥 머릿속으로 떠오르면 목구멍에 생선 가시라도 박힌 듯 불편해졌음에도 누구도 날것 그대로 온전히 자기 자신과 마주하기는 불가능하리라 생각했다.

연희는 친구 같고 선생 같은 딸이었다. 자부심을 느끼게 해준 딸 덕분에 혜순은 그런대로 괜찮은 삶을 살아왔다고 자위할 수 있었다. 딸이 버려진 아이들의 사연에 관심을 가지고 집요하게 그들의 서사를 추적하지 않았더라면 재섭이 S시로 떠난 일요일 오전 혜순은 책을 읽고 문장을 쓰면서 평화로운 시간을 보낼 수 있었을 터였다.

딸은 자신이 온전히 이해할 수 없는 타인의 이야기에 매달리지 말았어야 했다. 희곡 한 편으로 부족해서 연작으로 써낼 만큼 매력적인 소재가 아니었다. 혜순은 딸의 의지를 꺾고 주저앉힐 수 없다는 사실에 절망하고 분노를 느꼈다.

—낳아준 부모가 누구인지, 내가 왜 버려졌는지 알고 싶어요.

잇바디를 드러내고 환하게 웃는 사진 아래 여자의 이름과 나이가 적혀 있었다. 1980년 11월 15일 원주시장 골목에서 미아로 발견된 제인 클레이(한국 이름 김정화, 38세)는 보육원에서 열 달 동안 지내다가 사설 입양기관을 통해 미국 오리건주로 입양되었다.

그녀의 두 살 무렵 모습은 누렇게 색이 바랜 사진으로 남아 있었다. 한국 이름을 영문으로 적은 종이가 흰색 셔츠 가슴팍 쪽에 붙어 있는 아이는 겁을 먹은 듯 보였다. 입양 직후 그녀는 양부모와 양조모, 피부색이 다른 오빠들과 함께 기념사진을 찍었다. 노란색 원피스를 입은 그녀가 양아버지의 팔에 안겨 있었는데, 가족들은 환하게 웃고 그녀는 무표정했다. 미국인 남자와 결혼해 아들과 딸을 낳고 현재 시애틀에서 살고 있다는 제인 클레이는 가족들과 여행지에서 활짝 웃고 있었다.

―나를 버렸다는 죄책감으로 괴로워하지 마세요. 엄마, 나는 괜찮아요. 지금껏 잘살고 있으니까요. 나는 그저 알고 싶은 거예요. 내가 누구인지, 왜 이곳으로 오게 되었는지 궁금합니다. 엄마를 만날 수 있다면 정말 기쁠 거예요. 아직 내가 조금이라도 남아 있을 때 엄마를 만나고 싶어요. 너무 늦지 않도록 말이에요.

제인 클레이는 세 차례 한국을 방문했다. 미국 입양기관을 통해 입양 기록을 받았던 그녀는 입양에 관련된 추가 서류와 정보를 한국에서 얻을 수 없었다. 기아(棄兒) 호적에 올라 입양되었던 그녀는 자신이 버려진 장소를 알게 되었을 뿐이었다. 한국은 입양인들이 생부모의 정보를 당사자 동의 없이 볼 수 없도록 사생활 보호법으로 막아놓고 있어서 설령 기록이 남아 있다고 해도 접근하기 쉽지 않았다.

한국을 방문할 때마다 그녀는 자신이 버려졌던 장소로 찾아갔다. 영문으로 이름이 적힌 종이를 가슴팍에 붙이고 찍었던 사진을 넣어 전단을 뿌렸는데, 전화는 한 통도 걸려 오지 않았다. 세번째 한국을 방문했던 올해 봄, 그녀의 사연은 공중파 방송을 통해 알려졌고 신문과 인터넷 매체에도 실렸다.

'돌아오는 아이들' 이야기에 매료되어 희곡 연작을 쓰고 있는 연희가 주목했을 만한 가슴 아픈 사연이었다. 연희는 작년 가을 마포구 서교동에 오피스텔을 얻어 독립하면서 책과 옷가지 외에 집에서 아무것도 가지고 가지 않았다. 가구며 전자제품이 구비되어 있고 침구며 소소한 물품들은 인터넷으로 주문해야 더 싸고 편하다고 했다. 연희가 집에 오겠다고 전화나 문자를 하면 혜순은 낮이든 밤이든 밥을 새로 짓고 김치며 밑반찬을 준비해놓고 기다렸다.

작업 공간을 얻어 나갔을 뿐 여전히 부모에게 경제적 지원과 보살핌을 받으며 살고 있는 딸이었다. 박사과정을 수료하고 학위를 받기까지 얼마큼 시간이 걸릴지 알 수 없었다. 희곡을 쓰는 일은 돈이 되지 않았다. 서른을 훌쩍 넘긴 나이에도 부모에게 학비며 용돈을 받아 쓰는 딸이 자신이 누구이며 왜 버려졌고 무슨 까닭으로 먼 이국의 땅으로 가게 되었는지 알고 싶다고 메아리 없는 물음에 매달려 고통스러워하는 입양인들의 마음을 헤아릴 수 있을 리 없었다.

공감과 상상만으로 가닿을 수 없는 세계였다. 엄마의 손을 놓쳤거나 길을 잃고 두려움과 공포에 떨면서 눈물을 흘려본 적 없는 딸은 시장 골목에서 울고 있는 아이의 슬픔과 절망을 그저 머릿속으로 이해할 뿐이었다. 성인으로 자라 결혼하고 두 아이의 엄마가 된 그 아이는 영문으로 이름이 적힌 종이를 가슴팍에 달고 찍었던 사진을 들고 한국으로 와서 슬픔과 통곡의 자리였던 시장 골목을 걸으며 한 조각의 기억이라도 찾아내려고 안간힘을 썼을 터였다.

기억하지 못하는 기억을 떠올릴 수 없는 아이는 자신과 피부색이 같고 이목구비가 닮았을 엄마가 내내 딸을 그리워하며 고통 속에서 살고 있으리라 믿고 싶은 듯했다. 가난하고 병약해서 자식을 키울 여력이 없는 엄마가 눈물을 흘리면서 딸의 손을 뿌리치고 인파 속으로 사라지는 장면은 떠올리기 어렵지 않았다. 어쩌면 아이는 해찰하다가 엄마를 잃어버렸을지도 몰랐다.

두려움으로 온몸이 굳어버린 아이는 울지 않았다. 해가 지고 파장한 시장 골목에서 우두커니 서 있는 아이를 발견한 상인이 경찰에 신고하고 보육원으로 넘겨지면서 아이와 엄마가 다시 만날 가능성은 점점 더 희박해졌다. 버려졌거나 길을 잃었거나 부모가 잠시 떠맡긴 아이들이 모여 있는 보육원에서 아이는 열 달을 살았다. 보육원 선생님과 아이들이 이름을 물으면 아이는 우물쭈물하지 않고 대답했다. 김정화.

제인 클레이가 되었을 때도 아이는 김정화라는 이름을 목구멍 깊숙한 자리에 새기고 잊지 않으려고 애썼다. 이름은 아이가 기억하는 전부였다. 조금 더 많이 기억해야 했다고 자책했지만 소용없는 일이었다. 언젠가 엄마를 만나면 지워지고 달아난 퍼즐을 찾아서 맞출 수 있으리라고 스스로 위로할 수밖에 없었다.

식어버린 커피를 마시고 혜순이 노트북을 가져와 전원 버튼을 눌렀다. '돌아오는 아이들' 기사를 모아놓은 폴더를 열고 김정화, 제인 클레이 파일을 클릭했다. 노란색 원피스를 입고 무표정한 얼굴로 양아버지의 품에 안겨 있는 아이는 낯이 익었지만 모르는 아이였다. 혜순은 서울 토박이고 결혼한 뒤에도 내내 서울에서 살았다. 한 번도 가보지 않은 도시의 시장 골목에서 아이의 손을 놓쳤을 리 없었다.

아이의 손을 잡아보지도 못했다. 이름은커녕 남자아이인지 여자아이인지조차 알 수 없었다. 아이가 엄마를 놓쳤는지 혜순이 아이의 손을 놓아버렸는지 분명하게 말하기 어려웠다. 감쪽같이 사라진 아이의 행방을 물을 수 없었다. 눈물이 흐르고 머릿속이 어지러웠다. 구역질이 치밀었다. 불렀던 배가 꺼지고 몸은 빠르게 회복되었다. 가족들은 아이의 행방에 대해 입을 다물었다. 그녀는 아이를 낳고 며칠이 지났는지 날짜를 헤아리지 않았다. 아이를 낳았다는 사실조차 거짓말 같았다.

누구도 원하지 않은 아이는 신속하게 처리되고 그녀는 노여워하지 않았다. 연극이라도 하는 듯 태연히 일상을 살아가는 부모에게 분노를 터뜨릴 수 없었다. 그녀는 스물한 살이었고 삼 년을 더 공부해야 대학을 졸업할 수 있었다. 진로가 분명하게 정해지지 않았지만, 졸업과 취업, 결혼, 출산으로 이어지는 특별하다고 할 수 없는 삶을 차근차근 살아가야 했다.

어떤 일은 순서를 앞질러서 오기도 하는데, 만약 치명적인 문제가 있다면 바로잡아야 한다고 그녀의 부모는 말했다. 교육공무원이었던 그녀의 부모는 남에게 폐를 끼친다거나 거짓말하는 사람을 끔찍이도 싫어했다. 선량하고 올곧게 살면서 어려운 이웃들에게 도움을 줄 수 있는 사람이 되어야 한다는 부모의 말은 반박할 여지 없이 훌륭했다.

실수를 인정하고 되풀이하지 않으면 그것으로 충분했다. 그녀의 부모는 딸의 잘못을 새삼스럽게 들춰내서 고통에 빠뜨리려고 하지 않았다. 실수에서 비롯된 불행한 사건은 빨리 잊고 털어버려야 옳았다. 상처는 완벽하게 봉합되고 그녀 스스로 발설하지 않는 이상 누구도 알 수 없었다.

그녀는 그녀의 부모가 아이를 건네받아 매장하는 꿈을 꾸었다. 사산아를 낳았는지 땅에 묻어 죽게 했는지 정확히 알 수 없었다. 아이는 울지 않고 그녀도 울지 않았다. 그녀의 부모는 이름이 없는 아이가 묻힌 자리를 두 발로 다진 뒤 손을 털면서 산에서 내려갔다. 해가 지고 어두워진 뒤 그녀는 아이가 묻혀 있는 곳으로 걸어가 무릎을 꿇고 한참 동안 엎드려 있었다.

꿈에서 아이는 울지 않았는데 그녀는 몸을 찢고 나오면서 터뜨렸던 아이의 울음소리를 기억했다. 얼굴을 보지 못한 아이는 짧은 울음으로 뇌리에 각인되었다. 두려움과 혼란, 빛과 소리에 저항하며 내지르는 단말마의 비명이었다. 폭력에 저항하거나 그녀의 자궁으로 돌아갈 수 없는 아이의 애처로운 울음이었다.

시간이 흐르고 상처 난 자국이 감쪽같이 아물었음에도 그녀는 이따금 아이 울음소리를 듣고 깜짝깜짝 놀라곤 했다. 해마다 나이를 먹어 그녀는 서른이 되고 마흔, 쉰이 되었는데 얼굴을 보지 못한, 이름이 없는 아이는 여태도 산부인과 분만실에서 울고 있었다.

왜 버려졌는지, 자신이 누구인지 아이가 묻고 있었다.

시나브로 한국어를 잊어버린 아이는 영어로 말하고 생각하면서 대답을 들을 수 없는 질문에 붙들려 살아왔을 듯싶었다. 행여 두려움과 죄책감으로 생모가 끝내 자신을 외면할까 조바심하고, 시장 골목에서 어린 딸의 손을 놓아버린 엄마가 내내 고통 속에서 살고 있으리라 믿고 싶었을 터였다.

혜순은 가난하고 병약하고 슬픔으로 가득 찬 가여운 생모와 만나게 되는 기적 같은 일을 소망하는 사진 속 아이의 얼굴을 응시했다. 잇바디를 드러내고 웃는, 더 이상 아이가 아닌 아이의 눈과 코와 입을 주의 깊게 살폈다. 김정화라는 낯설지 않은 이름을 가진 아이는 혜순의 딸이 아니었다.

울음소리를 기억할 뿐이었다. 아이는 땅속에 묻혀 있었다.

혜순은 딸의 실수와 불행을 봉인하고 내내 침묵했던 부모를 원망하지 않았다. 이제 늙어버린 그녀의 부모는 오래전 자신들의 손으로 매장한 아이의 존재를 까맣게 잊었을지도 몰랐다. 연희가 '돌아오는 아이들'의 목소리에 관심을 기울이고 책과 자료를 찾아 읽으면서 작품을 쓰지 않았다면 손을 잡아볼 틈도 없이 사라져버린 아이를 혜순이 새삼스럽게 기억해냈을 리 없었다.

죄책감과 두려움을 잊은 덕분에 평온하고 아늑한 일상을 영위할 수 있었다. 진실을 마주하라는 늙은 강사의 목소리가 들려오면 문장이 어긋났어도 견딜 수 없을 만큼 괴롭지는 않았다. 흠결 없는 삶을 살았다고 자신 있게 말할 수 있는 사람이 존재할 리 없다고 생각했다. 상처를 긁어 덧나게 만들어도 박제된 아이는 걷고 뛰고 자라지 못했다.

목적지에 언제 닿을지 가늠하기조차 어려운 줄 알 텐데도 제인 클레이는 환하게 웃고 있었다. 두 아이의 엄마가 된 제인 클레이가 외롭고 막막한 여정 끝에 무엇을 보게 될지 단언하기 어려웠다. 아이는 이름 석 자를 악착같이 붙잡고 놓치지 않았다. 언젠가 그 이름을 지어준 부모의 귓가에 아이의 목소리가 닿게 되는 불가능한 일이 생길지 알 수 없었다.

주방으로 가서 혜순이 머그컵을 헹구고 냉장고를 열었다. 사과와 키위를 하나씩 꺼내고 냉장고 문을 닫으려다가 냉장실 선반 위에 차곡차곡 쌓여 있는 반찬통을 발견하고 무르춤했다. 오피스텔로 돌아갈 때 연희에게 들려 보내려고 꽈리고추 멸치볶음과 연근조림, 진미채, 깍두기를 만들어 납작하고 투명한 통에 담아놓았는데 까맣게 잊고 있었다. 반찬을 두고 갔어도 딸은 아쉬워하지 않을 듯싶었다. 오피스텔 주변에는 식당이며 레스토랑이 즐비하고 장을 봐서 해 먹을 수도 있었다. 독립한 뒤에도 여전히 엄마가 해주는 음식에 의존해서 살아가는 생활을 한번쯤 돌아보아도 나쁘지 않으리라 생각했다.

사과와 키위를 씻어 접시에 깎아놓고 혜순이 비닐봉지에 껍질을 담았다. 음식물 찌꺼기가 담긴 비닐봉지를 응시하면서 사과 한 쪽을 입에 넣었다. 오전에 집을 나서면서 재섭은 돋보기를 새로 맞추라고 혜순에게 말했다. 책 읽는 취미마저 없으면 노년에 무슨 재미로 살 거냐고 입가에 웃음을 짓고 말하는 재섭에게 그렇게 하겠다고 혜순이 대답했다. 콩나물국으로 아침 식사하다가 강아지를 입양해 키우자고 불쑥 말해서 재섭은 혜순을 놀라게 했다. 당장은 아니더라도 정년퇴직하면 푸들이나 말티즈를 키우고 싶다고 했다. 강아지나 고양이를 키워본 적 없고 특별히 동물을 좋아하지도 않는 재섭은 이제 곧 닥칠 노년의 시간이 길고 지루하리라 지레짐작하면서 겁을 먹은 듯했다.

"강아지를 키우면 집안에 온기가 돈다고 김 교수가 그러더라고. 부부 사이에 할 이야기도 생기고. 재롱 피우면서 반겨주고 졸졸 따라다니는데 왜 예쁘지 않겠어? 강아지 데리고 산책하러 나가면 일면식도 없는 사람들이 서로 자기 강아지 자랑을 하느라 바쁘다는 말을 듣고 웃음이 나왔지만 말이야."

독립하려는 딸에게 경제적 지원을 아끼지 않았던 재섭은 연희가 빠져나간 자리를 살아 움직이는 동물로 채우고 싶은 모양이었다.

유기견을 돌보는 시설을 찾아가면 입양이 어렵지 않을 거라는 재섭에게 혜순은 좋다, 싫다 의견을 말하지 않았다. 길을 잃었거나 주인에게 버림받았거나 병들어 내쳐진 상처 입고 슬픔에 잠긴 강아지가 집 안을 오가는 모습은 상상만으로도 괴로웠다. 딸이 떠나고 비어 있는 자리를 고스란히 남겨두고 싶었다. 생명과 온기를 가진 어린것은 혜순의 몫이 아니었다. 쓰지 못하고 오랫동안 미루어놓은 이야기가 있었다. 진실을 마주하고 글을 쓰라는 늙은 강사의 목소리가 희미해지기 전에 글을 써야 했다.

혜순은 단맛과 신맛을 느낄 수 없는 사과와 키위를 번갈아 씹어 삼키고 머릿속을 꽉 채운 문장을 중얼거렸다. 어둠 속에 방치된 언어는 온전한 문장으로 쓰이기를 기다리고 있었다. 문이 닫혀 있는 연희의 방을 일별하고 노트북이 놓인 탁자 앞으로 가서 무릎을 꿇었다. 공감과 연민으로 시작된 연희의 희곡을 혜순은 지문까지 전부 기억하고 있었다. 나이가 젊고 경험이 부족했어도 딸은 써야 한다고 생각했던 글을 썼고 쓰고 있을 터였다. 두려움이나 죄책감 없이 글을 쓰고 있는 딸이 혜순을 노트북 앞에 앉도록 해주었다. 숨겨놓은 파일을 찾아 마우스를 가져다 대자 내내 숨죽이고 있던 문장이 아우성을 치며 쏟아져 나왔다. 물줄기처럼 사방으로 튀는 문장을 끌어안고 혜순이 열 개의 손가락으로 키보드를 두드렸다. 글을 쓰라고 재촉하는 사람이 없어도 혜순은 가슴 깊이 눌러놓았던 이야기를 꺼내 쓸 수 있을 듯했다.

한국어를 모르고, 이제 더 이상 아이가 아닌 아이가 시장 골목에서 혜순을 기다리고 있었다. 해가 저물고 어두운데 아이는 울지 않았다. 아이가 말해주지 않았어도 혜순은 아이의 이름을 기억했다.

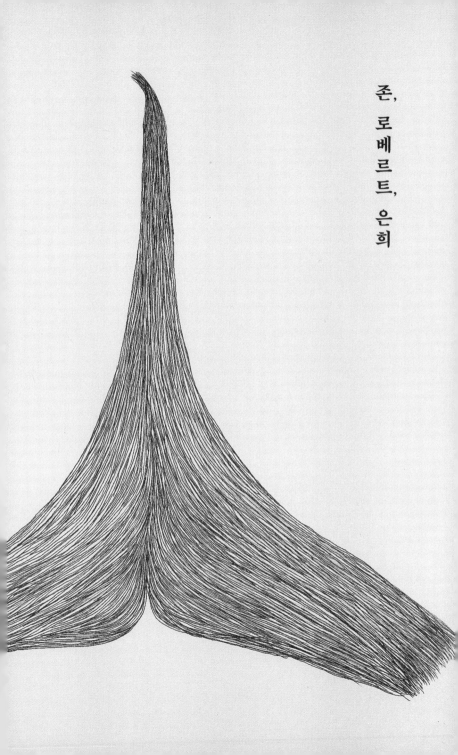

존, 로베르트, 은희

여자가 신용카드 영수증을 스웨터 주머니에 넣으면서 작은 목소리로 감사하다고 말했다. 실내가 춥지 않은데 여자의 입술이 파랗게 질려 있었다. 난자 채취와 수정란 이식까지 길고 힘든 과정을 남겨두고 여자는 벌써 지쳐버린 듯 보였다. 올해 벌써 세 차례 시도하고 있는 시험관 시술이었다. 이번에도 성공하지 못하면 내년을 기약해야 했다.

열두시 정각에 은희는 외출 허락을 받으려고 팀장의 자리로 갔다. 은희는 점심 약속을 하고 누군가 찾아온다면 로베르트거나 존이라면 좋겠다고 생각했다. 로베르트는 벨기에 브루헤에 살고 존은 미국 뉴욕으로 돌아갈 날을 기다리고 있었다. 존 데이비드는 한국을 떠나면 다시 돌아오지 못한다. 존이 어떤 삶을 살았는지 짐작하기 어려웠어도 그가 한국을 떠나면 다시 돌아올 수 없음을 은희는 분명히 알고 있었다.

은희는 브루헤에 가보지 않았고 평생 가지 않을지도 모른다. 뉴욕 역시 마찬가지였다. 한국에서 태어나 서른 해 가까이 사는 동안 언어가 다른 나라에 가볼 기회가 없었던 은희는 누군가의 손에 이끌려 영문도 모른 채 브루헤나 뉴욕행 비행기에 실려 가지 않아 다행인지 아닌지 알지 못했다.

며칠 사이 날씨가 추워지고 사람들의 옷차림과 거리 풍경이 달라져 있었다. 행인으로 붐비는 상점가를 두리번거리다가 은희는 프랜차이즈 카페 안으로 들어갔다. 넓지 않은 카페 계산대 앞쪽으로 직장인으로 보이는 사람들이 줄을 서 있었다. 은희는 차례를 기다렸다가 따뜻한 커피와 샌드위치를 받아 들고 구석진 자리로 가서 앉았다. 커피를 한 모금 마시고 샌드위치를 먹으면서 휴대전화로 인스타그램 앱을 열었다. 로베르트 빌모츠의 계정에는 새로 업로드된 사진이 보이지 않았다. 존의 소식이라면 한국에 살고 있는 자신이 먼저 알 수 있음에도 은희는 매번 조바심하며 로베르트의 인스타그램을 방문하고 있었다.

은희는 구겨진 샌드위치 포장지와 커피가 반쯤 남은 종이컵을 휴대전화 카메라로 찍어 자신의 계정에 업로드하고 앱을 닫았다. 로베르트는 은희가 올린 사진을 보지 않을지도 모른다. 그는 은희가 자신의 인스타그램을 팔로잉하는 줄도 모를 수 있었다. 언제부터 로베르트의 계정을 팔로잉하기 시작했는지 은희는 정확하게 기억하지 못했다. 말라 죽은 식물과 새, 버려진 사물을 카메라 렌즈에 담는 사진작가의 팔로워들은 대부분 외국인이었다. 은희는 로베르트에게 모르는 언어를 사용하는 외국인일 테지만 두 사람은 공통점이 전혀 없다고 말하기 어려웠다.

번역기의 도움을 받지 않으면 은희는 로베르트가 사진과 함께 올린 짧은 글을 읽지 못했다. 로베르트는 불어로 말하고 불어로 글을 쓰는 사람이었다. 존 데이비드는 영어로 말하고 은희는 한국어로 말했다. 영어는 이제 더 이상 말할 수 없게 된 존의 유일한 언어였다. 은희보다 나이가 열 살 이상 많은 두 사람은 어린 시절 한국어로 말했던 기억을 완전히 잊어버린 듯했다.

오래전 전세 비행기를 타고 뉴욕과 브루헤로 떠나야 했던 사람들이었다. 삼 년 전, 존이 한국으로 돌아왔다. 로베르트가 한국에 오고 싶은지 아닌지 은희는 알지 못했다. 분명한 사실은 브루헤에 로베르트가 있고, 존은 뉴욕과 한국 어디에도 살지 않는다는 점이다. 한국에서 살아갈 수 없었던 존을 뉴욕으로 떠나보내려고 절차를 밟고 기다리는 사람들이 있다고 은희는 로베르트에게 알려주고 싶었다.

존 데이비드는 아직 한국에 머물러 있었다. 아홉 살에 뉴욕으로 떠나야 했던 존은 서른여덟 살에 자신의 의지와 상관없이 한국으로 돌아와야 했다. 한국에 돌아왔음에도 영어로 말하고 영어로 생각하면서 다시 뉴욕으로 돌아갈 수 있기를 바랐던 존은 한국인도 미국인도 아니었다.

어디에서도 환영받지 못한 사람이었다. 은희는 자신을 추방한 미국으로 다시 돌아가고 싶어 했던 존의 마음을 막연히 짐작할 뿐이었다. 뉴욕은 존이 삼십 년 가까이 살았던 도시였다. 아홉 살에 해외 입양과 파양, 재입양의 과정을 겪어야 했던 존은 이십구 년 뒤 돌연 출생국으로 돌아왔다.

한국 사람들에게 존 데이비드의 존재가 알려졌을 무렵, 그는 이곳에 있다고도 없다고도 분명하게 말하기 어려운 사람이 되어 있었다.

오후 근무가 끝나는 시간까지 휴대전화 사용은 금지였다. 텀블러로 커피와 차를 마실 수 없었다. 병원 유선 전화로 전화를 걸거나 받을 수 있지만 은희는 사용하지 않았다. 전화와 메시지가 들어와 있을지도 모른다고 생각하면 개인 사물함으로 달려가야 할 듯싶었어도 지금껏 긴급한 용무로 은희를 호출한 사람은 없었다.

이곳 산부인과 병원은 은희의 두번째 직장이었다. 대학에서 보건행정학을 전공한 은희는 병원 행정직으로 취업해 원무과에서 일했다. 오전 여덟시 사십분에 출근하면 점심시간을 빼고 오후 여섯시까지 접수대 컴퓨터 앞에 앉아 있어야 했다. 접수와 수납, 입퇴원 환자 관리와 정산, 심사청구 등 업무 내용은 단순하고 명확하지만 간단한 일이 아니었다. 첫 직장도 산부인과였다. 만삭의 여자들과 신생아 울음소리를 상상하면서 근무를 시작했던 은희는 업무를 익히고 적응하기도 전에 산부인과 병원이 누군가 태어나는 장소이자 의지와 상관없이 생겨났다가 버려지는 자리인 줄 알게 되었다. 가임기 여성이 원하는 시기에 임신할 확률이 몇 퍼센트인지 정확하게 알지 못했지만 의술을 빌려 임신을 시도하고, 여러 차례 실패를 반복하면서도 포기하지 않는 사람이 적지 않음을 알고 놀랐다.

난임으로 병원에 찾아온 여성들은 임신과 출산이 순조롭지 못하리라는 검사 결과가 나오면 당황하고 낙담했다. 자연임신이 힘들어도 인공적인 방법으로 아이를 가질 수 있다는 의사의 말에 기대를 걸어보려고 했다. 준비 없이 덜컥 아기를 갖거나 자궁에서 재앙처럼 자라는 태아를 포기하려고 병원에 온 여성들에게 임신이란 되풀이하지 말아야 할 오점이 될 가능성이 컸다. 누군가의 지독한 실수와 불운에서 싹트는 생명이 있었다. 생겨나고 사라지기를 선택할 수 없는 태아는 무력했다. 사람의 아이는 자기 삶에 결정권이 없었다. 누구도 배 속의 아기에게 살고 싶은지 죽어도 괜찮은지 묻지 않았다.

채취한 난자와 정자를 배양접시에서 수정시키고 배양 과정을 거친 배아를 여성의 자궁에 이식하면 태아로 자라날 확률은 삼십 퍼센트 내외였다. 오늘 오전 내원한 여자가 임신에 성공할 가능성은 그보다 더 적었다. 여자는 이곳 산부인과 병원에서 배란 유도제를 맞고 난자 채취를 하고 수정란을 자궁에 이식하는 시험관 시술을 일 년에 세 차례씩, 삼 년째 받는 중이었다. 시간이 흐를수록 임신에 성공할 가능성이 점점 더 희박해지는 줄 알면서도 시술을 멈추지 못하는 여자의 절박한 마음을 은희는 알지 못했다. 난임으로 내원해 검사와 치료, 시술받는 여자들을 지켜보면서 은희는 자신의 엄마를 생각했을 뿐이었다. 젊은 엄마가 힘들고 복잡한 과정을 오랫동안 겪어내지 않았기를 바랐다. 어쩌면 엄마는 인공수정과 시험관 시술을 시도조차 하지 않았을지 모른다고 생각하면 왠지 마음이 놓였다.

엄마는 임신과 출산, 양육이라는 무거운 짐을 내려놓고 홀가분해졌다. 명절이 돌아와도 은희는 엄마가 살고 있는 강릉으로 내려가지 않았다. 엄마와 전화 통화나 메시지를 주고받으면서 독립한 동생들의 소식을 전해 들었어도 그들의 얼굴을 분명하게 떠올리기 어려웠다. 사내아이들이라 곰살궂지 않아도 든든하다고 말하는 엄마에게 아들을 낳고 싶었느냐고 묻지 않았다. 아버지를 닮아 말수 적고 순한 두 아들은 대학에 진학해 공부하다가 차례로 군 복무를 마치고 졸업했다. 네 식구가 전부 모이는 날은 명절과 아버지의 생일이었다. 엄마는 명절에 강릉으로 오지 않는다고 은희를 탓하지 않았다.

4인용 식탁이 놓여 있는 집이었다. 열 사람이 식사할 수 있을 만큼 터무니없이 커다란 식탁을 들여놓는다고 해도 그 집에는 은희의 자리가 없었다. 엄마는 강릉에 온 뒤로 시간이 너무 빨리 흘러갔다고 안타까워했다. 시간을 되돌릴 수 있다면 연년생 두 아들과 더 많은 시간을 보내고 싶다고 했다.

"은희야, 집에 오지 않더라도 아버지에게 가끔 안부 전화를 해라. 널 많이 걱정하신다. 딸이 생겨서 좋다고 했는데……"

하고 싶은 말이 더 있는 듯했는데 엄마는 말을 아꼈다.

은희가 대학을 졸업하고 취업하기 전까지 매달 같은 날짜에 은행 계좌로 돈을 보내준 사람은 아버지였다. 지방 공무원으로 일하는 아버지는 너그럽고 사려 깊었다. 엄마는 아버지의 집에서 평화롭게 나이를 먹고 있었다.

성실하고 자상한 남편과 나무랄 데 없는 두 아들은 엄마에게 뒤늦게 찾아온 행운이었다. 보험 상품 판매 일을 하면서 돈을 벌어야 했던 엄마는 다시 전업주부가 되었다. 식성이 까다롭지 않은 남편과 아들들을 위해 장을 보고 밥을 차리는 시간이 즐겁다는 엄마의 말을 듣고 은희는 엄마가 마땅히 누려야 했던 안정된 생활이 자신으로 인해 미뤄졌으리라고 생각했다.

엄마가 어떤 삶을 살아왔는지 은희는 전부 알고 있다고 말하기 어려웠다. 막연히 짐작하고 추측할 뿐이었다. 은희는 복숭아를 먹을 수 없었다. 딸은 엄마의 체질을 닮는다는 말을 의심하지 않았음에도 탐스러운 복숭아 과육을 떠올리면 입안에 저절로 침이 고였다. 엄마는 복숭아를 만지면 온몸이 벌겋게 달아오르고 간지럽다고 했다. 복숭아는 수많은 과일 중에서 엄마와 은희가 먹을 수 없는 단 한 가지였다.

엄마가 집을 비운 저녁이었다. 커다란 황도가 담긴 납작한 박스를 들고 집으로 돌아온 아빠가 은희에게 부엌으로 따라오라고 손짓했다. 아빠는 식탁 위에 박스를 내려놓고 황도 두 개를 꺼내 물에 씻었다.

"아빠가 깎아줄 테니까 너는 거기 앉아서 기다려라."

가만히 앉아 있어도 땀이 흐르는 무더운 저녁에 아빠가 들뜬 목소리로 말했다.

"네 엄마는 정말이지 이기적인 사람이야. 자기가 못 먹는다고 우리까지 먹지 못하게 할 건 없잖아. 안 그러니? 복숭아가 얼마나 맛있는데…… 이제부터 실컷 먹어보자."

아빠는 접시와 과일칼을 들고 식탁으로 와서 복숭아 껍질을 벗기고 과육을 보기 좋게 썰어놓았다. 여름에는 덥고 겨울이면 추운 집에서 한 번도 먹어보지 못했던 복숭아였다. 은희는 복숭아를 먹지 못한다고 불평하지 않았던 아빠가 황도를 박스째 사 들고 온 까닭을 짐작할 수 없었다.

"자, 먹어라."

과육 한쪽을 포크로 찍어 아빠가 은희의 손에 건네주었다.

노란빛을 띤 과육에서 단물이 뚝 떨어졌다.

"어서, 먹어."

아빠가 재촉했지만 은희는 황도를 입에 넣지 않았다.

온몸이 붉어지고 간지러워서 견딜 수 없다고 했던 엄마의 말을 떠올리면서 은희는 고개를 여러 차례 내저었다.

"복숭아 알레르기가 있을까 봐 그러니? 걱정하지 말아라. 은희 너는 엄마와 다르니까. 네가 엄마를 닮았을 리 없어. 그건 내가 잘 안다."

아빠는 확신에 찬 얼굴로 씹어 뱉듯 말했다.

"너와 엄마는 달라. 같을 수 없다. 언젠가 너도 알게 되겠지만 말이다."

접시에 담긴 황도를 아빠 혼자 전부 먹어치울 때까지 은희는 손에 들린 과육을 입에 넣지 않았다.

박스에 남아 있는 황도가 물러지기 전에 은희는 비닐봉지에 담아 쓰레기통에 버렸다. 엄마가 집으로 돌아오고 아빠가 떠났다. 은희와 엄마가 닮았을 리 없다고 확신에 찬 목소리로 말했던 아빠는 24평 전세 아파트를 남기고 사라졌다.

은희는 탈의실에서 옷을 갈아입고 휴대전화로 인스타그램 앱을 열었다. 샌드위치 포장지와 커피가 반쯤 남아 있는 종이컵을 카메라로 찍어 포스팅한 사진에는 팔로워 다섯 명이 하트를 눌러놓았다. 그들 중 로베르트는 없었다.

존 데이비드의 죽음을 추모하는 글을 올리고 로베르트는

침묵했다. 로베르트가 캡처해서 올린 불어로 쓰인 신문 기사에는 은희가 인터넷 포털에서 본 사진 두 장이 실려 있었다. 검은 띠가 둘린 액자 안에서 무표정한 얼굴로 어딘가를 바라보고 있는 남자는 존이었다. 은희가 모르는 남자의 한국 이름이 박준우라고 로베르트는 영어로 적어놓았다.

흰 국화꽃 한 송이를 손에 들고 휠체어에 앉아 영정이 놓인 제단을 향해 고개를 숙인 늙은 남자는 사설 입양기관 관계자 H씨였다. 한국 전쟁 직후부터 지금껏 해외로 고아들을 입양시켰던 늙은 남자는 스스로 생을 마감한 존 데이비드의 영정 앞에서 울먹이고 있는 듯 보였다. 한국어로 의사소통이 어려웠던 존은 영어로 유서를 남겼다. 인터넷 포털에는 존 데이비드의 사진과 그의 짧은 생을 기록한 기사 몇 개가 올라와 있었다. 출생국으로 돌아와 유령처럼 떠돌다가 자신의 유골을 뉴욕 양부모에게 보내달라는 유서를 남기고 생을 마감한 입양인 존의 사연은 인터넷을 타고 로베르트가 있는 벨기에까지 전해졌다.

존 데이비드는 미국 시민권자가 아니라는 이유로 추방당했다. 미국에서 삼십 년 가까이 살았는데 존은 미국 시민이 아니었다. 존 데이비드는 우편 주문 아이였다. 입양기관이 양부모를 대신해 받는 IR-4 비자는 양부모가 한국으로 와서 입양 절차를 완료하고 받는 IR-3 비자와 달리 자동으로 시민권이 부여되지 않았다.

파양당한 존을 재입양한 양부모는 주 정부의 법에 따라 입양 절차를 완료해야 한다는 사실을 알지 못했고, 존은 시민권이 없다는 사실을 모른 채 살았다. 주 정부는 범죄에 연루된, 시민권이 없는 입양아에게 출생국으로 돌아가라고 추방 명령을 내렸다. 추방 명령은 신속하고 정확하게 집행되었다. 이민국 직원이 한국행 비행기에 동승했고 인천공항 입국 심사대 앞까지 존을 데려다주었다.

원하지 않은 이십구 년 만의 귀향이었다. 존은 한국어를 한마디도 알아듣지 못했고 한국에서 살았던 기억이 남아 있지 않았다. 시민으로 인정받지 못한 나라였음에도 그는 입국 심사대 직원을 설득해서 뉴욕행 비행기를 타고 싶었다. 그곳에는 그의 양부모와 친구들이 살고 있었다. 어차피 불행한 삶을 살아야 한다면 슬프고 괴롭고 아팠던 기억이 남아 있는 곳이 낫다고 생각했다.

한국의 교회와 시설을 떠돌며 지냈던 삼 년 동안 존은 생부모를 찾으려고 하지 않았다. 돌아갈 수 없는 나라와 만날 수 없는 사람들을 그리워했던 존은 자신의 주검을 뉴욕으로 가져가서 묻어달라고 간청하는 편지를 남기고 삶을 마감했다. 열여덟 살 이후로 존과 만난 적이 없다는 양어머니에게 편지가 전해졌는지 알 수 없었다. 편지가 전해진다고 해도 양어머니가 어떤 결정을 내릴지 짐작하기 어려웠다. 한국으로 추방당해 돌아와 스스로 생을 마감한 존 데이비드의 죽음을 추모

하는 기사는 해외 입양인 문제를 파헤치는 기획 기사로 이어질 예정이라고 했다.

은희는 존 데이비드가 두려워했으리라고 생각했다. 재차 거절당할까 겁을 먹었을지도 모른다고 짐작했다. 자신이 누구이며 어디에서 비롯되었는지 알고 싶지 않았을 만큼 버림받은 상처가 깊었기 때문일 수도 있었다. 애써 찾아간 곳이 흙으로 덮인 무덤 자리라면, 허방을 디디며 살아왔던 그는 삶의 근원을 알아내지 못한 채 다시 원점으로 돌아가야 할 터였다.

로베르트는 입양 당시 발급한 여권을 가지고 있었다. 삼십사 년 동안 벨기에 시민으로 살아오면서 그는 한 번도 한국을 방문한 적이 없다고 했다. 인스타그램에 업로드했다가 삭제한 여권 사진에는 태어난 나라와 도시, 생년월일과 주소, 키, 몸무게, 보풀이 일어난 스웨터를 입은 어린 로베르트의 얼굴이 찍혀 있었다.

말라 죽은 식물과 새, 버려진 사물을 찍는 사진작가는 갤러리와 카페, 서점에서 전시회를 열었다. 로베르트의 카메라 렌즈에 담긴 피사체는 전부 흑백으로 인화되었다. 생명의 온기를 느낄 수 없는 어둡고 무거운 작품 옆에서 그는 환하게 웃음 짓고 있었다.

은희는 로베르트의 인스타그램 계정에 처음 방문하고 몇 달 동안 그가 한국계 벨기에 사람인 줄 알지 못했다. 결코 아름답다고 할 수 없는 것들을 응시하고 복원하려는 의도를 간파하기 어려웠어도 은희는 아무도 눈여겨보려고 하지 않는 버려진 사물과 소멸하는 존재들을 카메라 렌즈에 담아내는 작가에게 끌렸다.

서울시 대현동 134-20번지
1990년 6월 30일 오전 10시 40분

벨기에 사진작가 로베르트의 사진을 보면서 은희는 1990년 6월 30일 오전 10시 40분, 서울시 대현동 134-20번지에서 발견된 그 아이를 떠올렸다.

한여름 길거리에 버려진 그 아이가 자신이 맞는다고 은희는 확신하기 어려웠다. 친부모 정보는 불명이었다. 설령 친부모 존재를 알고 있다고 해도 중앙 입양원에서는 당사자의 동의 없이는 정보를 공개하지 않는다고 했다.

시청에서 보관하고 있는 아동 카드에는 아기의 사진과 이름, 발견된 장소와 날짜, 시간이 적혀 있었다. 이은혜는 생후 구십 일 되던 날 대현동 134-20번지 앞을 지나가던 행인에게 발견되어 시청 직원의 손으로 넘겨졌다. 길가에 버려진 아기가 보육 시설에 맡겨지고 국내에 입양되기까지 한 달이 채 걸리지 않았다. 이은혜는 입양 부모를 만나 박은희가 되었다. 결혼 생활 십 년 동안 아기를 갖지 못했던 삼십대 중반의 부부는 사설 입양기관을 통해 딸을 입양하고 십삼 년 동안 함께 살다가 헤어졌다. 엄마와 단둘이 살았던 육 년 동안 은희는 아빠를 한 번도 만나지 못했다. 아빠를 떠올리면 입안에 침이 고였다. 껍질을 벗겨 접시에 보기 좋게 깎아놓은 황도를 한입 베어 물고 싶어졌다.

은희는 한동안 이복동생에게 황도를 먹이고 싶어서 아빠가 떠났으리라고 생각했다. 달고 부드러운 복숭아 과육을 아무 의심 없이 먹고 있을 그 아이를 은희는 지금껏 한 번도 보지 못했다. 엄마와 닮지 않았다는 말을 귀 기울여 듣고 단물이 떨어지는 황도를 입에 넣었다면 아빠가 떠나지 않았을지 모른다는 생각은 이제 더 이상 하지 않았다. 은희는 엄마를 닮고 싶었다. 엄마와 닮은 구석이 없다는 사람들의 말을 들을 때마다 엄마처럼 말하고 웃고 걸으려고 애쓰면서 조바심쳤다.

은희는 엄마가 좋아하는 음식을 좋아하고 꺼리는 음식에는 손을 대지 않았다. 엄마와 딸의 외모와 성격이 다르다고 탓할 일은 아니었다. 몸이 약한 엄마는 보험 상품을 팔아 은희를 중학교와 고등학교에 보냈다. 엄마가 늦게 귀가하는 저녁이면 은희는 쌀을 씻어 밥을 안치고 된장국을 끓였다. 모녀의 식탁 위에는 비린 음식이 올라오지 않았다.

엄마와 아빠 둘 중 한 사람을 선택하라고 했다면 망설이지 않았을 테지만 두 사람은 은희에게 묻지 않았다. 은희는 공부를 뛰어나게 잘하지 못했고 예체능에도 소질이 없었다. 고등학교에 진학해서 대학 입학을 목표로 공부했지만, 특별히 좋아하거나 잘하는 과목이 없었다. 어떤 일이든 주어지면 핀잔을 듣지 않을 만큼은 해낼 수 있었음에도 무엇을 하며 살아야 성취감을 느끼고 만족할 수 있을지 알지 못했다.

저녁밥을 먹다가 엄마가 불쑥 강릉으로 내려가서 살 거라고 은희에게 말했다. 강릉에서 시청 공무원으로 일하는 남자라고 했다. 오 년 전 부인과 사별하고 고등학교에 다니는 연년생 두 아들을 홀로 키우고 있는 남자를 소개해준 사람은 엄마의 사촌 언니였다. 중년의 엄마는 새로운 삶을 시작하기 위해 준비하고 있었다. 이상하거나 불가능한 일이 아니었다.

"수능 끝나면 엄마랑 같이 강릉에 가보자. 그분이 널 보고 싶어 해. 딸이 생겼다고 얼마나 좋아하는지 모른다."

엄마는 아직 그분의 두 아들을 만나지 못했다고 했다.

"은희야, 가족이 생기는 거야. 너에게 아버지가 생기는 거란다. 동생들도."

엄마는 미소를 짓고 말했다.

그날 엄마는 그동안 미루고 하지 못한 이야기를 들려주었다. 지금 하지 않으면 영영 못 할 듯싶다고 했던 엄마의 말을 듣지 말았어야 했는지 조금 더 일찍 알았어야 했는지 은희는 알 수 없었다. 수능을 앞두고 불안하고 막막했던 그때 듣고 싶었던 말은 아니었다.

너와 엄마는 체질이 같을 수 없다고 단호하게 말했던 아빠의 얼굴이 떠올랐고 입안에 침이 고였다. 두부와 팽이버섯을 넣고 끓인 된장국을 남기고 은희는 숟가락을 내려놓았다. 은희가 엄마의 입맛에 맞게 끓인 된장국은 싱겁고 밍밍했다. 은희는 두번째 가족이 될 사람들을 생각했다. 아니, 세번째였다.

엄마는 은희가 순한 아기였다고 말했다. 잠투정하거나 놀아달라고 떼쓰지 않고 낯선 사람이 안아도 방긋방긋 웃었다고 했다. 아빠는 잠들어 있는 아기를 깨워서 놀려고 했고 주말에 가족 나들이를 하면 부러울 게 없었다고 했다. 아기가 생기기를 기다렸던 몇 년 동안 엄마는 아기를 품에 안은 여자를 보면 알 수 없는 적대감을 느꼈다고 털어놓았다. 이제 아기를 가질 때가 되지 않았느냐고 아무렇지도 않게 묻는 사람들에게 화가 나서 견딜 수 없었다고 했다. 자신에게 문제가 있을지 모른다고 생각하면 엄마는 불안해졌다. 아이가 자라 어른이 되듯 자연스럽게 임신하고 출산할 수 있으리라는 생각이 부서지고 깨지면서 엄마의 몸을 아프게 찔러댔다.

기다려도 아기를 가질 수 없다는 사실을 알게 되자 엄마는 이혼을 생각했고 아빠는 입양을 제안했다. 엄마는 아빠가 남편과 아빠로서 나무랄 데 없이 좋은 사람이었다고 말했다. 백일이 조금 지난 딸을 입양해 엄마와 아빠가 되었던 두 사람은 십삼 년이 흐른 뒤 삶이 어떻게 바뀌게 될지 예측하지 못했다.

은희는 식탁에 마주 앉아 자신을 바라보는 엄마가 낯설었다. 열아홉 살이 되도록 무엇을 하고 싶은지, 해야 하는지 알지 못한 채 하릴없이 시간을 보내는 딸에게 엄마가 짓궂은 농담을 건네고 있는 듯했다.

불편한 농담 같았던 엄마의 말을 듣고 '불명'이라는 두 글자를 확인하기까지 일 년 남짓 시간이 걸렸다. 친부모와 만나는 상상이나 기대는 하지 않았다. 아동 카드에 '불명'이라고 분명하게 기록이 되어 있는 단어를 확인하는 순간 은희는 왠지 절박한 심정으로 그들을 찾아야 할 듯싶었다.

생후 90일이 된 이은혜가 버려졌던 자리에는 오피스텔 건물이 들어서 있었다. 모르는 사람에게 안겨 방긋방긋 웃었다는 이은혜가 거기 있었다. 분명하지 않은 것에서 비롯된 아이가 자신이 찾아오기를 기다렸는지 아닌지 알 수 없었다. 은희는 강보에 싸여 콘크리트 건물 앞에 버려져 있는 아기를 외면하고 돌아왔다가 다시 그곳으로 향했다. 울지 않는 아기가 죽었을지 모른다고 지레짐작했다. 오가는 사람들은 버려진 물건처럼 방치된 아기를 눈여겨보지 않았다. 숨소리조차 내지 않는 아기가 그곳에 있는 줄도 모르는 듯했다. 아기와 눈을 맞추는 순간 달아날 수 없을 듯싶었다. 깊이 잠든 아기가 영영 깨어나지 않을지도 모른다고 생각했다. 이은혜를 외면하고 살아가야 했다. 분명하지 않은 것은 알려고 하지 말아야 한다고 스스로 다그쳤다.

김치와 마른오징어, 건미역이 담긴 택배 상자를 받았던 날

은희는 고속버스를 타고 불쑥 강릉으로 가고 싶었다. 생일 아침에 잊지 말고 미역국을 끓여 먹으라고 엄마가 당부했는데 아침 식사를 거르고 집을 나섰다. 며칠 뒤 은희는 전철과 버스를 타고 대현동 134-20번지로 찾아갔다. 아기가 그곳에 없을까 봐 두려웠고 여태도 자신을 기다리고 있을 듯해 마음이 무거웠다. 더 이상 아기를 그곳에 혼자 두지 말아야 한다고 마음을 고쳐먹었다. 말 못하는 아기가 평생 원망을 품고 살게 할 수 없었다.

아기는 그곳에 있었다. 은희는 잠들어 있는 아기의 곁으로 다가가 두 손을 내밀었다. 먼지와 때가 묻어 더러운 강보를 조심스럽게 들어 올리자, 아기가 눈을 뜨고 울음을 터트렸다. 누가 안아주든 낯가림하지 않았다는 아기는 깜짝 놀랄 만큼 큰 소리로 울었다. 은희는 우는 아기를 달래본 기억이 없었다. 아기를 안아본 적이 없었다. 말 못하는 아기가 그토록 끈질기게 울 수 있는 줄 알지 못했다. 은희는 우는 아기를 품에 안고 자기 뺨을 아기의 차가운 뺨에 가져다 댔다. 울음소리가 조금씩 잦아들었다. 은희는 아기가 울어서 마음이 놓였다. 울 수 있어서 다행이라고 생각했다.

아무 날도 아닌 어느 오후 은희는 미역국을 끓이다가 엄마에게 전화했다. 안부를 주고받은 짧은 통화 끝에 은희는 엄마에게 고맙다고 말했다.

"은희야, 뭐가 고마운데?"

엄마가 물었고 은희는 전부, 다, 하고 대답했다.

엄마가 말해주지 않았다면 이은혜와 평생 마주하지 못했으리라고 말하지 않았다.

"나도 고마워, 은희야."

엄마가 말했다.

"뭐가?"

"그냥 다, 고마워."

은희는 불명이라는 단어가 머릿속으로 떠오를 때마다 아기 울음소리를 듣는다고 말하지 않았다. 죽은 듯 보였던 아기가 품에 안겨 큰 소리로 울었다고 말할 수 없었다. 이은혜는 이제 오피스텔 건물이 들어선 자리가 아니라 은희의 곁에 머물러 있었다.

은희는 공항철도를 타려고 서둘러 걷다가 길바닥에 떨어져 있는 장갑을 발견하고 멈춰 섰다. 보풀이 잔뜩 일어난 검은색 손가락장갑은 한 짝뿐이었다. 주위를 둘러보아도 나머지 하나는 찾을 수 없었다. 은희는 짝이 없는 장갑을 주워 외투 주머니에 넣고 공항철도역 쪽으로 바쁘게 걸어가는 사람들의 뒷모습을 휴대전화 카메라에 담았다.

존 데이비드를 배웅하려고 나선 길에서 은희는 짝을 잃은 장갑을 줍고 '불명'이라고 적혀 있었던 단어를 떠올렸다. 오늘 저녁, 존 데이비드는 비행기를 타고 뉴욕으로 떠날 예정이었다. 존의 양어머니가 양아들의 유골을 기꺼이 받겠다고 의사를 전해 왔다는 소식을 은희는 며칠 전 신문 기사로 읽었다. 추모 공원에 안치된 존의 유골은 그가 바랐던 대로 비행기에 태워져 미국 뉴욕으로 돌아갈 수 있게 되었다.

추도식은 오늘 오후 일곱시 공항에서 열릴 예정이었다. 존의 양어머니 연락처를 수소문하고 이메일을 보낸 사람은 해외 입양인 연대 자문위원 조이 윌슨 씨였다. 은희는 새로 업로드된 사진이 보이지 않는 로베르트의 인스타그램에 방문해서 추도식 날짜와 장소, 시간을 댓글로 남겨놓았다.

공항철도는 인천공항 청사 안으로 연결되었다. 은희는 크고 작은 슈트케이스를 끌고 오가는 사람들 틈에서 주위를 두리번거리며 걸었다. 크기를 가늠하기 어려울 만큼 거대한 공항 청사는 떠나고 도착하는 사람들만의 장소가 아니었다. 슈트케이스 없이 맨손으로 걷는 사람들이 보였다. 모르지만 낯설지 않은 사람들 속에서 은희는 사진으로 보았던 존 데이비드와 닮은 얼굴을 본 듯싶었다.

그는 맨발에 슬리퍼를 신고 있었다. 사람들이 바쁘게 오가는 곳에서 빈손으로 우두커니 서 있는 그의 모습은 집을 나왔다가 길을 잃은 아이처럼 보였다. 아홉 살에 사설 입양기관 보모의 손에 이끌려 비행기에 올랐던 아이는 이십구 년이 지난 어느 날 미국 이민국 직원과 함께 인천공항으로 돌아왔다. 존 에프 케네디 공항에 도착하자마자 보모의 손에서 양아버지 K씨 손으로 넘겨졌던 이십구 년 전 그날처럼 그는 겁에 질려 있었다. 맨해튼의 K씨 집에서 일 년 남짓 살았던 그는 파양당하고 위탁 가정에 머물러 지내면서 재입양을 기다렸다. 그의 두번째 양어머니는 독실한 기독교 신자였다. 양아버지는 그를 때리거나 욕설을 퍼붓지 않았다. 양부모는 마당이 있는 이층집에서 네 명의 아이들과 함께 살고 있었다. 그는 다섯번째 아이였다.

인천공항은 거대한 감옥 같았다. 한번 발을 디디면 빠져나갈 수 없는 미로였다. 그는 열여덟 살에 집을 떠나려고 하는 양아들에게 축복을 빌어주면서, 힘이 들면 언제든 돌아오라고 했던 양어머니의 얼굴을 떠올렸다. 신앙심 깊고 책임감이 강한 그녀는 그의 유일한 어머니였다. 그는 생부모를 기억하지 못했다. 그리워하지 않았다. 한국에는 돌아갈 집이 없었다.

그는 금발 머리가 잿빛으로 변하고 얼굴에 굵은 주름이 잡혀 있을 양어머니에게로 돌아가고 싶었다. 자신을 도울 수 있는 사람은 양어머니 한 사람뿐이라고 생각했다. 한국은 낯설고 두려웠다. 아홉 살에 떠나야 했던 나라의 언어는 소낙비에 먼지가 씻겨 나간 듯 기억에서 말끔히 지워졌다.

만 하루 동안 굶고 이튿날 아침, 그는 공항 내 편의점에서 판매 유효기간이 지난 빵과 우유를 얻어 허기를 채웠다. 오가는 사람들이 구석진 자리에서 졸고 있는 그에게 동전과 지폐를 던져주었다. 삼 일째 되는 날 저녁 누군가 다가와서 말을 걸었다.

한국어를 하지 못한다고 그는 영어로 대답했다.

어디에서 왔느냐고 남자가 영어로 다시 물었다.

"나는 미국 사람입니다. 도와주세요. 나를 뉴욕으로 보내주세요."

그는 울먹이면서 낯선 남자에게 매달렸다.

추도식 장소는 지하 일층 기념품 가게 옆 구석진 방이었다. 검은 옷을 입은 사람들이 작은 방 안에 모여 있었다. 흰 종이가 덮인 탁자 위에 영정과 유골함이 놓여 있고 향불이 타올랐다. 검은 양복을 입은 남자가 영정 앞으로 다가가서 흰 국화꽃 한 송이를 놓고 고개를 숙였다. 사람들이 차례차례 꽃을 가져다 놓았다.

작은 공간은 향냄새로 꽉 차 있었다. 누군가 고개를 숙이고 울먹였다. 은희는 검은 옷을 입은 사람들 틈에서 보풀이 일어난 장갑 한 짝을 꺼내 손에 끼고 존 데이비드의 영정을 응시했다. 이제 곧 떠나야 하는 그의 이름을 부르는 낮은 목소리가 들려왔다. 검은 옷을 입은 남자가 흰 장갑을 낀 두 손으로 조심스럽게 유골함을 들어 올려 품에 안았다. 유골함을 안은 남자가 영정을 든 남자를 따라 밖으로 나갔다. 방 안에 모여 있는 사람들이 차례차례 나가고 탁자에는 향불이 타올랐다.

은희 혼자 좁은 방에 남아 있었다. 영정과 유골함이 없는 탁자 위에 흰 꽃이 수북했다. 향불이 꺼지기 전에 존이 잠시 머물렀던 자리를 사진으로 남겨놓으려고 휴대전화를 꺼내다가 은희는 멈칫했다. 향냄새가 꽉 찬 텅 빈 방에서 누군가 울고 있었다. 아이의 울음인지 어른의 울음인지 알 수 없었다. 울고 있는 사람을 찾으려고 두리번거리다가 흰 꽃과 향로가 놓인 탁자 앞으로 걸어가서 은희가 무릎을 굽히고 손을 내밀었다. 은희는 우는 아이를 달래본 기억이 있었다. 불명에서 비롯된 아홉 살 아이는 추도식 내내 탁자 아래 웅크리고 앉아 있었던 듯했다.

은희는 우는 아이의 차가운 손을 잡고 울음이 잦아들기를 기다렸다.

•

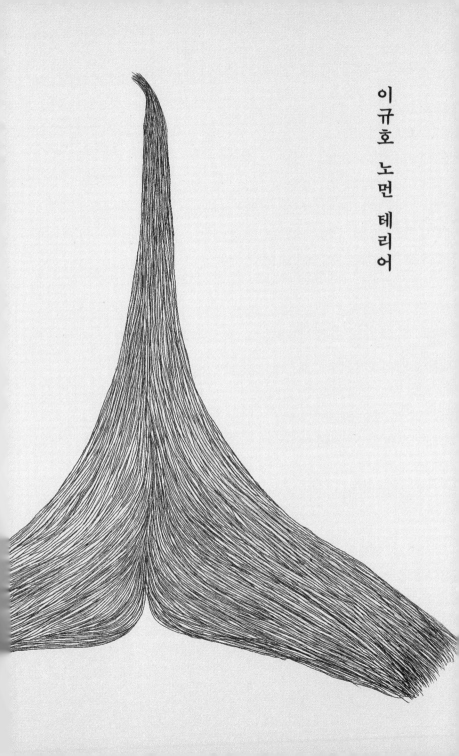

이규호 노먼 테리어

담당자는 금요일 오후 두시 정각에 누군가 찾아올 거라고 말했다. 벽에 걸린 둥근 시계를 쳐다보면서 불안하게 고갯짓하는 노먼을 향해 금요일 오후 두시라고 재차 말하고 담당자는 그래도 미덥지 않았는지 요일과 시간을 영어로 천천히 발음하면서 잊지 말라고 당부했다. 금요일에 방을 비우거나 술이나 약에 취해 곤란하게 만들면 안 된다고 주의 주고 잠깐 뜸을 들이다가 비밀이라도 털어놓으려는 듯이 담당자가 목소리를 낮추면서 금요일에 찾아올 사람이 아마도 그의 누나일지 모른다고 말했다.

　담당자의 얇은 입술 사이에서 누나라는 단어가 불쑥 튀어나오는 순간 노먼은 높은 건물 난간 쪽으로 떠밀려 갔다가 차갑고 단단한 보도블록 위로 곤두박질쳤다. 짓뭉개진 머리에서 피가 쏟아져 나오는데도 그는 비정상적으로 세차게 뛰는 심장 박동을 느낄 수 있을 만큼 의식이 또렷했다. 검붉은 피가 노먼의 야윈 어깨와 등, 허리를 축축이 적시고 흘러내렸다.

두 눈을 부릅뜨고 널브러져 있는 노먼을 내버려두고 담당자는 가벼운 발걸음으로 현관문을 열고 밖으로 나갔다. 시멘트 바닥에 짓눌린 노먼의 귓가에 담당자의 목소리가 이명처럼 울려댔다. 그는 누나라는 한국어 단어의 의미를 정확하게 알고 있었다. 노먼의 누나는 금요일 오후 두시에 찾아와 현관문을 두드릴 수 없었다. 노먼은 안전하지 않았다. 담당자가 무엇을 더 알고 있는지 짐작하기 어려웠다. 꿈인지도 모른다고 생각했다. 어지럽고 괴로운 꿈이었다.

2인용 식탁 위에 탁상용 달력이 놓여 있었다. 노먼은 2015년도 10월에 펼쳐져 있는 달력을 집어 들었다. 금요일 오후 두시 정각에 누나가 찾아올 거라고 했는데, 날짜가 언제인지 알 수 없었다. 담당자는 금요일 두시라고 말했을 뿐 날짜를 알려주지 않았다. 빨간색 볼펜을 집어 노먼이 금요일에 전부 동그라미를 쳐놓았다. 어쩌면 올해 10월이 아니라 내년 어느 달 금요일 오후 두시일지도 모른다고 생각했다. 노먼은 고개를 내젓다가 의자에서 벌떡 일어났고, 크고 작은 사물들이 각자의 위치에 놓여 있는 좁은 방 안을 불안하게 오락가락했다.

담당자에게 전화를 걸어 날짜를 확인하는 방법이 있었다.

용기를 내 휴대전화에 저장된 번호를 누른다고 해도 원하는 대답을 듣기 어려울 듯싶었다. 노먼 테일러는 평생 질문한 적이 없었다. 누구도 노먼에게 질문을 해도 된다고 허락하지 않았다. 금요일은 불길한 요일이었다. 노먼은 금요일에 태어났고 금요일에 죽게 되리라고 확신했다. 금요일에 누군가의 머리를 박살 내고 다시 교도소에 갇힐까 전전긍긍하고 있는 노먼에게 담당자는 금요일 오후 두시 정각에 폭발해버릴 물건을 던져주고 총총히 사라졌다.

서른여덟 살 노먼 테일러는 싱글 침대와 옷장, 식탁, 의자, 텔레비전, 벽시계, 커피포트와 식기 몇 개가 놓인 방에 머물러 지내고 있었다. 침대 머리맡 위로 벽걸이 에어컨이 걸려 있는 방에서 잠들었고 바깥에서 사 온 음식으로 식사를 해결했다. 새벽까지 깨어 있거나 제때 식사를 하지 않았어도 간섭하거나 괴롭히는 사람이 없었다. 드라마와 오락 프로그램을 보면서 한국어 공부를 하라고 담당자가 벌써 여러 차례 말했음에도 노먼은 귀담아들으려고 하지 않았다.

텔레비전을 보지 않아도, 사람들을 만나지 않아도, 백지에 그림 몇 장을 그리면 하루가 훌쩍 지나갔다. 벽에 걸린 둥근 시계는 쉬지 않고 째깍째깍 초침 소리를 내면서 움직이고 있었다. 이따금 시계가 궤도를 이탈해서 거꾸로 돌기 시작하면 노먼의 시간은 덩달아 과거로 뒷걸음질 쳤다. 그는 제멋대로 움직이는 시간을 통제할 수 없었다. 통제하기 어려운 일이 시간만은 아니었다.

노먼은 옷장에서 점퍼를 꺼내 걸치고 거울이 걸리지 않은 벽을 바라보고 서서 머리카락을 매만졌다. 운동화 한 켤레가 현관에 놓여 있었다. 점퍼와 운동화는 새것이었다. 이곳에 입소했던 날 노먼은 셔츠와 바지, 속옷, 양말까지 전부 새것으로 받았다. 현관문이 자동으로 잠겼다. 복지 카드가 들어 있는 점퍼 안주머니를 손으로 더듬으면서 노먼은 텅 빈 복도를 지나 계단을 내려갔다. 이층에서 일층 중앙 현관으로 걸어가는 동안 사람들과 마주치는 일은 생기지 않았다.

말끔하게 닦여 있는 출입문이 저절로 활짝 열렸다. 노먼은 어깨를 움츠리면서 노란 은행잎이 쌓이고 흩어져 구르는 거리로 나왔다. 상점 거리로 가려면 왕복 4차선 도로를 건너야 했다. 편의점과 식당, 술집, 카페 등 한글로 적힌 간판과 한국어로 말하는 사람들이 북적거리는 상점 거리로 갈 때마다 노먼은 매번 길을 잃을까 지레 겁을 먹었다. 목을 축이고 식사를 해결하려면 그곳으로 가야 했다. 노먼이 머무는 숙소는 하루 세 번 정해진 시각에 식사가 나오는 교도소가 아니었다.

점퍼 주머니에 두 손을 찔러 넣고 눈으로 길바닥을 더듬으면서 노먼은 횡단보도 쪽으로 걸어갔다. 보도 턱과 한 걸음 떨어진 자리에서 노먼이 건너편 신호등을 바라보고 있는데 카키색 외투를 입고 갈색 머플러를 목에 두른 여자가 천천히 다가왔다. 여자가 입은 기다란 외투 자락이 자기 몸에 닿지 않도록 하려고 노먼은 한 걸음 뒤로 물러섰고, 신호등이 초록색 불로 바뀌었다. 굽이 높은 구두를 신고 경쾌한 걸음으로 멀어져가는 여자의 뒷모습을 바라보면서 노먼은 담당자가 말한 방문객이 구두를 신고 카키색 외투 차림으로 금요일 오후 두시에 찾아올지도 모른다고 생각했다.

여자의 모습이 시야에서 멀어지고 신호등이 붉은색으로 바뀌었다. 쑥색 스웨터를 입고 어깨에 배낭을 짊어진 노파가 느릿한 걸음으로 건너편 신호등 옆으로 다가와서 섰다. 승용차와 버스, 오토바이가 거침없이 내달리는 도로를 사이에 두고 노파가 노먼을 주의 깊게 살피고 있었다. 금요일에 온다는 사람이 어쩌면 젊은 여자가 아닐지 모른다고 노먼은 고쳐서 생각했다. 누나라는 단어를 잘못 알아들었거나 엉뚱하게 이해했을지도 모를 일이었다. 신호를 한 번 더 놓치면 영영 길을 건너지 못할 듯싶어서 노먼은 초조해졌다. 노파가 자신을 만나러 오려고 그곳에 서 있는지도 모른다고 생각하자 불안했다. 신호가 바뀌면 곧장 목적지를 향해 걸어가야 했다. 노먼은 만나야 할 사람이 없었다. 아는 사람도 만나야 할 사람도 없는 이곳에서 벌써 오 년째 머물러 지내고 있지만 노먼이 원했던 일이 아니었다.

피부색이며 이목구비가 다르지 않은 사람들의 입에서 쉴 새 없이 튀어나오는 한국어는 노먼이 이방인이라는 사실을 분명하게 일깨워주었다. 미국에서 살았던 이십오 년 동안 노먼은 한국을 그리워하지 않았다. 뉴저지 뉴어크에 노먼의 집이 있었다. 양부모의 집보다 거리를 떠돌면서 살았던 시간이 더 길었음에도 그는 미국이 아닌 다른 곳의 삶을 상상한 적이 없었다. 순순히 체념해야 한다고 가르쳐주었던 사람은 실비아였다. 그녀는 영어로 말하는 한국계 미국인이었다. 버겐카운티 주택가에 있는 위탁 가정에서 머물렀던 육 개월 동안 노먼이 가장 많이 들었던 말은 체념과 포기, 위대하고 아름다운 아메리카였다.

돌아갈 수 없는 곳을 그리워하지 않는 착한 아이가 되겠다고 노먼은 한국어로 실비아에게 말했다. 나이가 너무 많아서 흠이지만 연장아를 기꺼이 입양하려고 하는 양부모가 나타날 거라고 실비아는 노먼을 위로하고 격려했다. 노먼은 여덟 살이었다. 나이가 많지 않았다면 미국에 도착하고 한 달이 채 되지 않아 크랩서 씨 부부가 노먼을 파양했을 리 없었다.

도시락과 샌드위치, 우유, 초코바, 캔 맥주, 인스턴트커피, 생수를 플라스틱 바구니에 담아 계산대로 가서 노먼이 복지 카드를 내밀었다. 초록색 앞치마를 두른 젊은 여자가 여느 손님을 대하듯 무표정한 얼굴로 계산하고 노먼에게 영수증과 함께 카드를 돌려주었다. 벌써 여러 차례 편의점에 들러 먹을거리를 샀는데 여자는 노먼에게 인사를 하지 않았다. 늘 사람들로 붐비는 편의점에서 여자는 지치고 피곤한 낯빛으로 입을 꾹 다문 채 빠르고 정확하게 계산하고 물건들을 봉지에 담아낼 뿐이었다. 노먼은 금요일에 방문객이 찾아오리라고 했던 담당자의 말이 거짓이 아니라면 오후 두시에 숙소 현관 벨을 누를 사람이 편의점 여자처럼 피곤해 보이는 얼굴을 하고 있으리라 생각했다.

카드와 영수증을 손에 들고 우두커니 서 있는 노먼을 향해 필요한 것이 더 있느냐고 여자가 재촉하는 목소리로 물었다. 노먼은 당황해서 고개를 가로젓고 먹을거리가 담긴 비닐봉지 두 개를 챙겨 허둥지둥 밖으로 나왔다. 등 뒤에서 큰 소리로 웃고 떠드는 소리가 들려왔지만 돌아보지 않았다. 횡단보도를 건너 숙소로 돌아가야 하는데 노먼은 상점이 즐비한 골목에서 방향을 잃고 불안하게 주위를 두리번거렸다. 차가운 바람이 부는 골목에서 노먼은 진땀을 흘리며 서 있었다. 힐끗거리며 지나가는 사람들에게 두려움을 느끼면서도 꼼짝할 수 없었다. 버림받고 내쳐지고 갇혀 지내야 하는 처지임에도 불안과 공포는 매번 처음인 듯 노먼의 목을 조여왔다.

누군가 다가와 손목을 잡으려고 하자 노먼이 신음을 내지르면서 한 걸음 뒤로 물러났다. 중년 남자는 도움이 필요하냐고 물었고, 노먼은 그가 경찰을 부를 거라고 지레짐작했다. 오 년 전, 이태원 거리에서 잠들었던 노먼을 집요하게 깨우려고 했던 노인처럼 남자는 자신의 임무를 달성하기 전까지는 포기하지 않겠다는 듯이 버티고 서 있었다. 남자에게 저항하면 경찰이 달려오고 다시 정신병원에 갇히게 되리라 노먼은 생각했다. 오 년 전과 비교하면 한국어를 조금은 알아들을 수 있지만 노먼은 거칠고 빠르게 말을 쏟아내는 한국 사람들에게 적절하게 대응하기 어려웠다. 남자가 휴대전화를 손에 들고 서서 노먼을 주의 깊게 살피고 있었다. 남자가 쳐놓은 올가미에서 노먼은 빠져나올 수 없었다. 공포에 질려 땀을 흘리면서 노먼은 무거운 비닐봉지를 손에 들고 휘청거렸다.

오가던 사람들이 남자와 노먼의 주위를 에워싸기 시작했다. 노먼의 손에 들려 있던 비닐봉지 하나가 길바닥으로 툭 떨어졌다. 누군가의 손이 등 뒤에서 어깨를 건드리는 순간 노먼은 무너지듯 털썩 주저앉았다. 허공에 걸린 둥근 시계가 요란하게 초침 소리를 내지르면서 거꾸로 움직였다. 웅성거리는 사람들에게 대항하듯 빠르고 시끄럽게 째깍거리는 초침 소리를 따라 평생 길 위에서 떠돌았던 노먼의 시간도 덩달아 뒤죽박죽 엉키며 돌아갔다.

노먼은 항공기 이코노미석 창가 쪽 자리에 안전띠를 매고 앉아 있었다. 한국 시각으로 오전 열시에 항공기가 인천공항에 도착할 예정이라고 안내 방송이 나왔다. 이십오 년 만에 타보는 항공기에서 노먼은 기내식을 먹고 커피를 마시고 담요를 덮고 깜빡 잠들었다가 깼다. 동승한 미국 이민국 직원은 내내 입을 다물고 있었는데, 하늘을 날고 있는 비행기에서 노먼이 행여 달아나기라도 할까 봐 감시와 경계의 눈초리를 거두지 않았다. 출생국으로 노먼을 돌려보내라는 주 정부의 명령은 신속하고 정확하게 집행되었다. 예정된 시각에 항공기가 인천공항에 도착하자 추방 명령을 수행하기 위해 동행한 이민국 직원은 노먼을 공항 외사계 직원에게 넘기고 사라졌다. 외사계 직원은 노먼을 오랫동안 붙들어놓지 않았다. 출생국으로 추방당해 돌아온 입양인을 위한 매뉴얼이 존재하는지조차 알지 못했던 직원은 놀라고 당황했음에도 상부에 알린다거나 누군가와 의논하지 않고 본인의 지갑에서 지폐 두 장을 꺼내 난감한 상황을 손쉽게 해결하려고 했다.

외사계 직원은 이태원으로 가면 영어로 대화할 수 있는 사람들을 만날 수 있다고 알려주고 공항버스를 탈 수 있도록 노먼을 친절하게 안내했다. 노먼의 머릿속에는 시계 초침이 빠르고 시끄러운 소리를 내면서 돌아갔다. 크고 작은 슈트케이스를 끌고 바쁘게 오가는 사람들은 제멋대로 움직이면서 소음을 내지르는 초침 소리에 얼굴을 찌푸리고 불안하게 두리번거리는 노먼을 주의 깊게 살피지 않았다. 영어로 말하는 사람을 만나면 무엇을 묻고 어떻게 해야 하는지 알지 못했음에도 노먼은 외사계 직원에게 가르쳐달라고 할 수 없었다. 공항버스는 이태원 거리에 노먼을 내려주고 곧장 떠났다. 배가 고프고 목이 말랐다. 표를 사고 거슬러 받은 지폐와 동전이 있는데도 선뜻 상점으로 들어가지 못하고 노먼은 빙글빙글 같은 자리를 맴돌았다.

해가 저물자 술집과 옷 가게, 카페, 식당이 즐비한 거리는 사람들로 북적거렸다. 공항 외사계 직원은 거짓말하지 않았는데, 노먼은 오가는 외국인들에게 다가가서 말을 걸 수 없었다. 빵과 음료수로 허기를 채우고 골목 외진 자리에 웅크리고 앉았다. 누구라도 말을 걸어오기를 바랐고 불쑥 다가와서 말을 걸까 봐 두려움을 느꼈다. 그날 밤 노먼은 거리에 나뒹구는 신문지와 비닐을 주워 길바닥에 깔고 잠이 들었다.

꿈에서 노먼은 실비아의 집에 있었다. 빵과 고기를 배부르게 먹고 깨끗한 시트가 깔린 침대에 쓰러져 눕자 잠이 쏟아졌다. 이층 침대 두 개와 싱글 침대 하나가 놓인 넓은 방에서 임시로 머물러 지내고 있는 아이들은 모두 동양인이었다. 실비아는 아이 중 가장 나이가 많은 노먼에게만 한국어로 이야기했고 한국 음식을 먹을 수 있게 해주었다. 그녀는 베트남과 중국에서 온 아이들이 제대로 알아듣지 못하는 줄 알면서도 영어로 말을 건네고 음식을 주고 잠을 재웠다. 테일러 부부가 나타나기 전까지 노먼은 실비아의 집에서 입양 부모를 기다리는 아이들과 함께 지내야 했다. 실비아의 집은 파양당한 아이들이 잠시 머물렀다가 떠나는 쉼터였다. 십여 년 전부터 위탁 가정 보모로 일하고 있는 실비아는 나이가 많거나 장애가 있는 아이들이 다시 입양 부모를 만나기까지 오랜 시간이 걸리는 줄 알고 있었다.

실비아는 연장아인데다 사내아이라는 나쁜 조건 외에도 노먼에게 다른 문제가 있음을 눈치챘는데, 해외 입양과 파양으로 이어진 불안정한 생활에서 비롯된 일시적인 문제일지 모른다고 넘겨짚었다. 한국어를 구사할 줄 알고 한국에서의 삶을 분명하게 기억한다면 입양아로서 바람직하지 않았다. 한국에서 어떤 경로로 버려지고 미국으로 왔는지 알 수 없지만 다시 그곳으로 돌아가기란 불가능했다. 실비아는 새 입양 부모가 나타나기 전까지 슬프고 불행했던 기억을 삭제할 수 있도록 노먼을 도와줄 유일한 사람이었다.

실비아의 집을 떠나야 할 시간이 되었을 무렵 노먼은 쉽고 간단한 영어를 알아들었고 빠른 속도로 한국어를 잊어버렸다. 그는 기억하지 못하는 생부모의 얼굴을 떠올리려고 애쓰지 않았다. 보육 시설에서 만났던 또래 아이들과 어른들의 얼굴과 목소리는 벌써 흐릿해졌다. 전세 비행기에서 보모들의 품에 안겨 있었거나 베이비 박스에 누워 울음을 터뜨렸던 갓난아기들, 뉴어크 리버티 국제공항에 도착해 감독관 보모를 따라 얼빠진 얼굴로 입국 심사대를 통과하고 입국장에서 기다리고 있던 감색 슈트 차림의 크랩서 씨에게 양도되었던 날의 두려움을 잊었다.

위대하고 아름다운 아메리카는 기회의 땅이라고 실비아는 말했다. 그녀는 불쌍한 한국 고아들이 부유하고 너그럽고 친절한 양부모들의 보살핌을 받고 자랄 수 있도록 기꺼이 도움의 손길을 내밀어준 아메리카 정부에 감사하는 마음으로 살아야 한다고 노먼에게 당부했다. 전쟁의 상흔을 딛고 경제적으로 빠르게 성장했음에도 한국은 아직 노먼 같은 아이들을 보듬어줄 수 있는 나라가 아니었고 고아라고 해서 전부 아메리카로 입양되는 행운을 얻지는 못한다고 했다.

작별 선물로 실비아가 노먼에게 스케치북과 크레용을 사주었다. 그녀는 사람들과 눈을 마주치려고 하지 않고 고개를 외로 틀어버리는 아이가 그림에 재능이 있는 줄 알고 있었다. 옷가지가 담긴 가방 하나와 그림을 챙겨 테일러 씨 부부와 함께 떠나는 노먼의 모습을 기쁜 마음으로 지켜보았던 실비아는 그 아이가 이십오 년 뒤 한국으로 추방당하게 되리라고 짐작하지 못했다. 그림을 그리면서 슬픔과 외로움을 견디려 했던 노먼이 그로 인해 곤란을 겪고 위기에 빠져들게 되리라고 그녀가 예상했을 리 없었다. 위험한 아이라고 낙인찍게 만들었던 종이와 연필은 노먼이 거리를 떠돌며 살아가는 동안 먹을거리와 잠자리를 얻을 수 있게 해주었다. 거리에서 살아가는 위험한 사람들은 노먼이 초상화 한 장을 그려주면 술이며 담배며 약이며 흔쾌히 건네주곤 했다.

손가락질하고 욕설을 내뱉는 아이들과 싸움이 벌어지고 큰 사고로 이어졌던 날, 테일러 부인은 노먼의 그림을 전부 압수했다. 테일러 부인은 노먼에게 그림을 그리지 말라고 경고했다. 근심이 가득한 얼굴로 한동안 주의 깊게 살피고 어떻게 교육해야 옳은지 고민했던 테일러 부인은 이제 아홉 살이 된

양아들이 정신적으로 문제가 있음을 인정하고 정신과 의사의 도움을 받아야 한다고 생각했다.

노먼을 데리고 정신과 의사를 만나러 갔던 테일러 부인은 문제의 그림을 머릿속으로 떠올리면서 얼굴을 붉혔다. 의사와 마주 앉아 아이가 그린 저속하고 낯 뜨거운 그림을 설명하면서 그녀는 다시 얼굴이 붉어졌다. 독실한 기독교 신자였던 테일러 부인은 파양당한 아픔을 겪은 양아들을 사랑과 관용으로 보살펴서 훌륭한 미국인으로 성장시켜야 한다는 의무감을 느꼈고, 신이 내린 시련을 달게 받아야 한다고 스스로 격려하면서 불편하고 난감한 시간을 견뎌내고 있었다.

노먼이 종이에 그린 그림은 여자의 음부였다. 스케치북과 낱장 종이마다 두 다리를 벌리고 성기를 드러낸 여자들의 모습이 연필과 크레용으로 그려져 있었다. 빈약한 상반신 아래, 벌어진 다리 사이로 커다랗게 도드라진 흉측한 음부, 얼굴이 잘렸거나 상반신 전체를 생략했거나 다리 사이에 여러 개의 성기를 그려 넣은 도발적이고 난삽한 그림이었다. 필요한 것이 있느냐고 물어도 선뜻 대답하지 않고 구석진 자리에 조용히 앉아 있었던 아이가 날마다 여자의 성기를 그렸으리라고 상상도 하지 못했던 테일러 부인은 괴롭고 부끄러워서 의사의 눈을 똑바로 바라보지 못했다.

그녀는 노먼의 그림을 전부 빼앗아 소각했다. 노먼이 위탁 가정에 머물러 지낼 때 연필로 그렸던 비행기와 아기를 안은 보모들, 실비아와 실비아의 집 그림이 뒤섞여 있었는데 망설이지 않고 모두 태워버렸다. 아홉 살 아이에게 스케치북과 크레용을 선물한 실비아를 원망했지만 부질없는 일이었다. 그녀는 문제가 있고 보살피기 쉽지 않은 아이를 입양하게 된 일 또한 신의 뜻일지도 모른다고 생각했다.

의사는 정기적인 상담과 약물 치료를 권했다. 달아오른 얼굴로 전전긍긍하는 테일러 부인을 동정하는 눈빛으로 바라보면서 그림을 빼앗아 태워버린다거나 거칠게 나무라는 행동은 위험하다고 의사는 조심스럽게 충고했다. 보통의 아이들과는 다른 유년을 보내고 있는 아이가 이상 행동을 보이거나 반항적이고 폭력적인 성향으로 발전해서 더 큰 문제를 일으킬 수 있다고 했다. 아이의 손에서 종이와 크레용을 뺏지 말고 또래 아이들처럼 가족과 친구들, 나무와 사물들을 그릴 수 있도록 돕고 관심을 기울이라는 의사의 조언을 들으면서 테일러 부인은 말없이 고개를 끄덕였다.

여자의 성기만 아니라면 노먼은 무엇이든 그릴 수 있었다. 테일러 부인은 자신과 피부색이 다른 양아들이 보통의 아이들처럼 성장할 수 있도록 돕는, 인내심이 강하고 사려 깊은 조력자의 역할을 해낼 마음의 준비가 되어 있는 사람이었다. 베트남과 수단에서 입양한 사내아이를 양육하고 있는 엄마이기도 했던 테일러 부인은 입양과 파양을 거쳐 자신에게로 온 가여운 아이를 내치지 않겠다고 마음을 다잡았다.

웅성거리는 소리가 잦아든 뒤 노먼이 천천히 고개를 들었다. 사이렌을 울리면서 경찰차가 달려오고 제복 입은 경찰관이 나타나리라 생각했는데 아무 일도 일어나지 않았다. 길바닥에 누워 있지 말라고 호통치는 노인의 입을 향해 주먹을 날렸던 기억을 떠올리면서 노먼이 어깨를 떨었다. 노인의 말을 전혀 알아듣지 못했어도 노기 띤 얼굴과 손짓으로 짐작할 수 있었다. 무슨 까닭으로 노인이 그토록 화를 내는지 노먼은 알 수 없었다. 사람들의 발걸음이 뜸한 자리였다.

노먼의 어깨를 발로 차면서 당장 일어나라고 노인이 악다구니를 쳤다. 노인은 노먼이 얼굴에 덮어쓴 신문지를 발로 걷어차고 짓뭉개면서 젊은 놈이 게으르고 한심하다고 욕설을 내뱉었다. 사지육신이 멀쩡한 젊은 놈이 일할 생각은 안 하고 비렁뱅이 짓을 한다고 쯧쯧 혀를 차면서 노먼의 뺨을 손바닥으로 때렸다. 두 팔을 내저으면서 일어난 노먼을 향해 부끄러운 줄 모르는 놈이라고 노인이 다시 호통을 쳤다. 노인이 왜 화를 내고 자신을 괴롭히는지 노먼을 알 수 없었다. 알아들을 수 없는 말을 쉬지 않고 떠들어대면서 고함치는 주름진 늙은 입을 닥치게 만들어놓고 싶었다. 노먼이 팔을 뻗어 주먹을 날렸고 노인이 휘청거리면서 힘없이 나동그라졌다.

신분증을 보여달라고 경찰관이 노먼에게 요구했다. 인천공항 외사계 직원이 알려준 대로 이태원으로 왔고 돈이 없어서 며칠 동안 노숙했다고 노먼이 영어로 대답했다. 미국 뉴저지주 뉴어크에 있는 양부모의 집으로 돌아가고 싶다고 노먼은 울먹이면서 말했다. 수년 동안 연락을 끊고 살았어도 아들이 낯선 나라로 쫓겨난 줄 알면 양부모가 놀라고 걱정할 거라고 하소연했다.

"제발 나를 미국으로 돌려보내주세요."

노먼은 의자에서 벌떡 일어나 소리쳤다.

"나는 미국 사람입니다. 돌아가게 해주세요. 나는 한국말을 할 줄 몰라요. 도와주세요."

파출소 바닥에 무릎을 꿇고 앉아 노먼은 두 손을 맞대고 비비면서 울부짖었다.

제복을 입은 경찰관이 불결한 냄새를 풍기는 노먼의 더러운 옷과 야윈 얼굴, 움푹 팬 눈자위를 유심히 바라보고 있었다.

"당신, 어디에서 영어를 배웠어? 발음이 진짜 미국 사람 같잖아?"

경찰관이 말했고 노먼은 고개를 꺾었다.

정신병원에 갇혀 지냈던 일 년 육 개월 동안 미국으로 돌아가게 해달라고 노먼이 애원하고 간청할 때마다 간호사들은 주저 없이 그의 팔뚝에 주삿바늘을 찔러 넣었다. 진정제와 약에 취하면 노먼은 실비아의 집으로 돌아갈 수 있었다. 그곳은 노먼이 연필과 종이로 그림을 그리면서 떠나온 나라와 그곳에서 만났던 사람들을 잊게 해주었던 장소였다. 아름다운 아메리카의 시민이 되어 살아야 한다고 일깨워주었던 실비아는 다시 여덟 살 아이가 되어 불쑥 찾아온 노먼에게 아무것도 묻지 않았다. 그녀는 빵과 우유를 내주고 깨끗이 빨아 다림질해 놓은 시트를 침대에 깔아주면서 언제까지라도 그곳에 머물러 지내도 괜찮다고 노먼을 안심시켰다.

병원으로 찾아온 낯선 방문객에게 노먼은 실비아와 테일러 부인 이야기를 털어놓았다. 방문객은 웃거나 빈정거리지 않고 참을성 있게 노먼의 이야기를 들어주었다. 한국 사람이 분명한데 왜 영어로 말하느냐고 화를 내거나 비웃는다거나 미친 사람 보듯 하지 않았던 방문객에게 노먼은 갇히고 죽더라도 미국으로 돌아가고 싶다고 호소했다.

거리에서 살았던 이야기는 하지 않았다. 초상화를 그려주고 돈과 먹을거리를 얻었지만 밥을 굶었던 날이 많았다. 약을 사기 위해 도둑질했고 주먹을 휘둘렀다가 경찰관에게 체포되고 재판을 받았다. 시민권이 없어서 한국으로 추방되었다고 말할 수 없었다. 사실을 말하면 한 가닥 희망마저 사라질 듯 싶어서 두려웠다. 해외 입양인들을 위해 일하고 있는 목사라고 자신을 소개했던 방문객은 노먼에게 무슨 죄를 짓고 추방당했느냐고 묻지 않았다. 그는 노먼이 한국으로 돌아왔다는 사실을 모르고 있었다면서 사과했고 퇴원할 수 있도록 기꺼이 돕겠다고 약속했다.

노먼은 김 목사의 도움으로 병원에서 나왔고 한국으로 추방당해 돌아온 해외 입양인들과 함께 복지센터에서 지냈다. 어눌하지만 한국어를 알아듣고 말할 수 있는 마이클이 노먼의 한국 이름을 부르면서 친밀함을 표현했다. 김 목사가 한국 입양기관을 통해 서류를 찾아주기 전까지 까맣게 잊고 있었던 노먼의 한국 이름이었다. 타인의 입에서 발음되는 자신의 한국 이름이 귀에 들려오면 노먼은 불쾌했고 짜증이 치밀었다. 노먼은 마이클의 한국 이름이 궁금하지 않았다. 마이클이 미국 어디에서 얼마만큼 오랫동안 살았는지 전혀 관심이 없었다.

세 사람이 한방을 사용하는 센터에서 노먼은 온종일 그림을 그렸다. 종이와 펜은 구하기 어렵지 않았다. 센터 관리인과 담당자는 말썽을 부리지 않고 조용히 그림을 그리는 노먼에게 종이와 펜을 아낌없이 가져다주었다. 오래전부터 노먼은 여자의 성기는 그리지 않았다. 테일러 부인의 손에 그림이 불태워진 뒤로 여자의 성기는 금기가 되었다. 그는 테일러 부인을 괴롭히거나 화나게 만들고 싶지 않았다. 착한 아이가 되어 사랑받으면서 살 수 있기를 바랐다. 사소한 다툼이 벌어지면 지레 겁을 먹었지만 사고는 언제나 그가 알지 못하는 사이에 벌어졌다. 노먼은 스스로 통제하지 못하는 자신을 혐오했고, 고통과 괴로움으로 신음하는 테일러 부인으로부터 멀리 달아나고 싶었다.

테일러 부인은 보호시설과 정신병원을 오가는 노먼의 모습을 세상에서 가장 불행하고 슬픈 사람의 눈빛으로 바라보았다. 신이 버리지 않는 한 양아들을 외면하거나 내치지 않겠다고 그녀는 그녀 자신과 약속했다. 세상 어디를 떠돌아다니든 지치고 외로우면 집으로 돌아오라고 했던 양어머니의 말을 노먼은 기억하고 있었다. 노먼은 백지에 아름다운 여인의 얼굴을 그렸다. 실비아와 테일러 부인을 닮지 않은 젊은 여인이었다. 이따금 꿈속에 찾아왔던 여인이 누구인지 노먼은 알지 못했다. 흑발의 여인에게 그는 누나라고 이름을 지어주었다. 누나는 낯선 언어로 말을 걸어왔다. 노먼이 기억에서 완전히 지워버린 언어였다. 알아들을 수 없는 말을 건네는 모르는 여인에게 침묵으로 대답하면서 노먼은 여인과 여인의 집을 그렸다.

마이클은 센터 도서관의 책을 빌려 읽고 센터로 찾아오는 자원봉사자들에게 한글을 배웠다. 발음이 어눌했어도 한국어와 한글을 배우려는 의욕이 강했던 마이클은 일자리를 구해 독립하겠다는 마음으로 합숙 생활을 하고 있었다. 노먼은 온종일 구석진 자리에 웅크리고 앉아 그림을 그렸다. 자신보다 서너 살 나이가 많은 마이클이 말을 걸어오면 마지못해 짧게 영어로 대꾸하거나 무시해버렸다. 노먼은 센터에 있는 누구와도 가깝게 지내지 않았다. 입양과 추방이라는 공통분모로 묶여 있는 사람들에게 친밀한 감정을 느끼지 못했다.

자신만의 세계에 고집스럽게 머물러 있으려고 하는 노먼에게 마이클은 성급하게 다가가지 말아야 했다. 닫혀 있는 노먼의 입을 열기 위해 무심코 했던 행동이 파국으로 치닫게 될 줄 마이클은 짐작하지 못했고 결국 두 사람 모두에게 불행한 일이 되었다. 비어 있는 방에서 자신의 소지품을 함부로 뒤지고 있는 마이클을 발견하고 노먼은 경악했다. 구두 신은 발로 어깨를 툭툭 차고 손바닥으로 뺨을 때리면서 욕설을 내뱉고 훈계하고 호통을 쳐댔던 노인을 향한 불쾌하고 짜증스러웠던 감정과는 비교할 수 없는 증오심으로 그는 통제 불능 상태가 되었다. 침대 아래쪽에 놓여 있는 두꺼운 유리 재질 재떨이가 눈에 띄는 순간 노먼은 망설이지 않고 그것을 집어 들었다.

마이클이 억 소리를 내지르면서 고꾸라졌고 종이 뭉치가 사방으로 흩어졌다. 재떨이가 방바닥에 구르고 여인과 여인의 집을 그린 종이가 담뱃재와 꽁초로 더럽혀졌다. 마이클은 엎드려 쓰러진 채로 꼼짝하지 않았다. 머리카락 사이로 검붉은 피가 흘렀다. 노먼은 망연자실하고 서 있다가 방바닥에 널려 있는 종이를 줍기 시작했다. 재와 피로 더럽혀진 종이를 한 장도 빼놓지 않고 주워 가방에 넣고 방을 함께 쓰는 필립이 돌아오기를 기다렸다. 노먼은 마이클이 정신을 차리고 눈을 뜨기를 바랐다. 눈을 뜨고 일어나 자신에게 정중히 사과하기를 기다렸다.

당장 눈을 뜨고 일어나라고 악다구니 치면서 뺨을 때렸던 노인의 노기 띤 얼굴이 생생했다. 노먼은 여태도 노인이 왜 그토록 화를 냈는지 알 수 없었다. 불쑥 다가왔던 중년 남자와 빙 둘러서 있었던 행인들은 보이지 않았다. 시간이 얼마나 흘렀는지, 여기가 어디인지 알 수 없었다. 노먼은 힘겹게 몸을 일으켜 세우면서 어디로 가려고 했는지 기억을 더듬었다. 구치소와 교도소로 면회를 와주었던 김 목사의 얼굴이 떠올랐다. 김 목사는 고통을 느끼지 않고 노먼이 떠올릴 수 있는 한 국인이었다. 교도소로 면회 올 때마다 펜과 종이를 가져다주었던 김 목사는 뉴어크 양부모의 집으로 편지를 보내고 노먼의 병원 진료 내역과 진단서를 받아서 법원에 제출해주었다.

노먼은 알고 있었다. 피부색이 같고 생김새가 비슷한 사람들이 사는 낯선 나라에서 달아날 수 없었다. 김 목사는 노먼에게 기억을 지우라고 충고하지 않았다. 아메리카의 언어와 그곳의 기억을 지우고, 건강하고 유용한 한국인이 되어 살아야 한다고 말하지 않았다. 사람들의 생김새가 자신과 비슷해서 오히려 낯선 한국에서 무엇을 할 수 있을지 노먼은 알지 못했다. 어쩌면 희망이 전혀 없지는 않으리라고 그는 고쳐서 생각해보았다. 금요일에 찾아온다는 사람이 노먼에게 집으로 돌아갈 방법을 알려줄지도 몰랐다.

주위를 두리번거리면서 노먼이 골목을 걸어 나왔다. 눈앞에 횡단보도가 나타나자 안심하면서 길을 건넜다. 방문객이 도착하기 전에 양어머니에게 편지를 써야겠다고 생각했다.

편지를 받고 놀라고 안도할 양어머니의 모습을 떠올리면서 양어머니에게 한 번도 편지를 쓰지 않은 자신을 책망했다. 테일러 부인이 노먼의 어머니였다. 생모를 그리워하거나 찾으려고 하지 않은 까닭은 기억을 지우라고 했던 실비아 탓이 아니었다. 그는 기억할 수 없는 사람을 그리워할 수 없었다. 불결하고 위험한 그림이 태워졌던 날, 노먼의 마음속에 실오라기처럼 남아 있었던 그리움은 봉인되었다.

한국에서 노먼은 여덟 살 아이였다. 서른여덟 살 노먼은 여덟 살을 반복해서 살고 있는 듯했다. 꿈속에서 말을 건넸던 누나의 모습이 떠올랐다가 사라졌다. 누나는 미안하다고 말했다. 노먼이 알아듣지 못할까 조바심하며 천천히 반복해서 미안하다고 했다.

여덟 살 노먼은 거듭해서 사과하고 고개를 떨구는 흑발의 누나가 누구인지 알지 못했다. 그녀가 무엇을 잘못했는지 자신이 왜 사과받아야 하는지 알 수 없었다.

출입문이 저절로 열리고 닫혔다. 낡은 가죽 가방을 들고 현관 입구에 서 있는 사람을 지나쳐서 노먼이 계단을 걸어 올라갔다.

"이규호 씨!"

등 뒤에서 누군가 부르는데 노먼은 돌아보지 않았다.

"노먼 테일러 씨!"

노먼은 걸음을 멈추고 천천히 고개를 돌려 자신을 향해 미소 짓는 나이 든 남자의 얼굴을 바라보았다.

전화했는데 받지 않아서 걱정했다고 남자가 말했다.

계단을 내려와 남자의 곁으로 다가가면서 노먼은 자신의 한국 이름을 소리 내지 않고 발음해보았다. 노먼 테일러는 아직 이규호라는 한국 이름이 익숙하지 않았다.

언제나 낡은 가죽 가방을 들고 노먼을 찾아오는 남자는 김 목사였다. 출소 후 노먼은 김 목사의 도움으로 국가기관에서 관리하는 복지센터 원룸에서 지내고 있었다. 일주일에 한 번, 김 목사는 같은 시각에 노먼을 만나러 왔다. 그는 노먼의 말을 들어주고 질문을 기다리고 있는 사람이었다. 서른여덟 살 노먼 테일러는 낯선 나라에서 혼자가 아니었다.

편의점에 다녀왔다고 노먼이 한국어로 말했다. 돌아오는 길에 길을 잃었고 경찰관에게 붙들려 갈까 봐 두려움에 떨었다는 말은 하지 않았다. 노먼은 김 목사에게 누나 이야기를 하고 싶었다.

"병원 진료 시간이 지나가버렸네요. 제가 다시 예약해놓겠습니다."

병원 예약 시간을 놓쳤다고 김 목사는 노먼을 탓하지 않았다.

노먼이 누나 이야기를 털어놓고 싶은 상대는 정신과 의사가 아니었다. 김 목사라면 참을성 있게 그의 이야기를 들어주고, 누나가 누구이고 왜 자신에게 미안하다고 말하는지 까닭을 알려줄 수 있으리라 생각했다.

방으로 올라가자고 노먼이 말했고 김 목사가 고개를 끄덕였다. 2인용 식탁이 놓인 방이었다. 김 목사는 노먼의 방으로 초대받은 유일한 손님이었다. 언제든 기꺼이 들어주려고 하는 김 목사가 노먼의 뒤를 따라 계단을 올라갔다. 현관문을 열고 방 안으로 들어가면서 노먼은 벽에 걸린 둥근 시계를 바라보았다. 시곗바늘이 오후 세시 정각을 가리켰다.

2인용 식탁에 노먼과 김 목사가 마주 앉았다. 노먼은 두려움 없이 말할 준비가 되어 있는 듯했다.

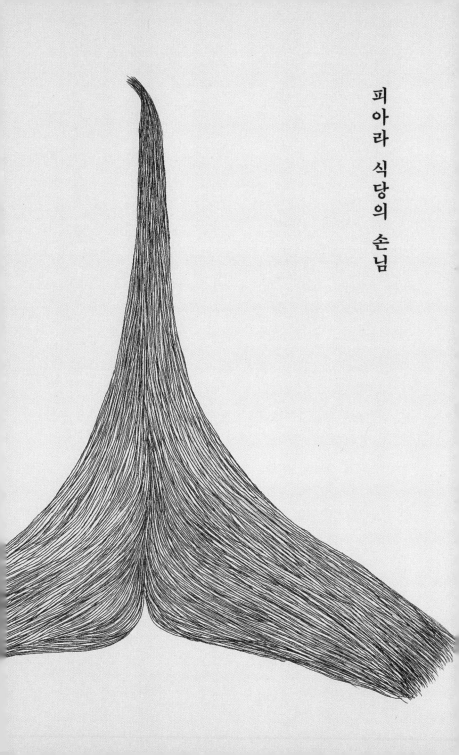

피
아
라　식
당
의　손
님

경섭은 지하철 승강장 안전선을 밟고 서서 뛰어들기 적당한 타이밍을 기다렸다. 전동차 석 대를 놓친 뒤였다. 심장이 빠르게 뛰고 식은땀이 흘렀다. 안전선 뒤편으로 물러서 있으라는 안내 방송이 들려왔다. 굽은 선로를 따라 달려오는 전동차를 노려보고 있다가 발을 떼려고 하는 순간 커다란 나방 한 마리가 경섭의 머리 위로 무겁게 날아올랐다.

쿵 소리와 함께 비명이 터져 나왔다. 전동차가 날카로운 기계음을 내지르면서 힘겹게 멈춰 서고 승강장은 아수라장으로 변했다. 선로를 따라 핏방울이 흩뿌려져 있었다. 경섭은 선로 저편으로 튕겨 나간 키가 크고 비쩍 마른 남자의 몸을 넋 놓고 바라보았다. 피를 흘리고 절명한 남자는 경섭이 모르는 사람인데 왠지 낯설지 않았다.

자살한 남자를 보려고 사람들이 선로 가까이 몰려들었다. 승무원이 황급히 달려오고 경찰과 119 구급대원들이 도착했다. 다리가 후들거려서 경섭은 승강장 바닥에 맥없이 주저앉았다. 구급대원들이 남자의 시신을 들것에 싣고 나갔다. 승무원들이 선로의 핏자국을 지웠다. 사고 현장이 신속하게 정리되고 있는데 경섭은 들것에 실려 사라진 주검이 외국인 남자가 아니라 병든 자기 몸인 듯싶어서 망연자실했다.

경섭은 뜨거운 보리차를 마시면서 신문을 읽다가 손에 쥐고 있는 컵을 놓칠 뻔했다. 지하철 선로에 뛰어들어 목숨을 끊은 남자에 관한 기사가 신문 사회면에 실려 있었다. 자살한 사람은 외국인이 아니었다. 달려오는 전동차와 부딪쳐 피투성이가 된 채 생을 마감한 남자는 지하철 기관사라고 했다. 며칠 전, 경섭이 지하철 승강장에서 죽음을 목격했던 외국인은 생전에 어떤 일을 하면서 살았는지 텔레비전 뉴스와 신문에 나오지 않았다. 외국인과 기관사가 왜 하필 지하철 승강장을 죽음의 장소로 선택했는지 알 수 없었다. 사람들이 많은 공공장소는 죽음을 맞기 적합하지 않았다. 충동적으로 자살을 감행할 만큼 매혹적인 곳이 아니었다. 외진 자리에 방치되어 속수무책으로 썩어가고 싶지 않았음에도 경섭은 사람들이 지켜보고 있는 공개된 장소는 피해야겠다고 생각했다.

조부모와 부모가 차례로 세상을 떠났고 이따금 지인들의 부고를 받았어도 경섭이 누군가의 죽음을 눈앞에서 목격하기는 그날이 처음이었다. 얼떨결에 자살할 기회를 빼앗기고 경섭은 밤마다 하얀 천이 덮인 들것에 실려 나가는 꿈을 꾸었다. 선로에 뛰어드는 순간 경섭은 제복을 입은 기관사와 눈이 마주쳤다. 기관사가 겁에 질린 얼굴로 급제동을 걸기 직전 경섭의 몸이 공중으로 날아올랐다. 생애 최초의 비상은 짧았다. 날개를 펼칠 틈도 없이 경섭은 선로 바닥으로 추락했다. 119 구급대원이 경섭의 주검을 들것으로 옮기고 사람들이 승강장에 모여 서서 웅성거렸다. 키가 크고 몸이 바싹 마른 외국인 남자가 사람들 틈에 서서 경섭의 주검을 내려다보고 있었다.

시래깃국 냄새가 났다. 수십 년 동안 맡아온 익숙한 냄새였다. 아내는 사흘거리로 들통 가득 시래기 된장국을 끓였다. 언제부터인가 아내는 밥상에 고기를 올리지 않았다. 현미밥에 된장국, 신김치를 넣고 끓인 콩나물국이 아니면 미역국이 고작이었다. 시금치며 도라지며 고사리나물은 간이 심심하고 오이며 당근이며 파프리카며 익히지 않은 채소를 생으로 먹으라고 했다.

경섭은 아내가 차려준 밥상이 마땅치 않았다. 기름기 많은 돼지고기와 맵고 짜고 칼칼한 생선 매운탕을 먹고 싶었다. 번거롭고 귀찮을 텐데도 아침저녁으로 독상을 차려주는 아내가 야속하기 짝이 없었다. 아내를 탓하기 어려웠다. 초식동물처럼 끼니마다 채소를 씹어 먹어야 하는 처지가 되고부터 아내를 대하는 경섭의 태도는 낙타처럼 순해졌다. 무거운 짐을 지고 날라야 하는 고된 노동에서 벗어났음에도 홀가분하지 않았다. 경섭은 물 없는 사막에서 제 몸에 저장된 수분이 마르도록 주인에게 복종하는 낙타처럼 살아왔다. 새벽에 눈을 뜨면 하루치 국을 끓이는 아내처럼 이른 아침 공장으로 출근해 무거운 원단을 나르고 마름질하고 염색하면서 살 수 있으리라 생각했었다. 독한 염료 탓에 눈앞이 가물가물했어도 경섭은 집으로 돌아가는 길을 잃어버린 적이 없었다.

네팔과 인도, 방글라데시, 베트남 등 경섭이 가본 적 없는 나라에서 온 청년들은 외모가 비슷해서 구별하기 어려웠다. 타일 공장, 가구 공장, 신발 공장 등 어느 곳이든 외국인 청년들이 일하고 있었다. 경섭의 눈에 그저 얼굴빛이 누렇거나 까만 외국인으로만 보이는 그 청년들은 아내의 손님이었다. 종교적 신념으로 음식을 가리고 꺼리는 청년들을 먹이기 위해 아내는 여러 가지 메뉴를 준비하느라 새벽부터 분주했다. 살아생전 어머니는 초파일에 연등을 다는 일을 잊지 않았는데 경섭은 불교 신자가 아니었다. 종교적 신념으로 돼지고기와 쇠고기, 육식 자체를 피해야 할 까닭이 없음에도 낙타와 말, 염소와 양처럼 경섭은 군소리 없이 풀을 먹어야 하는 비루하고 얄궂은 처지가 되었다.

매끼 생채소와 간이 심심한 나물 반찬으로 상을 차려내면서 아내는 영양사나 간병인처럼 까다롭게 굴었다. 채식주의 식단은 아무 근거 없는 아내의 처방이었다. 의사도 약사도 아닌 아내가 경섭에게 채식을 처방한 까닭은 채식주의자 버랄 탓이었다. 스물일곱 살 네팔 청년 버랄의 혀짤배기 같은 어눌한 말을 아내는 퍽도 잘 알아들었다. 젖을 뗀 후로 육류를 입에 댄 적 없다는 버랄은 군더더기 없는 몸이 건강해 보이는 청년이었다. 음식과 사람이 낯선 남의 나라에서 육체노동의 고단함과 외로움에 부대끼느라 그늘이 진 버랄의 크고 순한 눈동자는 아내의 모성을 자극하기에 충분했다.

위장에 문제가 생긴 줄 단번에 알아차리고 해결 방법까지 명쾌하게 내놓았어도 아내는 경섭이 일자리를 잃고 하릴없이 거리를 쏘다니리라 짐작하지 못했다. 석 달이 넘도록 월급을 가져다주지 못했는데 아내는 군말이 없었다. 정해진 날짜에 월급을 받아오지 않는다고 닦달하지 않았던 아내는 경섭이 직장을 잃고 고향 선배에게 사기까지 당한 줄 까맣게 모르고 있었다. 생것이나 심심하게 간을 한 채소를 먹으면 위장병이 말끔하게 낫고 스물일곱 살 버랄처럼 젊고 건강해질 수 있으리라 믿는 아내에게 경섭은 자초지종을 털어놓을 수 없었다. 돈 오십만 원은 경섭이 가진 전 재산이었다. 공장이 부도나는 바람에 경섭은 하루아침에 일자리를 잃었고, 분수에 맞지 않는 동정심으로 수중에 가진 돈 오십만 원을 도둑맞았다.

일자리가 널렸어도 경섭을 받아주겠다는 회사가 없었다.

이삼십대 외국인 청년들과 비교하면 경섭은 은퇴할 나이를 훌쩍 넘긴 늙은이였다. 서너 살 먹은 아이보다 한국말이 서툰 외국인 청년들 탓으로 경섭은 일자리를 얻기 힘들었다.

시래깃국과 반찬을 쟁반에 담아 아내가 탁자로 가져왔다. 경섭은 신문을 접어 빈 의자에 놓고 수저통에서 숟가락과 젓가락을 꺼냈다. 현미밥은 거칠어서 여러 번 씹어 먹어야 했다. 경섭은 힘겹게 밥을 삼키고 숟가락으로 시래깃국을 떠서 입에 넣었다. 구역질이 치밀었는데 억지로 삼켰다.

"천천히 자시구랴. 급하게 먹으면 물도 체하는 법이요."

아내가 주방 너머로 경섭을 바라보면서 말했다.

메뉴를 써 붙여놓은 식당 벽 위쪽으로 둥근 시계가 일곱시 삼십분을 가리켰다. 아내의 말처럼 서둘러야 할 까닭이 없었다. 수중에 돈이 없어서 아침밥을 뜨는 둥 마는 둥 하고 나가면 종일 배가 고플 게 뻔했다.

경섭은 공단 주변을 기웃거리지 않았다. 집을 나가면 온종일 지하철을 탔다. 기분 내키는 대로 환승하고 아무 곳에서나 내려 승강장 주변에 비치된 나무 의자에 앉아 시간을 보냈다. 날마다 수십 번씩 휴대전화 단축 버튼을 눌러보았어도 고향 선배 박은 전화를 받지 않았다. 박이 전화를 받지 않을 줄 알면서도 달리 방법이 없었다.

오전 여덟시 정각, 경섭이 식당에서 나왔다. 여느 날처럼 아내가 식당 주방에 서서 경섭을 배웅했다. 골목을 걸어 나오면서 경섭은 잠바 안주머니에 손을 넣고 주검으로 발견되면 자신이 누구인지 증명해줄 신분증을 손가락 끝으로 확인했다. 언제 어느 순간 숨이 끊어질지 알 수 없었다. 며칠 전 지하철 선로에 뛰어들어 사망한 외국인이 유령이 될 수밖에 없었던 까닭을 알 듯싶었다. 인도 사람이거나 네팔 사람이거나 방글라데시, 파키스탄에서 왔을 그 외국인의 낡은 잠바 주머니에는 신분증 대신 잔돈 몇 푼이 들어 있었을 게 분명했다. 아내의 식당으로 와서 밥을 먹는 외국인 청년들이 그렇듯 그 남자는 자신의 신분을 증명해줄 여권을 몸에 지니지 못했을 터였다.

낯익은 역사가 눈앞에 나타났다. 경섭은 바쁘게 움직이는 사람들 무리에 끼여 개찰구를 통과하고 승강장으로 이어진 계단을 내려갔다. 전동차는 삼사 분 간격으로 들어왔다가 바쁘게 떠났다. 경섭은 노란색 안전선에서 멀찌감치 떨어진 자리로 가서 서 있었다. 전동차가 멈춰 섰다가 떠날 때마다 한 무리의 사람들이 눈앞에 나타났다가 사라졌다. 외국인과 기관사가 선로에 뛰어들어 사망하는 일이 생겼는데도 사람들은 아무것도 모른다는 얼굴로 바쁘게 제 갈 길로 가고 있었다. 오가는 사람들의 모습을 부지런히 찍고 있는 CCTV를 찾으려고 두리번거리다가 경섭은 세상에 알려지지 않은 죽은 남자의 마지막 모습을 지켜보았을 게 분명한 카메라를 발견하고 둥그런 렌즈를 향해 손을 흔들었다.

휴대전화 폴더를 열고 단축 버튼을 눌렀다. 박이 전화를 받을 리 없다고 생각하면서도 경섭은 필터가 타들어가도록 마지막 한 모금을 아껴가며 담배를 피우는 심정으로 태진아의 노래 「사랑은 아무나 하나」를 듣고 있었다. 주검으로 발견되고 누군가 행적을 좇는다면 생을 마감하기 직전 경섭이 무엇을 했는지 알 수 있을 터였다. 통역 없이 자유롭게 말할 수 있음에도 경섭의 말을 귀 기울여서 들어주는 사람은 삼십여 년을 함께 살고 있는 아내뿐이었다. 돈을 떼이고 일자리까지 잃고 난 뒤로 경섭은 불법 체류자가 되기라도 한 듯 하루하루가 불안했다. 출입국관리소 단속에 걸릴까 두려워하는 외국인 청년들의 심정이 어떨지 비로소 알 듯도 싶었다.

잠바 주머니에 휴대전화를 넣고 경섭이 고개를 들었다. 승강장이 텅 비어 있었다. 막차가 떠나고 한참이 지난 뒤처럼 사방이 고요했다. 경섭이 두 눈을 끔벅이면서 주위를 둘러보았다. 계단으로 이어진 통로가 환한데 바쁘게 오가는 사람들의 모습은 보이지 않았다. 아무도 없는 승강장에서 경섭은 막차를 놓친 사람처럼 우두커니 서 있었다. 승강장 곳곳에 걸려 있는 전광판의 불이 꺼졌다. 안내 방송은 나오지 않았다. 경섭이 휴대전화를 꺼내 시간을 확인했다. 오전 여덟시 사십분이었다.

텅 빈 선로 안쪽에서 그림자처럼 보이는 물체 하나가 경섭이 서 있는 쪽으로 흔들리며 다가오고 있었다. 경섭은 노란색으로 그어진 안전선을 따라 걸어가다가 동굴 같은 선로 저편에서 튀어나온 감색 제복 차림에 같은 색 모자를 쓴 남자를 발견했다. 남자는 멍한 눈빛으로 휘청거리며 걸어왔다. 경섭이 위험하다고 소리치는 순간 무표정한 얼굴로 다가오던 남자는 길고 어두운 터널 속으로 빨려 들어갔다. 남자는 흔적도 없이 사라졌다. 아침에 집을 나오면 전동차 안이나 승강장에서 시간을 보냈어도 경섭은 굴속 같은 터널을 주의 깊게 바라보지 않았다. 선로는 터널을 따라 비스듬히 휘어져서 길게 뻗어 있었다. 굽은 길을 따라 걸어가면 경섭이 모르는 세계가 나올 듯했다.

어부의 자식으로 태어나 배움이 짧았어도 경섭은 몸이 재바르고 손끝이 야물었다. 때가 되면 짝을 찾아 부부의 연을 맺고 자식들을 낳아 먹이고 가르치면서 살아가게 되리라고 짐작했었다. 평생 바다에서 살았던 아버지가 행복했는지 불행했는지 경섭은 알지 못했다. 만선으로 돌아오는 날이면 아버지는 막걸리 두어 병을 마시고 순하게 곯아떨어졌다. 말년에 아버지는 바다를 무서워했다. 고기를 낚으며 살았던 기억을 까맣게 잊은 아버지는 그물을 깁고 비린 생선을 만졌던 지문이 닳고 굳은살이 박인 두 손을 꽉 쥔 채 펴려고 하지 않았다. 경섭이 이따금 집으로 찾아가면 아버지는 그물에 걸린 치어들을 바다에 놓아줄 때처럼 무심한 얼굴로 아들을 바라보았다. 기억을 잃어버린 아버지는 자식을 얻지 못한 큰아들에 대한 걱정을 놓아버렸다.

자식을 낳지 못했어도 경섭에게 자식이 없지는 않았다. 양자로 입양해 호적에 올리고 뒷바라지했던 영석이는 경섭의 둘째 동생의 차남이었다. 고등학교를 졸업하는 날까지 낳아준 부모와 살았던 영석이는 대학에 입학하자 서울로 가서 하숙 생활을 했다. 부모의 뜻에 따라 큰집 양자가 되어야 했던 영석이는 양부모에게 마음을 주려고 하지 않았다. 대학을 졸업하고 영석이는 떠돌아다녔다. 바람처럼 나타났다가 떠나면 몇 달이 지나도록 소식을 알 수 없었다. 하룻밤 이상 머물지 못하게 등을 떠미는 친부모와도 연락을 끊은 듯했다. 경섭이 영석이를 마지막으로 본 지 벌써 삼 년이 흘렀다.

영석이가 불쑥 식당으로 찾아오면 경섭의 아내는 수중에 가진 돈을 전부 털어주었다. 대학을 졸업하면 더 이상 목돈이 들어가지 않으리라 생각했는데 일없이 떠돌아다니는 양아들의 뒷바라지를 하느라 허리가 휠 지경이었다. 영석이가 네팔로 떠났고 그곳에서 한국인이 경영하는 음식점에 취직했다는 아내의 말을 듣고 경섭은 헛웃음이 나왔다. 제 손으로 라면 하나 끓여 먹지 않았던 아이였다.

아내가 유독 버럭을 챙기는 까닭이 영석이를 향한 미련을 버리지 못해서이리라고 경섭은 짐작했다. 자식을 여럿 낳고 젖을 물려 기른 어미처럼 군살이 잡히고 모난 곳 없이 둥글둥글해진 아내는 엄마라고 불렸던 적이 없었다. 하루치 노동을

끝내고 지친 걸음으로 찾아오는 버랄에게 먹을거리를 챙겨주
면서 아내는 엄마 흉내를 내고 싶었는지 모른다고 생각했다.
품에 안아보지 못한 양아들보다 또박또박 밥값을 치르고 돌
아가는 외국인 청년이 더 애틋하고 정이 가고도 남았을 일이
었다.

버랄의 고향 카트만두는 하루 이틀에 오를 수 없는 높은 산
과 세계 여러 나라에서 찾아오는 관광객으로 붐비는 도시였
다. 아내가 네팔 청년들에게 유독 친근하게 구는 까닭은 영석
이가 그곳에 있기 때문이었다. 장님이 코끼리 다리 더듬듯 사
시사철 눈에 덮여 있다는 높은 산과 관광객들로 북적거리는
나라를 상상하면서 아내는 영석이가 한국에서 일하는 외국인
청년들처럼 행여 출입국관리소 직원들에게 쫓기거나 사고라
도 당할까 봐 지레 걱정했다.

영석이는 먼지 구덩이 속에서 하루 열다섯 시간 이상 온갖
소음과 악취를 견디며 일하는 외국인 청년들과 달랐다. 월급
을 받으면 최소한의 생활비를 제하고 몽땅 고향에 있는 부모
형제에게 보내야 하는 고달픈 신세가 아니었다. 강제 단속에
마음 졸이고 몸이 아파도 작업장으로 출근해야 하는 불법 외
국인 노동자가 아니었다. 원한다면 언제라도 돌아올 수 있는
그 아이는 양부모를 부양해야 할 의무가 없는 자유인이었다.

호적에 올랐다고 부모 자식의 책임과 의무를 따져 물을 마
음은 없었다. 경섭은 늙어 수족을 쓰지 못하게 된다고 해도

영석이를 믿고 의지하면서 살겠다는 생각은 하지 않았다.

터널 속으로 사라진 남자는 지하철 기관사가 분명했다. 자신의 일터에서 스스로 목숨을 끊은 남자는 아직 이곳을 떠나지 못하고 있는 듯했다. 말년에 바다를 무서워했던 아버지는 바다에서 멀찌감치 떨어진 양지바른 자리에 묻혔다. 평생 밥을 벌었던 바다를 두려워하는 아버지의 마음을 경섭은 이해하기 쉽지 않았다. 어쩌면 아버지는 깊이를 알 수 없는 바다로 나가는 날마다 줄곧 공포와 불안에 떨었을지 모른다고 생각했다. 물결이 잔잔한 바다가 언제 어느 순간 돌변할지 아무도 예측할 수 없었다. 폭풍이 불고 거센 빗줄기가 쏟아지면 바다는 사납게 날뛰었다. 무엇이든지 닥치는 대로 집어삼키면서 포악을 떨었다. 아버지는 배를 띄우면서 바다의 눈치를 살폈다. 무사히 돌아올 수 있기를 기도하고 감사의 인사를 잊지 않았다. 아버지는 일평생 바다에 복종하며 살았다.

죽은 기관사와 함께 달렸던 전동차는 아버지의 바다와 다르지 않았다. 경섭은 순식간에 작은 배 하나를 집어삼키고 아무 일 없다는 듯 잔잔해지던 바다를 기억했다.

전동차가 예고 없이 멈춰 서고 승강장을 가득 메웠던 사람들이 어디론가 사라졌다. 경섭이 휴대전화를 꺼내 시간을 확인했다. 오전 여덟시 사십분이었다.

기관사 제복을 입은 남자는 헛것이었다. 경섭은 하루가 다르게 시력이 떨어지는 눈을 신뢰하기 어려웠다. 승강장에 사람들이 있는데도 보지 못하는지도 모른다고 생각했다. 누군가 성을 내거나 비명을 지르기를 바라면서 경섭은 허공을 향해 두 손을 치켜올리고 힘껏 내저었다.

외국인 청년을 향한 애틋한 마음이라니 당치않았다. 경섭은 고된 노동에 시달리면서도 채식을 고집하는 버릇을 살뜰하게 챙겨주는 아내가 못마땅했다. 당근과 시금치를 먹지 않는 영석이에게 경섭은 음식을 가려서 먹지 말라고 나무라지 않았다. 식성이며 사소한 습관이 마땅치 않았음에도 그저 두고 보았을 뿐이었다. 경섭은 영석이에게 성을 내거나 야단을 치거나 칭찬하지 않았다. 호되게 나무란 뒤 따뜻하게 안아주거나 서운한 마음에 토라졌다가 뜨겁게 화해했던 기억이 없었다. 고작 후견인에 불과한 경섭이 할 수 있는 일이 아니었다.

아내는 엄마 역할에 서툴렀다. 설령 제 몸으로 낳았다고 해도 곁에서 성장하는 모습을 지켜보지 못한 엄마는 자식의 눈치를 살피기 마련이었다. 가진 것을 아낌없이 내주었어도 양아들의 애정을 얻지 못한 아내는 외국인 청년에게 관심을 돌리려고 했다. 체류 기간을 넘긴 외국인 노동자들이 강제 단속에 걸려 추방당했다는 소식이 들려오면 아내는 전전긍긍했다. 강제 단속이 아니더라도 공장에서 일하다가 다치고 불구가 되어 고향으로 돌아가는 노동자들을 수없이 보아왔던 아내는 버랄이 다치거나 추방당하지 않고 무사히 고향으로 돌아갈 수 있기를 기도했다.

돈을 모아 고향으로 돌아가면 어머니와 함께 식당을 열어 장사하겠다고 버랄은 이미 계획을 세워두었다. 피아라 식당. 버랄은 식당 상호까지 지어놓았다. 목포식당 상호를 내걸고 장사하는 아내가 채식주의자들을 위해 따로 음식을 팔듯 육식과 채식을 가리지 않고 손님들이 원하는 음식을 기꺼이 요리해주고 싶다고 했다. 피아라는 버랄의 어머니 이름이었다. 인도인 어머니와 네팔인 아버지 사이에서 태어난 버랄은 한국으로 오기 전까지는 고향을 떠나본 적이 없었다고 했다. 버랄의 어머니 피아라는 카트만두에서 한국인 부부가 경영하는 식당에서 일하고 있었다. 아내는 버랄이 네팔로 돌아가면 영석이의 소식을 전해 들을 수 있으리라 기대하는 눈치였다.

얼토당토않은 기대고 터무니없는 낙관이었다. 설령 일하는 곳을 알아내고 연락이 닿는다고 해도 선선히 한국으로 돌아올 아이가 아니었다. 경섭이 죽었다는 부고를 받는다면 모른 체하지 않을지도 몰랐다. 명목뿐인 아버지라지만 죽음마저 외면해버릴 만큼 모질지 않으리라 생각했다. 경섭은 도망치듯 떠나온 고향을 오랫동안 잊고 살아왔다. 도시의 삶이 운명을 바꿔주기를 기대했던 경섭은 공장에서 내쳐지고 외면당하는 일이 생기리라고 예상하지 못했다.

네 개의 손가락이 프레스에 잘렸는데 버랄은 고향으로 돌아가지 않았다. 유심히 살피지 않으면 버랄의 오른손은 멀쩡해 보였다. 버랄은 잘려 나간 손가락을 주워 들고 병원으로 달려가서 접합수술을 받고 잠바공장으로 일자리를 옮겼다. 길쭉길쭉한 네 개의 손가락이 바깥으로 휘어져 있고 주먹이 쥐어지지 않는 손으로 버랄은 아침부터 저녁까지 마름질하고 재봉틀을 돌렸다.

"너는 손이 참 예쁘구나."

뜨거운 물에 담갔다가 물기를 짜낸 수건으로 버랄의 손을 찜질해주면서 아내가 말했다.

상처 입은 버랄의 손을 어루만지고 있으면 아내는 진짜 엄마처럼 보였다.

아내는 버랄이 밥을 먹으려고 오는 시간을 기다렸다. 굵은 멸치와 두부를 넣고 끓인 김치찌개는 버랄이 즐겨 먹는 메뉴였다. 네팔로 돌아가면 버랄은 한국인 손님들을 위해 김치찌개를 끓일 거라고 했다.

경섭은 피아라 식당에서 자신의 어머니와 함께 요리하는 버랄의 모습을 떠올려보려고 했다. 버랄과 피아라는 손님들의 입맛에 따라 돼지고기를 넣거나 굵은 멸치와 두부를 넣고 김치찌개를 끓이면서 제 나라의 말로 도란도란 이야기를 나누고 있었다. 한국인 관광객이 찾아오면 버랄이 한국어로 반갑게 인사했다. 한국에 온 적이 있느냐는 질문에 버랄은 목포 식당에서 먹었던 밥이 맛있었다고 대답했다. 식당 문을 닫으면 피아라가 버랄의 손을 찜질해주려고 물을 끓였다. 따듯한 물에 적신 수건으로 휘어진 아들의 오른손을 찜질해주면서 피아라는 경섭의 아내처럼 조용히 미소 지었다.

텅 빈 승강장과 길게 뻗어 있는 선로, 기분 나쁜 정적이 경섭은 점점 더 견디기 힘들어졌다. 경섭은 잠바 주머니에 넣은 휴대전화를 만지작거릴 뿐 꺼내서 시간을 확인하지 않았다. 어쩌면 박이 전화를 받을 수 없을 만큼 절박한 상황에 놓여 있을지도 모른다고 생각해보았다. 오십만 원은 경섭의 전 재산과 다름없지만 수십 년을 알고 지낸 고향 후배를 속이고 뒤통수를 치고 싶을 만큼 욕심이 나는 액수가 아니었다. 일자리를 잃고 오갈 데 없는 신세가 되지 않았다면 경섭은 박이 돈을 가지고 제 발로 찾아오는 날까지 진득하게 기다렸을 터였다.

산처럼 쌓이고 널렸던 원단과 기계, 집기들이 사라지고 없는 텅 빈 공장을 보았던 날 경섭은 서늘한 공포를 느꼈다. 익숙한 소음을 들을 수 없었다. 염료 냄새가 배어 있는 공장 안에는 쓰레기가 구르고 먼지가 날렸다. 경섭이 도시에서 걸어온 길은 싱싱한 풀이 널려 있는 초원이 아니었다. 충분히 풀을 뜯거나 물을 마실 겨를도 없이 주인이 이끄는 대로 무거운 짐을 등에 지고 걸어야만 했다. 아버지의 바다로부터 도망쳤다고 생각했는데 결국은 같은 자리였다.

시간이 얼마큼 흘렀는지 알 수 없었다. 승강장 밖으로 나가야 한다고 생각하면서 경섭은 그대로 서 있었다. 전동차가 곧 들어온다는 안내 방송이 정적을 갈랐다. 승강장은 사람들의 발걸음 소리로 소란스러워졌다. 정지 버튼을 눌렀던 화면이 다시 돌아가기라도 한 듯 사방이 환해지고 시끄러웠다. 동굴 저편에서 전동차가 쇳소리를 내지르면서 달려왔다. 전동차는 선로에 멈춰 섰고, 출입문이 열렸다.

경섭은 어두워진 공단 거리를 걷고 있었다. 밤이 되면 시야가 좁아져서 사물의 형체가 분명하게 보이지 않았다. 둘씩 셋씩 짝을 지은 외국인 노동자들이 경섭을 지나쳐 걸어갔다. 외국인 청년 하나가 담벼락에 기대서서 휴대전화로 누군가와 영상통화하며 소리를 내 웃었다.

십수 년 동안 일했던 공장 앞에서 경섭이 걸음을 멈췄다. 작업장의 불빛이 환했다. 텅 비었던 공간이 사람들로 채워지고 다시 기계가 돌아가고 있었다. 경섭은 시력을 전부 잃기 전에 영석이의 얼굴을 볼 수 있기를 바랐다. 돈을 벌어 제 나라로 돌아갈 날을 손꼽아 기다리는 네팔 청년 버랄의 크고 단단한 손을 잡아보고 싶었다.

익숙하고 낯선 거리를 휘둘러보다가 경섭은 아내가 기다리고 있는 목포식당 쪽으로 걸음을 옮겼다. 어둠 속에서 누군가 따라오는 기척이 느껴졌다. 경섭이 멈춰 서자 뒤따라오던 사람들이 걸음을 멈췄다. 경섭은 뒤돌아보지 않고 잠자코 걸음을 떼었다. 어두운 거리를 밝혀놓은 식당의 불빛을 보자 경섭은 허기가 느껴졌다. 열려 있는 출입문 너머로 주방에서 무언가를 만들고 있는 아내의 모습이 보였다. 경섭은 아내에게 달려가서 잠바 안주머니에 신분증을 넣고 온종일 거리를 헤매고 다녔다고 털어놓고 싶었다. 텅 빈 선로에서 걸어 나온 기관사를 보았고, 아무도 없는 승강장에서 꼼짝 못하고 서 있었다고 말하면 아내는 탈이 난 위장 탓이라고 할지도 몰랐다. 아내는 알고 있었다. 자식이란 애면글면 기다릴수록 점점 더 멀어지다가 결국 남처럼 서먹해질 수 있었다. 어디에서 살든 영석이의 선택이었다.

아내는 혼자가 아니었다. 키가 크고 피부가 거무스름한 청년이 아내와 함께 음식을 만들고 있었다. 가스 불 위에서 냄비가 부글부글 끓었다. 청년이 도마에 썰어놓은 채소를 집어 냄비에 넣었다. 아내가 국자를 집어 냄비 속을 휘저었다. 두 사람은 친구처럼 연인처럼 다정해 보였다. 엄마와 아들처럼 정겨워 보였다.

식당 안으로 들어온 경섭에게 다갈색 인조견 사리를 입은 여자가 발음이 불명확한 한국어로 인사했다. 여섯 개의 탁자 중 빈자리는 하나뿐이었다. 둘씩 셋씩 짝을 지어 앉은 손님들 옆으로 크고 작은 배낭이 부려져 있었다. 낯선 언어로 대화를 나누면서 음식을 기다리고 있는 사람들 모두 외국인이었다. 경섭이 빈자리에 앉자 사리를 입은 여자가 메뉴판을 들고 왔다. 메뉴판은 경섭이 읽을 수 없는 글자로 빼곡했다. 앞치마를 두른 청년이 주방에서 나와 경섭에게 다가왔다. 한국어로 메뉴를 묻는 경섭에게 손가락 네 개가 휘어져 있는 손을 가지런히 모으고 선 청년이 고기를 넣지 않은 카레라면 기다리지 않아도 된다고 대답했다. 경섭을 따라 식당 안으로 들어온 두 사람이 고기를 넣지 않은 카레를 먹겠다고 고개를 끄덕였다. 카레 3인분을 주문하고 경섭과 외국인, 기관사는 조용히 음식을 기다렸다.

사리를 입은 여자가 카레 세 그릇을 쟁반에 담아 탁자로 가져왔다. 테이블마다 카레가 날라졌다. 외국인과 기관사가 숟가락을 집어 카레를 먹기 시작했다. 여행자로 보이는 손님들이 웃고 떠들면서 카레를 먹고 있었다. 버섯과 감자, 당근, 양파, 노랗고 파랗고 붉은 파프리카가 들어간 카레는 향신료 냄새가 났다. 경섭이 카레를 한 숟가락 떠서 입에 넣었다. 카레는 경섭을 위해 준비해놓은 특별한 음식 같았다. 외국인과 기관사, 경섭 모두에게 훌륭한 만찬이었다. 경섭은 온종일 자신을 따라다녔던 두 사람에게 맛있는 음식을 대접할 수 있어서 마음이 놓였다.

숟가락을 내려놓고 경섭이 고개를 들었는데 외국인과 기관사의 자리가 텅 비어 있었다. 식당을 꽉 채웠던 손님들과 사리를 입은 여자, 청년은 어디로 갔는지 보이지 않았다. 활짝 열어놓은 출입문 너머로 어두운 거리를 응시하다가 경섭이 깨끗이 비운 접시를 들고 자리에서 일어났다. 식당 벽에 걸린 둥근 시계가 저녁 아홉시 정각을 가리키고 있었다. 식당 문을 닫아야 할 시각이었다. 아내는 어디에 있는지 보이지 않았다.

식당 주방에서 카레가 끓고 있었다. 접시를 들고 주방으로 들어가서 경섭은 가스 불을 끄고 냄비의 뚜껑을 덮어놓았다.

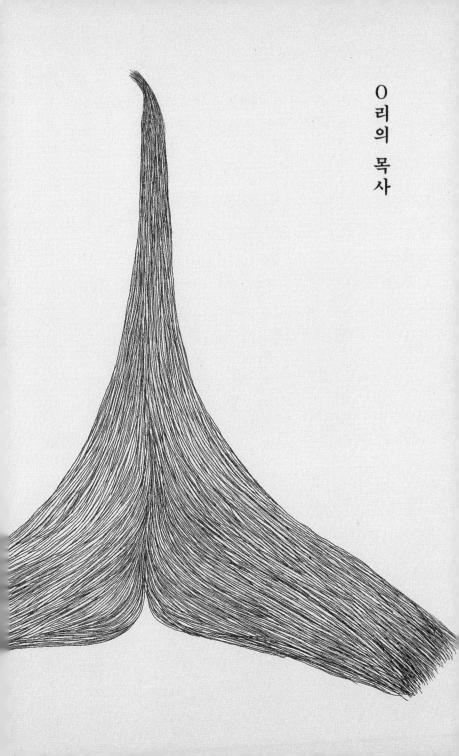

오리의 목사

종점을 향해 달려가는 버스에는 젊은 남자 둘, 늙은 남자 둘이 타고 있었다. 한마을에 사는 노인들은 떨어져 앉고 마을 주민인 젊은 남자가 외지인 남자와 나란히 붙어 앉았다. 버스가 달리는 내내 O리 토박이 노인들은 외지인과 다를 바 없는 젊은 남자와 외지인 남자의 얼굴을 대놓고 쳐다보면서 수군거렸다. 호기심과 의심이 뒤섞인 눈빛을 주고받고 있는 노인들은 시립 갱생원 사회복지사로 일하는 젊은 남자가 외지인의 정체를 어서 속 시원히 말해주기를 기다렸다.

인적 없는 O리 정류장에 승객들을 전부 내려주고 버스가 어둠 속으로 사라졌다. 사회복지사는 무엇이 들었는지 알 수 없는 꾸러미를 땅바닥에 부려놓고 담배를 꺼내 입에 문 노인들에게 다가가 인사하고, 어깨에 큼직한 배낭을 짊어진 키가 크고 이목구비가 반듯한 외지인 남자를 눈으로 가리키면서 목사님이라고 소개했다. 노인들이 무엇을 물어볼 틈을 주지 않고 사회복지사와 남자는 마을 어귀로 통하는 길 쪽으로 걸어갔다. 사회복지사가 목사라고 소개한 남자는 한쪽 다리를 조금씩 절뚝거리며 풀벌레 울고 나뭇가지가 바람을 따라 흔들리는 어둑어둑한 길을 걷고 있었다. 오른쪽 다리가 조금 불편한 남자는 왼쪽 손도 자유롭지 못했다. 겉보기에 문제가 없을 듯싶은 손은 무거운 물건을 들거나 고된 일은 하기 어려웠어도 일상생활에 큰 불편이 없었다. 남자의 가늘고 길쭉길쭉한 손가락과 굳은살 박이지 않은 매끄러운 손등을 보면 그가 힘든 일을 하지 않고 살아왔으리라 넘겨짚을 만했다. 고동색 면바지와 낡은 셔츠가 그다지 깨끗하지 않았음에도 희고 반듯한 이마와 짙은 눈썹 아래로 크고 선량해 보이는 눈동자, 지적이면서 우수에 찬 분위기는 사람들에게 호감을 살 만한 인상이었다.

버스를 타고 오는 동안 졸다 깨다 했던 남자는 이제 막 전과자와 부랑아들의 쉼터인 시립 갱생원에서 빠져나온 사람 같지 않았다. 남자가 어깨에 짊어진 배낭에는 몇 벌의 속옷과 셔츠, 부피가 크고 무거운 책이 들어 있었다. 사회복지사가 호의를 베풀지 않았다면 남자는 오늘 밤도 갱생원 좁은 숙소에서 어렵고 따분한 책을 보며 더디 흐르는 시간을 견뎌야 했을 터였다. 사회복지사가 유 목사님이라고 부르는 남자는 목사가 아니었다. 갱생원 직원들과 그곳 사람들에게 목사라고 불렸던 남자, 유재덕은 사십대 초반으로 보이지만 정확한 나이는 그 자신도 알지 못했다.

이튿날 아침, 사회복지사가 갱생원으로 출근하고 한참이 지난 뒤 유가 조립식주택 작은 방에서 눈을 떴다. 방 안에는 유가 깔고 덮은 요와 이불 외에 세간이 없었다. 유는 이불을 걷고 자리에서 일어나 기다란 앉은뱅이 탁자가 놓인 거실을 지나 부엌으로 들어갔다. 전기밥솥에 밥이 없어서 유는 라면을 끓이고 김치를 챙겨 거실 탁자에서 먹었다. 서둘러 면발을 건져 먹고 찬찬히 집 안을 둘러보았다. 남자 혼자 사는 집은 황량하고 을씨년스러웠다. 검박하고 군더더기가 없었다. 유는 삼십대 젊은 남자가 혼자 사는, 있어야 할 것들이 빠져서 쓸쓸하고 조용한 좁은 집이 마음에 들었다. 사회복지사는 지낼 곳이 생기기 전까지 자기 집에 머물러 있으라고 유에게 간곡하게 부탁했다. 어차피 비어 있는 방이라고 했다.

점심 무렵 유는 라면을 하나 더 끓여 먹고 거실 탁자에 두꺼운 책을 펼쳐놓았다. 마을 길을 걸어야겠다고 생각하다가 유는 다음 날로 미루었다. O리는 M시에서 버스로 한 시간 남짓 떨어져 있는 외진 마을이었다. 비탈길을 따라 열몇 개의 농가주택이 있는 마을은 벼농사와 콩, 감자, 배추 같은 밭작물을 재배하고 있었다. 마을에 들어와 산 지 벌써 삼 년이 지났는데 마을 사람들과 왕래가 드물었던 사회복지사는 자신이 세 들어 사는 조립식주택을 사택으로 사용했던 목사 부부가 떠나게 된 연유를 최근에서야 알게 되었다고 했다.

사회복지사는 갱생원 비좁은 방에서 온종일 두꺼운 책을 보며 지내고 있는 유에게 한적한 시골 마을과 묵묵히 논밭을 일구며 평화롭게 살아가는 욕심 없는 사람들 이야기를 들려주었다. 집세가 싼 방을 찾아다니다가 O리의 조립식주택을 소개받고 이사했는데 출퇴근이 번거롭기는 했어도 도시의 소음에서 멀찍이 떨어져서 사는 생활이 나쁘지 않다고 말했다. 조용히 귀 기울여 듣다가 공감하는 낯빛으로 고개를 주억거리는 유에게 사회복지사는 두 개의 방 중 하나가 비어 있는데, 원한다면 들어와서 살지 않겠느냐고 물었다. 유는 잠깐 상념에 잠겨 있다가 사회복지사의 제안을 받아들였다.

에멜무지로 던진 말을 유가 진지하게 들어주고 선선히 승낙하자 사회복지사는 크게 기뻐했다. 어디에서 와서 어디로 가려고 하는지 알지 못했음에도 사회복지사는 유가 박해받는 목사이고 선한 사람이리라 믿고 있었다. 전과자와 부랑아들의 틈에서 고독하게 독서에 열중하며 시련을 견디려고 하는 목사에게 자비를 베풀 수 있어서 사회복지사는 만족스러웠다. 사회복지사는 유를 위해 기꺼이 자신의 몫을 나눌 수 있는 선량한 사람이었다.

사회복지사가 만두와 순대를 사 들고 O리행 버스를 기다리고 있을 무렵, 마을 사람들은 강된장과 풋고추로 저녁밥을 먹으면서 오른쪽 다리를 절뚝거리고 왼손이 자유롭지 못한 남자에 대해 두런대며 이야기를 나누고 있었다. 상 위의 반찬은 여느 날과 다르지 않았어도 안락한 삶을 버리고 고난의 길을 자청해 걷고 있는 젊은 목사의 출현으로 마을 집집은 평소와 다르게 활기가 넘쳤다. 청년은커녕 장년의 남자조차 찾아보기 어려운 마을에서 늙은 가장들은 외지인과 다를 바 없는 사회복지사가 데리고 온 목사에 대한 경계심을 감추지 않았고, 평생 집안일과 논일 밭일을 하며 늙어가고 있는 여인들은 감자며 콩이며 옥수수며 먹을거리를 가져다줄 셈속으로 마음이 분주했다.

마을 어귀에서 멀찍이 떨어진 산자락에 외딴집을 짓고 사는 박도유 목사 이야기를 들었다. 칠 년 전, 박은 연고 없는 마을에 들어와 둥지를 틀었다. 외진 마을에 집 지을 땅을 사고 M시의 처고모 집에 머물면서 박은 시간과 공을 들여 집을 지었다. 아내가 위암 진단을 받고 투병하면서부터 박의 생활 방식과 사람들을 대하는 태도는 눈에 띄게 달라졌다. 평생 남편과 자식들에게 희생하며 살아온 병든 아내를 위해 박은 황토를 발라 아담한 흙집을 지었다. 곡괭이며 낫이며 쇠스랑 같은 낯선 농기구로 밭을 갈고, 자신이 땀 흘려 기르고 거둔 농작물로 음식을 만들어 아내를 먹였다.

박은 중키에 차돌멩이처럼 몸이 단단하고 말수가 적은 남자였다. 하루 일을 마치면 막걸리나 소주를 마시면서 저녁밥을 먹고, 텔레비전으로 뉴스를 보다가 곯아떨어졌다. 연고 없는 마을에 들어와 집을 짓고 살면서 마을 주민들과 왕래는커녕 인사치레조차 하지 않았던 박에게 박의 아내가 여러 차례 걱정이 섞인 조언을 건넸다. 밭에 씨감자를 심었던 날, 박이 돼지고기와 막걸리를 넉넉히 사 들고 마을회관으로 찾아갔다. 마을 사람들은 박이 따라주는 술을 달게 마시고 돼지고기를 맛있게 먹었다. 마을 사람 중 하나가 마을에 집을 짓고 산 지 수개월이 지나도록 인사를 하지 않았다고 박을 점잖게 나무랐다. 박과 나이가 비슷해 보이는 육십대 중반의 남자는 왜 하필 인가에서 뚝 떨어진 산자락에 집을 지었느냐고 따지듯 물었다. 벽돌과 시멘트로 집을 짓고 슬레이트나 기와로 지붕을 얹은 농가주택에 살고 있는 마을 사람들은 방과 거실과 부엌까지 황토로 처발라놓은 박의 집을 마뜩잖아했다. 그들은 트럭이나 승합차가 아닌 사륜구동 지프를 타고 집과 시내를 오가는 박을 농사꾼이라고 생각하지 않았다.

문는 말에 대꾸 없이 잠자코 술을 따르는 박을 향해 누군가 술잔을 집어 던졌다. 박은 놀라거나 화를 내지 않았다. 늙은 남자 하나가 술잔을 던진 남자를 나무라면서 박의 잔에 술을 채웠다. 술과 고기가 동날 때까지 박은 자리를 떠나지 않았다. 그날 밤 취하지 않은 사람은 박 한 사람뿐이었다.

추위가 닥치기 전에 박은 서둘러 무와 배추를 뽑아 김장했다. 커다란 항아리 두 개를 땅에 묻고 배추김치와 동치미를 담아놓았다. 몸을 움직여 일한 사람은 박이지만 아내가 일러주고 챙겨주지 않았다면 엄두를 내지 못했을 일이었다. 눈에 띄게 건강해지고 밝아진 아내를 보면서 박은 안도했다. 이듬해는 고추장과 된장을 담가 먹을 수 있을 듯싶었다. 날이 풀리기를 기다렸다가 박은 밭을 갈고 씨를 뿌렸다. 제초제와 농약을 치지 않는 터라 박은 부지런히 풀을 뽑아야 했다. 하루가 멀다고 쑥쑥 키를 늘리는 풀이 성가셨음에도 아내에게 이로운 음식을 먹이려면 수고를 달게 견뎌야 한다고 생각했다.

밭에서 풀을 뽑고 있는 박이 눈에 띄면 마을 사람들은 너나없이 쯧쯧 혀를 찼다. 불퉁스럽게 나무라거나 미련하고 딱한 사람이라고 구시렁거렸다. 농사를 지을 줄 모르면 물어서라도 배워야 한다고 했다. 사람들은 박을 가리켜서 아둔하고 어리석다고 손가락질했다. 마을에서 거둔 농작물은 농협을 통하거나 도시에서 찾아온 중간 상인들에게 밭뙈기로 팔아넘겼다. 고랭지 배추와 감자는 마을의 특산물이었다. 박이 거둔 감자는 알이 잘아서 상품성이 없고 배추는 겨우내 땅에 묻어놓고 먹을 양밖에 되지 않았다. 두 식구가 먹기 충분한 양이었다.

부엌에서 유가 라면을 끓이고 있는데 현관 초인종이 울렸다. 문을 열어주자, 머리칼이 온통 하얗게 센 노파가 합죽한 입가에 미소를 짓고 유를 빤히 쳐다보다가 손에 들린 보따리를 내밀었다. 유는 얼떨결에 보따리를 받았다. 노파는 이렇다 저렇다 말없이 휘적휘적 앞장서서 집 안으로 들어왔고 곧장 부엌으로 갔다. 가스레인지에서 끓고 있는 라면을 보고 노파가 혀를 찼다.

"불기 전에 라면을 자시고 점심은 나랑 우리 집으로 가서 먹읍시다."

유는 노파에게 누구이고 무슨 일로 찾아왔는지 묻지 않고 라면과 신김치를 챙겨 거실 탁자로 가서 먹었다. 찐 감자와 옥수수를 접시에 담아온 노파가 합죽한 입을 달싹이면서 라면을 먹고 있는 유를 지켜보았다. 라면을 먹고 나서 마을 길을 산책하고 수년 동안 비어 있다는 교회에 가보려고 했으나 불현듯 나타난 노파로 인해 유의 계획은 틀어졌다.

노파의 집에서 유가 얼음을 띄운 미숫가루를 마시고 있는데, 밀짚모자를 쓰고 목에 수건을 두른 늙은 여인들이 낫과 호미를 손에 들고 마당으로 들어섰다. 늙은 여인들은 툇마루에 걸터앉은 젊고 건장한 남자에게 건성으로 인사하면서 수다스럽게 떠들었다. 마을 언덕배기에 대여섯 평 남짓 되는 조립식 건물을 짓고 집집으로 찾아다니며 전도하고 텅 빈 예배당에서 부인과 함께 예배를 올렸던 나이 많은 목사에게 데면데면 굴었던 일을 까맣게 잊은 듯 늙은 여인들은 젊은 목사를 향한 호기심을 감추려고 하지 않았다. 예배당으로 사용했던 조립식 건물은 목사가 떠난 뒤에도 그대로 남아 있었다. 지붕에 십자가와 피뢰침을 세우지 않았던 예배당은 시나브로 흉물로 변해가는 중이었다. 성경을 읽어본 적 없고 심심파적으로 주일 예배에 몇 번 참석했을 뿐인 늙은 여인들은 지금 툇마루에 앉아 선한 얼굴로 아름답게 미소 짓는 이목구비가 단정하고 어쩐지 비극적인 느낌을 자아내는 젊은 남자에게 이상하게 마음이 끌렸다.

늙은 여인들과 점심밥을 먹고 유가 감자밭으로 따라나섰다. 여인들이 한사코 말렸음에도 유는 목장갑을 끼고 땡볕 아래 쭈그리고 앉아 어른 주먹만큼 알이 굵은 감자를 캤다. 불편한 손과 발 탓에 작업 속도가 느리고 더디었어도 노동하며 흘리는 땀이 값지고 성스럽다는 사실을 유는 온몸으로 느끼고 있었다. 고난을 자처했던 예수처럼 늙은 여인들과 함께할 수 있어서 기쁘고 만족스러웠다. 해가 저문 뒤 여인들이 챙겨준 김치와 밑반찬 등속을 손에 들고 사회복지사의 집으로 돌아오면서 유는 교회에 가서 회개하고 구원을 받아야 할 사람은 마을 사람들이 아니라 바로 자신이라고 생각하며 얼굴을 붉혔다.

이튿날에도 유는 늙은 여인들과 함께 감자를 캐고 콩을 거두고 옥수수를 땄다. 밭에서 일손을 돕는 목사의 모습이 여러 날 눈에 띄었음에도 마을의 남자들은 쓰다 달다 말을 아꼈다. 마을의 남자들은 밭에서 한나절을 일해도 품삯을 받지 않고,

하나님을 믿으라거나 죽어서 천당에 가려면 어찌해야 한다는 따위의 말은 입에 올리지 않는 목사가 이상하다고 생각했다. 경계하고 의심하며 살피던 눈들이 차츰 누어지고 유를 대하는 태도가 호기심으로 바뀌었다. 마을 사람들은 날이 저물어 유가 사회복지사의 집으로 돌아가면 밤늦도록 두꺼운 책을 읽는 줄 알고 있었다. 그들은 자신들이 평생 만져볼 일 없는 따분하고 어려운 책을 읽느라 시간 가는 줄 모르는 목사가 마을에 해를 끼치는 일은 생기지 않으리라 생각했다.

감자 수확이 끝나도록 유는 비탈진 자리에 방치된 예배당으로 발걸음하지 않았다. 사회복지사의 짐작과 달리 유는 위태롭게 자리를 지키고 있는 교회를 정비하고 사람들을 불러 모으려 하지 않았다. 사회복지사가 먹을거리를 사 들고 집으로 돌아올 무렵이면 유는 무릎을 꿇고 앉아 고개를 숙이고 기도를 시작했다. 사회복지사는 기도에 열중하는 유를 방해하지 않으려고 피자며 통닭이며 초밥 등속을 탁자에 차려놓고 잠자코 기다렸다. 불편한 몸으로 대가 없이 농가의 일손을 돕고 타인을 위해 봉사하면서도 기도와 공부를 게을리하지 않는 목사에게 사회복지사는 마음 깊이 감동하고 있었다.

기도할 때마다 울음을 참으려고 하지 않았던 유는 고난받는 하나님의 백성이 아니라 그 자신이 지은 죄로 고통스러워했다. 유는 용서받을 수 없는 죄를 지었고, 거듭 짓게 되리라는 예감으로 괴로워하면서 몸부림쳤다. 죄의 나락으로 빠지게 한 사람은 유가 아버지라고 불렀던 목사 K였다. 목사 K는 인간이란 죄를 지을 수밖에 없는 존재라고 몸소 가르쳐주었다. 해가 지면 편의점 수보다 더 많은 십자가의 붉은 불빛이 구원의 손길을 내미는 까닭이 무엇인지 깨닫게 해주었다. 어둠을 비추는 십자가의 불빛과 크고 높은 교회 건물은 인간의 죄가 깊다는 증거라고 했다. 인간은 선하지 않고 언제라도 기회가 생기면 손에 쥔 사탕을 입에 넣듯이 간단하게 죄를 지을 수 있는 나약한 존재였다.

길고 고통스러운 기도가 끝나면 유는 사회복지사와 마주 앉아 음식을 먹었다. 사회복지사의 눈에는 햇볕에 그을린 유의 얼굴과 목, 팔다리가 헌신하는 삶의 증거처럼 보였다. 유와 음식을 먹으면서 값진 노동과 선량한 마을 사람들에 대해 이야기를 주고받는 동안 사회복지사는 더러운 죄를 짓고 희망 없이 연명하는 갱생원 사람들의 비루한 모습을 머릿속에서 잠시나마 떨쳐낼 수 있었다.

목사를 대하는 마을 사람들의 달라진 태도에 사회복지사는 안심했다. 열몇 가구가 전부인 작은 마을에는 수년 동안 외톨이로 지내는 부부가 있었다. 마을 사람들은 산자락에 집을 짓고 사는 부부를 좋아하지 않았다. 그들의 집과 자동차, 제초제와 농약을 쓰지 않고 작물을 일구는 농사 방법을 탐탁지 않아 했다. 알이 잘아서 형편없는 외딴집 부부의 감자가 자신들의 감자보다 비싸게 팔리는 까닭을 이해하지 못했다.

살충제와 화학비료를 사용하지 않고 감자와 메주콩을 재배하는 부부는 겨울에 메주를 띄워 된장과 간장을 담가서 팔았다. 친환경 인증서가 붙어 있는 부부의 감자와 콩, 된장, 간장 등은 인터넷 홈페이지를 통해 판매되었다. 동이 트면 주섬주섬 옷을 꿰어 입고 밖으로 나가 온종일 밭을 갈고 씨를 뿌리고 평생 땅이 주는 대로 작물을 거둬들였던 사람들은 살아온 내력을 짐작할 수 없는 부부에게 적대감을 느끼고 있었다. 마을 사람들은 자신들과 다르게 살아가는 부부가 불편하고 못마땅했다. 늙은 여인들은 남편의 지극한 보살핌을 받으며 노년을 보내는 박의 아내를 시샘했다. 살가운 구석이라고 찾아볼 수 없는 그녀들의 남편들은 흉내조차 내지 못할 극진한 병간호 덕분으로 박의 아내는 시나브로 건강을 되찾고 밭일을 거들면서 조용하고 평화롭게 살아가고 있었다.

사회복지사의 방에 불이 꺼지면 유는 언제나 글자만 보아서 내용을 알 수 없는 두꺼운 책을 덮고 우두커니 앉아 있었다. 한적한 시골 마을에 머물고 있음에도 유는 언제든 다시 죄의 나락으로 떨어질 수 있으리라 생각했다. 유는 자기 몸을 결박하고 짓밟고 싶었다. 누군가에게 털어놓고 구원받고 싶었다. 자신을 선한 목사라고 믿는 사회복지사의 발에 입을 맞추고 용서를 구할 수 있기를 바랐다.

농가의 불빛이 사라지고 풀벌레 우는 소리가 유혹하듯 들려왔다. 유는 배낭에서 낡고 해진 성경을 꺼내 품에 안고 눈을 감았다. 늙은 목사는 어떤 죄를 지었느냐고 유에게 묻지 않았다. 회개하고 구원받으라고 다그치지 않았다. 길 위의 목사라고 불렸던 그 사람은 유에게 책을 읽으라고 충고했을 뿐이었다. 교도소에서 늙은 목사는 책을 읽었다. 책을 읽는 사람은 목사 한 사람뿐이었다. 천국의 말씀을 전하려고 하지 않았던 늙은 목사를 따라 유는 책을 보기 시작했다. 늙은 목사의 표정과 목소리를 흉내 내고 책장을 넘기는 사소한 동작을 눈에 익혔다. 출소를 앞둔 유에게 늙은 목사가 낡고 해진 성경과 두꺼운 책 여러 권을 선물로 주었다.

가진 것을 아낌없이 내주었어도 늙은 목사는 유에게 고백할 기회는 주지 않았다. 출소 후 유는 목사처럼 말하고 미소 짓고 책을 보면서 다시 죄를 지었다. 목사를 흉내 냈을 뿐 유 스스로 목사라고 말하지는 않았다. 사람들은 유를 성직자라고 믿고 속으면서 죄를 짓게 했다. 책을 펼치고 앉아 글자를 보고 있으면 유는 죄짓는 일을 멈추지 못하는 자신이 혐오스러웠다. 쉽게 속아 넘어가는 선하고 어리석은 사람들에게 화가 치밀었다. 죄를 짓는 일에서 벗어나려면 누군가에게 거짓없이 털어놓고 참회해야 한다고 생각했다. 구원의 길로 이끌어줄 강하고 동정심이 많은 사람을 찾아가 눈물을 흘리고 회개할 기회를 얻는다면 두 번 다시 죄의 늪에 빠지지 않을 듯싶었다.

유는 살아온 햇수보다 더 많은 죄를 지었다. 목사 K는 유를 죄악의 길로 인도했고 늙은 목사는 죄를 짓고 사는 삶이 추악하고 혐오스럽다는 사실을 일깨워주었다. 유는 죄짓는 일보다 감옥에서 늙은 목사와 다시 만나게 될까 봐 두려웠다. 선한 자들의 세계로 난 문을 열어놓은 늙은 목사의 얼굴을 떠올리다가 유는 문득 산자락에 외딴집을 짓고 산다는 박이 궁금해졌다.

경첩이 어긋나서 삐뚜름하게 매달려 있는 문짝을 열고 안으로 들어가자, 비닐장판 위로 어지럽게 찍힌 발자국이 보였다. 창문이 닫혀 있고 창턱에 고인 빗물이 벽지를 적시고 비닐장판으로 흘러내렸다. 빗물로 얼룩진 천장에 길쭉한 형광등이 매달려 있고 십자가가 걸린 벽 쪽으로 먼지를 뒤집어쓴 부서진 탁자 하나가 나동그라져 있었다. 유는 먼지가 뿌옇게 쌓이고 방석 몇 개가 널려 있는 텅 빈 예배당을 둘러보다가 두꺼운 책을 바닥에 내려놓고 무릎을 꿇었다. 나무를 깎아 만든 십자가가 보이지 않았다면 한때 예배당이었으리라고 짐작도 하지 못할 성싶었다.

소리를 죽이고 울지 않아도 되는 장소인데 유는 외롭고 고독해서 기도할 수 없었다. 거듭 유혹에 빠지고 죄를 짓는 까닭이 외로워서라고 생각했다. 마을 사람들에게 배척당하면서도 묵묵히 땅을 일구고 고독하고 성실하게 살아가는 박을 만나야 했다. 박이라면 틀림없이 나약한 죄인의 말을 귀 기울여 들어줄 듯싶었다. 지금 자신에게 절실하게 필요한 존재는 십자가에 못 박혀 죽은 예수가 아니라 질투와 냉대와 멸시를 견뎌내고 초연하게 살아가고 있는 박이라고 유는 확신했다.

박이 구원의 손길을 내밀어줄 유일한 사람이었다. 신의 계시를 받기라도 한 듯 정신이 번쩍 든 유가 황급히 책을 집어 들고 일어나 삐뚜름하게 매달려 있는 출입문을 힘껏 열어젖뜨렸다. 처서가 지난 들판이 황금빛으로 출렁거리고 햇볕은 여전히 따가웠다. 박의 집으로 가는 길에 마을 사람들과 마주치지 않게 해달라고 유가 다급히 기도했다. 죄를 고백하려고 눈물을 흘리면서 박의 집으로 가고 있는 모습을 유는 마을 사람들에게 들키고 싶지 않았다.

땀으로 셔츠가 펑 젖은 채 유가 대문이 없는 박의 집 마당으로 들어섰다. 이마와 목덜미에서 땀이 흘렀다. 박이 산에서 따 온 능이버섯을 처마 아래 응달진 자리에 놓고 방가지똥과 삼지구엽초가 담긴 소쿠리를 집어 들면서 고개를 돌렸다. 이마에 흐르는 땀을 손으로 닦으면서 마당을 기웃거리는 낯선 이가 마을 사람들에게 목사라고 불리는 남자인 줄 박은 단박에 알아차렸다. 유는 소쿠리를 들고 엉거주춤 몸을 일으켜 세우는 박을 향해 고개를 숙여 인사하고 아담한 집과 널찍한 마당, 꽃과 나무로 둘린 울타리, 산으로 이어진 길을 차근차근 눈에 담으면서 부드럽게 미소 지었다.

마당 한쪽에 놓인 등받이 없는 기다란 나무 의자를 눈으로 가리키면서 박이 앉으라고 유에게 말했다. 유는 가을볕이 좋아서 걷다가 이곳까지 왔다면서 물을 한잔 얻어 마실 수 있겠느냐고 물었다. 박이 집 안으로 들어가서 냉수를 가져왔다. 아내가 콩비지찌개를 끓이고 있었다. 박은 유가 냉수로 목을 축이고 얼른 돌아가기를 바랐다. 짧게 쳐서 자른 머리와 강인한 골격이 노인으로 보이지 않는 박을 향해 미소 지으며 유가 빈 잔을 돌려주었다. 무릎에 올려놓은 책을 손바닥으로 어루만지면서 유는 박이 점심 식사를 함께하자고 청하기를 기다렸다.

이튿날에 유는 박의 집으로 다시 찾아갔다. 점심을 먹으려고 아내와 마주 앉았던 박은 유를 집 안으로 들이고 돼지고기를 넣고 끓인 김치찌개와 풋고추가 놓인 소박한 밥상에 수저 한 벌을 더 올려야 했다. 밥을 먹고 난 뒤에 지난가을 말리고 덖어놓았던 국화 꽃잎으로 차를 끓여 건네주면서 박은 해가 기울기 전에 해야 할 일이 남아 있다고 넌지시 알렸다. 유는 향기로운 차를 아끼면서 마셨다. 찻잔이 비기 전에 박이 마음에 담아둔 이야기를 털어놓기를 조용히 기다렸다. 땅을 이롭게 하는 노력은 결국 사람을 위한 옳고 아름다운 행위였다. 제초제와 농약, 화학비료를 일절 쓰지 않고 힘겹게 작물을 일구는 박은 생명 사상을 실천하는 위대한 사상가였다. 소득이 없었던 농사일과 마을 사람들과의 불편했던 관계로 빚어진 고충을 털어놓고 울면서 하소연한다면 유는 선하고 자비로운 마음을 칭찬하고 아둔하고 어리석은 사람들을 대신해서 박의 두 발에 입을 맞추고 축복해줄 준비가 되어 있었다.

유가 어서 자리를 뜨길 기다릴 뿐 박은 좀처럼 입을 열지 않았다. 박은 낯선 이의 방문이 달갑지 않고 일없이 노닥거리고 있을 만큼 한가하지도 않았다. 두꺼운 책을 만지작거리면서 병적으로 웃음 짓는 사내의 속내를 알 수 없었다. 박이 반겨주지 않았어도 유는 이틀이 멀다고 외딴집으로 찾아갔다. 목회 활동을 하지 않는 마을의 목사를 위해 넉넉하게 밥을 짓고, 상 위에 수저 한 벌을 더 얹는 일을 박의 아내는 성가셔하지 않았다. 박의 집에서 끼니를 해결하고 나면 유는 박의 아내와 마당으로 나와 마늘을 까거나 산으로 따라다니면서 버섯과 풀을 뜯었다.

그해 겨울, 유는 박과 박의 아내를 도와 밭에서 배추와 무를 뽑아 김장했다. 병을 앓은 적 없는 사람처럼 건강해 보이고 작은 몸피에 인상이 선량한 박의 아내는 대가를 바라지 않고 일손을 보태주는 목사를 고마워했다. 그녀는 박이 혼자 아끼며 마셨던 뱀술과 더덕주를 내주고 읍내에서 끊어온 돼지고기를 숯불에 구워 유를 대접했다.

술을 과하게 마셔도 말이 많아진다거나 속내를 드러내는 법이 없는 박이 유를 조심스럽게 살피고 있었다. 산골에서 아내와 단둘이 살았음에도 박은 외롭다거나 불편하다는 생각은 하지 않았다. 지난 칠 년 동안 박을 찾아온 외지인은 아무도 없었다. 유가 발이 닳도록 외딴집에 드나드는 까닭이 무엇인지 박은 알지 못했다. 마을 사람들이 목사라고 불렀어도 목사가 아니리라고 넘겨짚을 뿐이었다. 밥과 술을 축냈음에도 딱히 해를 끼치지 않는, 곡절이 많아 보이는 젊지도 늙지도 않은 남자를 박은 이리저리 저울질하면서 살피는 중이었다.

메주를 만드는 작업은 유가 손을 보태주어서 한결 수월했다. 이른 아침 박은 뒤꼍 화덕 아궁이에 장작을 넣고 불을 지폈다. 아내가 도랑에서 씻어낸 메주콩이 함지마다 수북이 담겨 있었다. 메주콩은 다섯 시간 남짓 푹 삶아야 했다. 콩이 여덟 말쯤 들어가는 커다란 무쇠솥에 물을 붓고 메주콩을 넣었다. 산골 마을에서 첫 겨울을 난 뒤 박은 메주콩을 심었다. 한여름 따가운 볕 아래 쭈그리고 앉아 풀을 뽑고 수확했던 메주콩은 양이 많지 않았다. 박은 두 식구가 일 년을 두고 먹을 요량으로 메주를 띄우고 된장을 담가 항아리에 담아놓았다. 재료가 좋고 물이며 바람이며 공기가 도시와 달라서인지 된장은 예상보다 훨씬 맛이 좋았다. 집안일과 들일을 할 수 있을 만큼 아내가 건강을 회복하자 박은 작물 재배 면적을 넓혔다. 이태 전, 박은 된장 제조판매 허가증을 받았다. 친환경 농작물 인증을 받은 감자와 고춧가루, 깨 등과 함께 박의 된장은 인터넷으로 주문받아 판매되고 있었다.

무쇠솥에서 김이 펄펄 나고 있는 외딴집 뒤꼍으로 유가 천천히 걸어왔다. 박은 솥뚜껑을 열어놓고 씻어서 말려놓은 삽으로 메주콩을 뒤적거리다가 커다란 함지에 퍼 담았다. 짚으로 새끼를 꼬다가 밖으로 나온 박의 아내가 무거운 함지를 맞들고 바닥에 비닐을 깔아놓은 작업장 안으로 옮겼다. 두 사람을 따라 작업장으로 들어온 유가 방풍용 비닐을 씌운 출입문을 닫았다. 난로를 피워놓은 작업장은 따듯했다. 박이 뜨거운 김이 피어오르는 메주콩을 바가지 가득 퍼서 기계 구멍 속으로 밀어 넣었다. 박의 아내가 빻아진 콩을 나무틀에 눌러 담고 손바닥으로 힘껏 두드렸다. 단단하게 모양이 잡힌 메주를 새끼줄로 묶어 작업장 한쪽에 따로 문을 내놓은 건조장으로 옮기는 작업은 유의 몫이었다.

　하우스 파이프를 엮어 만든 건조대에 메주가 하나둘씩 매달리고 있었다. 무쇠 난로 위에서 물이 가득 담긴 주전자가 끓었다. 박의 아내가 허리를 펴고 일어나 쇠꼬챙이로 난로 몸통 한가운데 달린 뚜껑을 열었다. 고구마와 감자가 알맞게 익어 있었다. 말린 쑥을 담은 찻잔에 뜨거운 물을 부어 유에게 건네주면서 해가 저물면 마을에 사는 노파 둘이 품을 팔러 작업장으로 올라올 거라고 박이 말했다. 유가 깜짝 놀라 뜨거운 찻물을 쏟을 뻔했다. 농한기에 별달리 할 일이 없는 노파들에게 박은 서운하지 않게 품값을 주고 메주를 만드느라 분주한 며칠 동안 손을 빌린다고 했다. 노파들은 이웃들의 눈에 띄지 않도록 저녁나절에 왔다가 늦은 밤에 돌아갔다. 메주가 마르

면 파랗게 핀 곰팡이를 흐르는 물에 씻어 항아리에 담아놓는
작업도 노파들이 도맡았다. 평생 노동하며 뼈가 굳은 노파들
은 일이 힘들다고 하지 않았고, 넉넉하게 손에 쥘 수 있는 보
수에 썩 만족스러워했다.

　박과 박의 아내를 험담하며 수다스럽게 웃고 떠들어댔던
노파들의 얼굴을 떠올리면서 유가 두 뺨을 붉혔다. 염치없고
천박한 사람들이었다. 유는 자신이 갖지 못한 재물을 탐하고
질투에 눈이 멀어 옳고 그름을 구별하지 못하는 어리석고 무
지한 사람들로부터 박을 지켜야 한다고 생각했다. 어둠이 내
리기 전에 박의 발치에 얼굴을 대고 고백하고 싶었다. 죄의
나락에 빠진 가여운 사람들을 아름답고 풍요로운 생명의 땅
으로 인도해줄 힘을 가진 박에게 모든 죄를 털어놓고 회개할
수 있기를 바랐다. 한입 크게 베어 문 고구마가 유의 목구멍
에 걸려 넘어가지 않았다. 크고 선량해 보이는 유의 눈동자에
눈물이 맺혔다. 박의 아내가 컵에 물을 따라 유의 손에 건네
주었다.

　바람이 휘파람 소리를 내면서 불어댔다. 방풍 비닐을 씌운
작업장은 따듯했다. 물을 한 모금 마시고 나자 유의 목구멍
을 막았던 고구마 덩어리가 식도를 타고 내려갔다. 유가 눈가
를 훔치고 목울대를 더듬어 만졌다. 박이 허락해준다면 외딴
집에서 감자를 캐고 나물을 뜯고, 메주를 띄워 된장과 간장을
담그면서 살고 싶었다. 늙은 목사의 바람이기도 했다. 유는

자신을 거두고 키워준 목사 K에게 순종하며 살았다. 욕설을 내뱉고 폭력을 가하면서조차 선하고 자비로운 웃음을 잊지 않았던 목사 K는 완벽하게 통제되는 교회만이 진실한 믿음으로 위대한 하나님의 나라를 지상에 건설할 수 있다고 믿었다. 사소한 폭력과 도둑질이 발각되면 유는 뺨을 맞고 발길질을 당했다. 거칠고 야만적인 아이들이 모여 있는 시설에서 지내면서 유는 질서 있고 진실한 하나님의 나라를 설파했던 목사 K를 원망했다.

교도소에서 늙은 목사와 만나기 전까지 유는 타인을 속이고 훔치며 살아온 삶을 후회하지 않았다. 글자를 보고 있어도 내용을 전혀 알 수 없는 책은 위대한 하나님의 나라만큼이나 거룩하고 숭고했다. 유는 이제 죄짓는 일을 멈추고 선한 세계로 건너가고 싶었다. 잡초 하나 함부로 죽이지 않고 모든 생명을 귀하게 여기는 박이라면 기꺼이 자신에게 손을 내밀어 주리라 생각했다.

"회개해야 합니다."

남아 있는 고구마를 먹어 치우고 손에 묻은 재를 털어내면서 유가 말했다.

"회개하고 구원받아야 합니다."

어디에서부터 죄를 고백해야 할지 몰라 같은 말을 반복하던 유는 박의 싸늘한 눈빛에 놀라서 두 손으로 가슴을 움켜잡았다. 목사 K와 쌍둥이처럼 닮은 얼굴로 박이 유를 노려보고 있었다. 유를 불안으로 내몰고 주눅 들게 했던 눈빛이었다.

눈동자를 이리저리 굴리며 안절부절못하는 유를 응시하면서 박이 찻잔을 바닥에 내려놓았다. 매서운 바람이 빈 들판과 꽝꽝 얼어붙은 산자락을 할퀴면서 몰아쳤다. 차갑고 섬뜩한 기운이 유의 가슴을 훑고 지나갔다. 마을에 머물면서 불편한 몸으로 농사일을 돕고 있는 남자의 심중을 알 길이 없어서 내내 미심쩍고 께름칙한 느낌을 떨치지 못했던 박은 유가 비루먹은 강아지처럼 낑낑거리며 회개하라고 말했던 순간 날쌔게 몸을 일으키고 마을의 목사라고 불리는 사내의 목덜미를 잡아챘다. 겁에 질린 얼굴로 두 사람을 쳐다보는 아내에게 그대로 앉아 있으라고 명령하듯 말하고 박이 출입문 쪽으로 유를 끌고 갔다. 유는 저항하지 않고 박을 따라 밖으로 나왔다. 오래전 아버지 목사의 손에 목덜미가 잡혀 끌려갔던 그날처럼 유는 솟구치는 울음을 참지 못하고 눈물을 흘리면서 흐느꼈다. 박은 회개할 틈을 주지 않고 단죄의 칼날을 뽑아 들었다. 나이를 종잡을 수 없을 만큼 건장한 박은 유를 거두고 키워준 목사 K처럼 단호했다. 유는 책을 읽으라고 조언하고 선한 세계를 갈망하게 만든 늙은 목사를 원망했다. 땅거미가 지기 시작한 어둑어둑한 외딴집 마당에서 유는 구원을 바라기보다 평생 모욕과 경멸을 견디며 살아가는 편이 나았으리라고 후회했다.

비탈진 길을 걸어 올라오고 있는 노파들의 모습을 보고 유는 아직 체념하기에 이르다고 생각을 고쳐먹었다. 구원의 길로 인도해줄 사람이 반드시 건장하고 힘 있는 남자여야 할 필요는 없었다. 허물 많은 사람이 허물이 있는 사람의 말에 귀 기울여주리라 생각했다. 유가 죄를 뉘우치고 회개하면 노파는 자신이 지은 죄를 부끄러워하면서 눈물을 흘릴 듯싶었다.

"회개해야 합니다. 회개하고 구원받아야 합니다."

목덜미를 움켜잡은 박의 손을 거칠게 뿌리치면서 유가 소리쳤다.

사회복지사의 집으로 찐 옥수수와 감자를 가지고 왔던 노파와 홀로 밭농사를 짓고 사는 노파가 외딴집 마당으로 들어섰다. 박이 눈치채지 못하게 유의 손에 푼돈을 건네주었던 박의 아내가 슬리퍼를 끌고 마당으로 나와 서 있었다. 매서운 바람이 휘몰아치는 어두운 마당에서 유는 늙은 여인들에게 둘러싸여 눈물을 흘렸다. 여인들은 유가 눈물을 흘리고 고통스러워하는 까닭을 알고 싶어 했다. 유가 무엇을 말하든 들어줄 준비가 되어 있는 듯했다. 어서 말하라고 재촉하듯 차가운 바람이 유의 뺨을 때렸다. 구원을 바라지 않는 선량한 여인들에게 회개와 용서라는 말을 꺼낼 용기를 내지 못하고 유는 비틀거렸다. 여인들은 침묵했고 바람이 유의 등짝을 사납게 떠밀었다. 박의 집 어두운 마당은 죄를 고백하기 적당한 장소가 아니었다. 거듭 죄를 짓는다고 해도 여인들을 탓하지 못하리라고 생각하면서 허둥지둥 유가 어둠 속으로 달아났다.

이튿날 아침, 유가 떠나고 없는 빈방으로 사회복지사가 들어갔다. 유는 어디로 간다는 말 없이 사라지고 단정하게 개켜진 이불 위에 낡은 성경책이 놓여 있었다. 세간살이가 없는 방을 둘러보다가 사회복지사는 유품처럼 남겨진 성경책을 들고 거실로 나왔다.

거실 탁자 위에 성경책을 올려놓고 집에서 나온 사회복지사가 버스 정류장으로 걸어갔다. 갱생원으로 가는 버스가 기다리고 있었다.

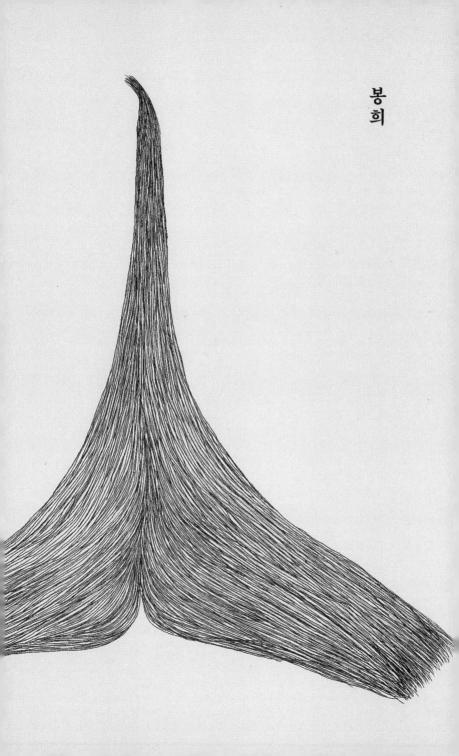

봉
희

봉희는 파스타 전문점 더블에 두 사람의 자리를 예약했다. 지난가을, 봉희와 딸이 저녁을 먹었던 더블은 음식이 썩 맛있지는 않았어도 밝고 아늑하고 시끄럽지 않아 특별한 날을 기념할 만한 장소로 손색이 없었다.

외식 메뉴로 갈비와 삼겹살을 고집하는 성중에게 봉희는 오늘 저녁은 파스타 외에 다른 음식은 먹을 수 없다고 미리 말해주지 않았다. 오늘이 결혼기념일인 줄 까맣게 모르고 있었는지 오후 여섯시 더블에서 만나자고 보낸 봉희의 문자에 성중은 무슨 일이 있느냐고 답을 했다. 봉희는 결혼기념일을 잊었다고 성중을 탓하거나 서운한 마음을 품고 토라지지 않았다. 기념일이 아니어도 성중은 꽃이며 케이크며 옷 따위를 사 오는 자상한 남편이었다. 사람들과 어울리기 좋아하고 책임감 강한 성중은 집안 대소사를 진두지휘하고 가족 모임을 제안하고 독립해 사는 두 딸을 챙겼다. 봉희는 성중이 결혼기념일을 잊어서가 아니라, 기념일에 외식하자는 말이 뜻밖이어서 무슨 일이 있느냐고 물었을지 모른다고 생각했다.

더블에서 봉희는 까르보나라, 딸은 봉골레 파스타를 먹었다. 파스타 외에 다른 음식을 주문할 수 없어서 당황했음에도 봉희는 엄마의 생일을 축하해주려고 특별한 장소를 예약한 딸에게 내색하지 않았다. 결혼 초 봉희는 성중과 식성이 달라 애를 먹었다. 장을 보고 음식을 만드는 사람은 봉희인데 식탁에 올리는 반찬이며 찌개며 국은 성중의 기호와 취향에 따라야 했다. 고기며 비린 생선을 먹지 않았던 봉희는 아이를 낳고 기르면서 시나브로 성중의 식성에 동화되었고, 덕분에 딸들은 편식하지 않고 자라주었다.

성중은 외식 메뉴로 파스타를 선택하지 않았다. 파스타는 갈비나 삼겹살과 달리 포만감을 느끼기 어렵고, 짜장면이나 잔치국수처럼 싼값에 간편하게 먹을 수 있는 음식이 아니었다. 모처럼 성장하고 아늑한 장소에서 딸과 마주 앉아 낯선 요리를 먹었던 날 봉희는 결혼 29주년 기념일에 성중을 더블로 초대해야겠다고 생각했다.

외투를 꺼내 입고 봉희는 시립도서관에서 대출받아온 책을 핸드백에 넣었다. 반납하라고 재촉하는 문자를 여러 차례 받았음에도 선뜻 돌려주지 못한 책이었다. 끝까지 읽었어도 다 읽지 못한 책이었다. 도서관 서가를 기웃거리다가 두 권으로 번역된 소설을 우연히 발견하고 대출받아 집으로 돌아왔던 날 봉희는 그 책이 전부 읽을 수 없는, 미완성 작품인 줄 미처 알지 못했다. 독서는 강압적으로 중단되었다. 책 읽기를 멈춘 뒤에도 봉희는 그 책에서 쉽게 빠져나올 수 없었다.

금요일 오후 자서전 쓰기 강좌가 열리는 시립도서관은 더블에서 버스로 한 정거장 떨어진 P시 중심가에 있었다. 봉희는 자서전 쓰기 강좌에 등록하고, 자서전을 쓸 만큼 늙지 않은 여자 강사의 강의를 매주 빠지지 않고 듣고 있었다. 마흔 명 남짓 되는 수강생들이 진지하고 의욕에 찬 눈빛으로 강의를 듣기 시작했는데, 종강을 앞둔 지금 널따란 강의실에는 머리칼이 성성하고 얼굴에 주름이 선명한 사람들 몇이 남아 누구도 대신해줄 수 없는 글쓰기에 매달렸다. 다음 주면 강좌가 끝나는데 봉희는 아직 자서전 집필을 시작하지 않았다.

봉희는 화장대 거울 앞으로 가서 염색할 때를 놓쳐 희끗희끗해진 머리칼과 주름진 얼굴을 바라보며 오늘 저녁에는 도서관으로 가서 책을 반납하고 자서전 첫 문장을 써야겠다고 마음을 다잡았다. 생일 선물로 받은 립스틱을 꺼내 들고 아직 한 문장도 쓰이지 않은 자신의 책을 생각하며 봉희는 미소 지었다. 혼자만의 방으로 가서 자서전 쓰기를 시작할 수 있었다. 29년 전 봉희는 안정된 결혼 생활을 꿈꾸면서 조용히 미소 지었다. 맏이의 책임과 의무를 끝내고 새롭게 시작하는 삶이었다. 성중은 매사 적극적이고 활기가 넘치는 남자였다. 봉희는 자신이 갖지 못한 부드러우면서 확고한 태도에 끌려 망설임 없이 그의 프러포즈를 받아들였다.

성중은 고객에게 무조건 친절해야 한다고 강요하는 직장에서 봉희를 구원해준 사람이었다. 상고를 졸업하고 가족을 부양하며 살아가는 봉희에게 성중은 그녀 자신의 삶을 살아야 한다고 충고했고, 성인으로 자란 동생들이 더 이상 어리지 않음을 일깨워주었다. 봉희는 VIP 고객을 알아보지 못한다고 고함치고 욕설을 퍼부었던 중년 남자에게 허리를 굽히면서 미안하다고 여러 번 사과해야 했는데, 하마터면 고객에게 무조건 친절해야 한다는 매뉴얼을 잊고 객장 밖으로 뛰쳐나갈 뻔했다. 제멋대로 날뛰면서 지점장을 불러내라고 호통치는 남자를 달래고 진정시켰던 사람은 성중이었다. 성중은 은행 밖으로 따라 나가 남자를 배웅했고, 탕비실 구석진 자리에 서서 울고 있는 봉희에게 다가와 부드럽고 확신에 찬 목소리로 그녀의 잘못이 아니라고 위로해주었다.

소란이 가라앉고 셔터가 내려진 뒤 봉희는 지점장실로 불려 가야 했다. 행원으로서 미숙했던 대처를 점잖게 책망하고 고객들에게 무조건 친절해야 한다고 설파하는 지점장의 훈계를 듣고 있는 내내 봉희는 그녀의 잘못이 아니라고 했던 성중의 말을 곱씹었다. 여러 지점을 옮겨 다니면서 근무했던 십여 년 동안 수없이 고개를 조아리고 입술을 깨물어야 했던 봉희에게 그녀의 잘못이 아니라고 분명하게 말해준 사람은 성중한 사람뿐이었다.

오랜 시간이 흐른 뒤, 그날 은행 객장에서 소란을 피웠던 중년 남자 이야기를 꺼냈던 날 성중이 기억이 나지 않는다고 말해서 봉희는 당황했다. 성중은 그녀의 잘못이 아니라고 했던 말과 행동이 두 사람을 결혼으로 맺어준 줄 까맣게 모르고 있는 듯싶었다.

봉희는 부드럽고 따듯한 목소리로 위로하고 격려의 말을 건넸던 그날의 일을 기억하지 못한다고 성중을 탓할 수 없었다.

봉희는 흩날리는 눈을 맞으면서 버스 정류장으로 걸어갔다. 성중의 본가가 있는 남쪽 도시에서 결혼식을 올렸던 날에도 눈이 내렸다. 예식이 진행되는 동안 봉희는 눈이 내리는 줄 몰랐고, 결혼 29주년 저녁 무렵 결말을 읽을 수 없는 책을 핸드백에 넣고 눈을 맞으면서 성중을 만나러 가게 되리라고 예상하지 못했다.

봉희와 성중은 결혼식과 폐백을 마치고 피로연 장소로 예약해놓은 횟집으로 걸어서 갔다. 굵은 눈발이 봉희의 머리와 갈색 투피스를 입은 어깨 위로 소란스럽게 떨어져 내렸다. 횟집 문가에 서서 머리와 어깨에 내려앉은 눈을 털어주며 미소 짓는 성중을 바라보면서 봉희는 다정하고 낙관적이고 활기

넘치는 남자와의 새로운 삶에 대한 기대로 아찔한 현기증을 느꼈다.

그날 이후 봉희는 성중과 눈을 맞으면서 걸었던 기억이 없었다. 해마다 겨울이 되면 눈이 내렸는데 결혼식을 올렸던 날처럼 속수무책으로 쏟아지는 눈은 다시 보지 못했다. 시립도서관에서 자서전 쓰기 강좌가 시작되었던 날 봉희는 29년 전 신부 화장을 한 얼굴로 온종일 하객들 앞에서 미소 지었던 자신의 모습을 떠올려보았다. 삼십대 중반 여자 강사는 자서전이란 허구에 기초해서 창작되는 소설이나 희곡과 다르다고 여러 차례 강조했다. 자서전은 쓰는 사람의 상상이 개입할 여지가 없다고 했다. 봉희는 진실하게 삶을 반추하고 고백하는 장르가 자서전이라는 강사의 말에 고개를 끄덕이면서도 자신의 생을 얼마만큼 진실하게 글로 써낼 수 있을지 알지 못했다.

십수 년 전 겨울, 봉희는 진눈깨비를 맞으며 버스 정류장에 서 있었다. 시장바구니를 들고 버스에 올라 차창 밖으로 빠르게 사라지는 특별할 것 없는 도심의 풍광을 홀린 듯 바라보았다. 버스가 P시 중심가를 지나고 있을 무렵 학교가 파한 뒤 집으로 돌아와 있을 딸들과 파스를 사 오라고 부탁했던 시모의 얼굴이 떠올라 당황했다. 허둥지둥 버스에서 내렸는데 봉희는 집으로 돌아가는 버스를 타지 않고 상가 거리를 따라 천천히 걷다가 셔터가 내려진 은행 앞에서 걸음을 멈췄다.

봉희가 성중과 일했던 은행이 타 은행과 합병되어 새로운 이름을 내걸고 영업하고 있었다. 결혼 후, 삼사 년에 한 번씩 지점을 옮길 때마다 성중은 새로 맡게 된 업무며 봉희가 알고 있는 직원들의 근황을 자세히 알려주었다. 퇴근해서 집으로 돌아오는 길에 군고구마와 케이크, 과자를 사 오고 식탁과 잠자리에서 동료와 상사들에 대해 아무렇지도 않게 말하는 성중에게 봉희는 때때로 혐오감을 억누르기 어려웠다.

봉희는 문 닫힌 은행 앞을 지나 사람들의 발길이 뜸한 자리를 찾아 걸어갔다. 모멸감을 느끼면서도 기계적으로 미소 지어야 할 때마다 부끄러움으로 얼굴을 붉혔던 기억이 떠올랐다. 골목 안쪽 상가주택 앞에서 봉희가 걸음을 멈췄다. 음악학원과 보습학원이 있는 일층을 두리번거리다가 지하 일층으로 내려갔다. 시멘트벽을 면한 자리에 완강하게 닫혀 있는 육중한 문 하나가 나타났다. 한글로 '뮤직 타운'이라고 쓰인 팻말이 걸린 문 앞에 서서 봉희는 머뭇거리지 않고 손잡이를 잡아 돌렸다. 차갑고 단단한 문은 저항 없이 열렸다. 슬리퍼 몇 켤레가 가지런한 현관으로 들어서면서 마룻장이 깔린 복도와 양쪽 벽을 따라 십여 개의 방들이 틈 없이 붙어 있는 널찍한 실내를 기웃거렸다. 정면으로 보이는 벽 앞에 덩그러니 놓여 있는 초록색 가죽 소파를 발견하고 봉희는 단화를 벗었다. 어느 방에선가 피아노 선율이 들려왔다. 안을 엿볼 수 없는 비밀스러운 방 앞을 지나 봉희는 소파가 놓여 있는 쪽으로 걸어갔다.

무너지듯 소파에 주저앉아 숨을 크게 몰아쉬었다. 먼 길을 떠돌아다닌 듯 피로가 몰려들었다. 소파에 몸을 깊숙이 파묻고 눈을 감았다. 아주 잠깐 사이 봉희는 잠들었고 꿈속에서 메마르고 황량한 벌판을 걷다가 무언가에 걸려 넘어지면서 눈을 떴다. 복도의 불빛이 환했다. 창문이 없어서 시간의 흐름을 느낄 수 없었다. 벽을 따라 다닥다닥 붙어 있는 방마다 문짝 위쪽에 걸린 아라비아 숫자가 새겨진 작은 팻말이 보였다. 벌컥 문 하나가 열리고 이십대 중반의 여자가 나왔다. 여자가 고개를 갸웃거리면서 소파에 앉아 있는 봉희에게 누굴 찾아왔느냐고 물었다. 봉희가 고개를 가로젓자, 출입문이 잠겨 있지 않았냐고 여자가 다시 물었다. 문이 잠겨 있지 않았다고 봉희가 대답하자 여자는 자신이 이곳 총무이고 빈방이 있다고 말했다. 봉희는 얼떨결에 여자를 따라 여자의 방으로 들어갔다. 피아노 한 대와 보면대, 작은 테이블이 놓인 한 평이 안 될 듯싶은 가로로 길쭉한 방은 창문이 없고 방음벽으로 둘려 있었다. 여자는 한 달 단위로 요금을 내면 이십사 시간 사용할 수 있다고 친절하게 설명해주고, 연습실을 누가 사용할 거냐고 물었다.

숨이 막힐 듯 좁은, 외부와 완벽하게 차단된 공간이 매혹적으로 느껴졌음에도 봉희는 선뜻 대답하지 못했다. 피아노 앞에 놓인 등받이 없는 나무 의자에 앉는 순간 집으로 돌아갈 수 없을 성싶었다. 봉희는 고개를 내저으면서 미안하다고 말했다. 현관까지 따라온 여자에게 미안하다고 한 번 더 말하고 봉희는 고개를 돌려 초록색 소파를 힐긋 바라보았다.

버스는 가다가 서기를 반복하고 있었다. 차창 너머로 눈을 맞고 걸어가는 사람들의 모습을 바라보면서 오늘 저녁 함박눈이 내리면 더할 나위 없이 좋겠다고 봉희는 생각했다. 시간을 넉넉히 두고 집에서 나왔는데 예고 없이 눈이 내리는 바람에 책 반납을 미루고 약속 장소로 곧장 가야 할 듯했다.

함박눈이 내렸던 29년 전 성중과 횟집 문가에 마주 서 있었던 장면에서 자서전을 시작할 수 있었다. 봉희의 삶에서 문 하나가 닫히고 다른 문 하나가 열린 특별한 날이었다. 29년 만에 함박눈이 내렸다고, 자서전 마지막 문장에 쓰게 될지 모른다고 생각했다. 젊은 강사는 자서전을 쓰는 누구라도 완결된 삶을 글로 쓸 수 없다고 말했다. 부와 권력, 힘을 가졌든 아니든 사람은 죽음으로써 생을 마무리하게 되므로 모든 자서전은 미완성이라고 했다.

자서전은 작가가 허구의 형식을 빌려서 만들어내는 소설과 달랐다. 쓰는 사람이 살아 있는 동안은 자서전의 결말이 달라질 수 있다고 했던 강사의 말을 곱씹으면서 봉희는 핸드백 속에서 침묵하는 죽은 소설가의 마지막 문장을 떠올렸다. 작가가 집필 중에 죽어 완결에 이르지 못한 그 소설은 수십 년이 흐른 지금도 위대한 작품으로 읽히고 있었다. 봉희는 미완으로 끝난 그 소설을 도서관에 돌려주고 29년 동안 이어온 결혼 생활을 완결 지으려고 했다.

함박눈을 맞으면서 성중과 횟집으로 걸어갔던 그날처럼 봉희는 조용히 미소 지었다. 환갑이 지난 성중은 건강했고 삶을 낙관하며 살고 있었다. 자신감 넘치고 긍정적인 성중에게 시련이 전혀 없지는 않았다. 성중은 오십대 초반에 25년 가까이 근무했던 직장에서 명예퇴직했다. 직원들에게 기계적인 친절을 강요하지 않는 지점장이 되겠다고 호언장담했던 성중은 자신의 바람을 이룰 수 없었다. 능력 있고 패기 넘치는 젊은 행원들과 안정적으로 경력을 쌓아온 관리자들 틈에서 그는 자신의 자리를 지켜내지 못했다.

은행 업무 외에 경력이 없는 명퇴자를 선뜻 반겨주는 일자리는 찾기 어려웠다. 무위도식할 만큼 늙지 않았음에도 성중은 서둘러 무언가를 시작하려고 애쓴다거나 등산이며 낚시 따위를 하면서 남아도는 시간을 보내려고 하지 않았다. 성중과 나이와 직급이 비슷한 동료와 상사, 부하직원 중 누가 은행에 남고 누가 떠났는지 봉희는 알지 못했다. 지나온 생을 서둘러 지워버리려는 사람처럼 무엇도 하지 않고 시간을 보내는 성중을 염려했음에도 봉희는 억지로 웃음 짓는 그의 얼굴을 볼 때마다 불쾌하고 짜증스러운 감정을 조용히 억눌러야 했다.

당신의 잘못이 아니라고 봉희는 성중에게 말하지 않았다.

억지로 웃지 않아도 된다고 말해줄 수 없었다. 입안에서 맴도는 말을 삼키면서 봉희는 시집 식구들이 머물러 살다가 차례차례 떠난 집 안을 둘러보았다. 이제 더 이상 시집 식구와 함께 살지 않았어도 명절과 기일이 돌아오면 봉희는 시부모와 성중의 조상들에게 차례를 지내고 제사를 모셨다. 성중을 보증인으로 세우고 몇 차례 은행에서 돈을 대출받아 갔던 시동생이 사업에 실패하고 잠적했을 무렵 봉희는 남동생의 결혼자금을 빌리려고 찾아온 친정어머니를 빈손으로 돌려보내야 했다. 친정어머니를 빈손으로 돌려보냈다고 봉희는 성중에게 말하지 않았다. 오랜 시간이 흐른 뒤에도 말하지 않았다. 봉희가 성중에게 하지 못했던 말은 두 사람이 함께 살아온 시간만큼이나 많았다.

봉희는 거실 소파에 앉아 바느질하고 있는 성중을 보았다. 성중은 와이셔츠 단추를 달고 양복 바짓단을 꿰매고 있었다. 바느질은 그날 하루로 끝나지 않았다. 아침에 눈을 뜨면 성중은 반짇고리를 꺼내놓고 꿰매고 자르는 일에 열중했다. 멀쩡한 옷을 가져와서 소매를 자르고 올이 풀리지 않도록 감침질했다. 실밥과 천 조각이 굴러다니는 거실에서 성중은 중요한 연구에 몰두해 있는 사람처럼 바느질에 여념이 없었다.

잠깐 그러다가 말 거라는 봉희의 예상과 달리 성중은 손가락이 바늘에 찔려도 아랑곳없이 헌 옷을 자르고 꿰매는 일에 열중했다.

"재봉틀을 살까?"

바늘에 찔려 피가 흐르는 손가락을 입에 넣고 빨면서 성중이 혼잣말처럼 중얼거렸다.

봉희는 대꾸하지 않았다. 마디가 굵은 손가락으로 바늘귀에 실을 꿰는 성중을 바라보면서 농담이라고 말해주기를 기다렸다. 신혼살림을 시작하면서부터 줄곧 집 안 구석진 자리에 놓여 있었던 반짇고리였다. 성중의 와이셔츠 단추를 달거나 딸아이 교복 단이 뜯어지면 봉희가 반짇고리를 꺼냈었다. 봉희에게 바느질은 창조적인 일거리나 즐거움을 느낄 수 있는 놀이가 아니었다. 상비약처럼 장롱 한구석에 처박아놓았던 반짇고리가 성중에게 절실히 필요한 도구가 되리라고 짐작하지 못했다.

성중은 재봉틀 대신 빨강 파랑 노랑 주황 초록 색깔 실과 길이와 굵기가 제각각인 바늘, 모양이며 빛깔이 화려한 단추를 사 왔다. 가위와 바늘 몇 개, 검은색과 흰색 실이 전부였던 반짇고리는 실패에 감긴 여러 색깔의 실로 가득 찼고, 어설펐던 성중의 바느질 솜씨는 눈에 띄게 자연스러워졌다. 장롱을 뒤져 옷을 꺼내면 성중은 골똘히 생각에 잠겨 있다가 가위를 집어 들었다. 소매와 밑단, 솔기를 거침없이 잘라내고 품을 늘리고 소매를 달고 주머니를 만들면서 그는 오랜 고민 끝에 비로소 답을 찾은 사람처럼 만족스럽게 미소 지었다.

약속 시간 십 분을 남겨놓고 봉희가 버스에서 내렸다. 곧게 뻗어 있는 왕복 4차선 도로 위쪽으로 시립도서관 건물이 보였다. 짧은 겨울 해가 저물고 도서관 창마다 불빛이 환했다. 마흔아홉 개 돌계단을 밟고 도서관에 처음 갔던 날 열람실 서가에서 어떤 책을 골라 읽었는지 봉희는 기억하지 못했다. 뮤직 타운 복도 구석진 자리에 놓인 초록색 소파에서 잠들었다가 깬 뒤로 봉희는 종종 장바구니를 들고 버스를 탔다. 한낮의 도서관은 숨어 있기 적당한 장소였다. 봉희는 서가의 책을 손에 잡히는 대로 꺼내 읽고 탁자에 엎드려 졸다가 집으로 돌아와 저녁 식사를 차렸다.

신혼 시절부터 봉희는 줄곧 P시에서 살아왔다. 봉희가 성중과 보낸 스물아홉 해의 시간이 P시에 고스란히 남아 있었다. 명예퇴직을 앞두고 성중은 P시에서 자동차로 한 시간 삼십 분 남짓 시간이 걸리는 지점으로 출퇴근했다. 두 딸이 차례로 독립하고 십수 년을 함께 살았던 시모가 죽고 시동생들은 결혼해서 분가했다. P시에서 보낸 시간은 단일 서사로 진행되지 않았다. 봉희는 주동 인물이 아니었다. 새로운 삶에 대한 기대와 흥분은 짧았고 도서관 열람실을 찾아가기까지 긴 시간이 걸렸다. 봉희는 자신에게 아무것도 요구하지 않는 낯선 사람들에게서 편안함을 느끼게 되리라고 예상하지 못했다.

눈길 위에 어지럽게 찍혀 있는 발자국을 피해 봉희가 걸음을 내디뎠다. 사람들의 발길이 닿지 않는 자리에 눈이 차분히 내려 쌓이고 있었다. 예고 없이 눈이 쏟아졌음에도 봉희는 약속 시간에 늦지 않았다. 29년 동안 이어온 결혼 생활을 마무리하기에 더할 나위 없이 좋은 날이었다. 부족하지도 넘치지도 않는 시간이었다. 봉희는 성중과 함께 결혼을 마무리할 수 있어서 기쁘고 마음이 놓였다.

초록색 차양 아래 서서 봉희가 머리와 외투에 내려 쌓인 눈을 털고 식당 출입문을 열었다. 평일이고 눈이 내려서인지 손님이 많지 않았다. 출입문이 정면으로 보이는 테이블로 가서 봉희는 외투를 벗어놓고 자리에 앉았다. 메뉴판과 생수, 컵을 가져온 직원에게 기다리는 사람이 있다고 말했다. 출입문을 열고 들어온 남녀가 실내를 둘러보다가 구석진 자리로 가서 앉았다. 계산대 위쪽에 걸린 둥근 아날로그시계가 여섯시 정각을 가리켰다. 음식을 주문한 남녀는 테이블 너머로 손을 맞잡고 입맞춤이라도 할 듯 바짝 다가앉아 있었다. 파스타는 봉희와 성중의 입맛에 맞는 음식이 아니었다. 성중은 왜 하필 파스타냐고 물을지도 모른다.

봉희가 고기와 날생선을 좋아하지 않는 줄 성중은 여전히 알지 못했다. 젓갈을 듬뿍 넣고 김치를 담글 때마다 비위가 상해서 냉수로 속을 달래야 했다고 털어놓으면 성중은 놀라고 어리둥절할 게 뻔했다. 성중의 기호에 맞춰 음식을 만들고 식탁을 차리면서 봉희는 불평하지 않았다. 봉희가 입에 맞지 않는 음식을 먹고 억지웃음을 지었다고 해도 성중의 잘못은 아니었다. 낯모르는 사람에게 친밀감을 느끼고 천하고 상스러운 짓에 몸을 맡기고 싶었던 순간이 있었다고 말해야 할 필요는 없었다.

이제 곧 쓰게 될 자서전 첫 문장을 떠올리면서 봉희는 한 사람의 생을 얼마만큼 정직하게 기록할 수 있을지 생각해보았다. 거짓 없이 살아온 사람만이 진실하게 글을 쓸 수 있다고 단언하기는 어려웠다. 지어낸 웃음으로 감추려고 하고 정면을 응시하지 못한 채 살아온 지난 시간을 되살려내기가 고통스러웠다. 생의 마지막 순간을 기록하기 어렵듯 거짓과 왜곡에서 자유로운 글쓰기는 불가능할 듯싶었다. 성중을 사랑한다고 믿었음에도 봉희는 때때로 혐오의 감정을 떨쳐낼 수 없었다. 안정적인 결혼 생활을 유지하고자 하는 욕망과 영혼을 억누르는 모든 의무에서 벗어나 얽매이지 않고 살고 싶은 소망 사이에서 수없이 갈등하고 흔들렸다.

명예퇴직한 은행의 비정규직 사원으로 채용되자 성중은 더이상 쓸모없는 바느질에 매달리지 않았다. 봉희는 거실에 나뒹구는 천 조각과 실밥을 쓸어내고 아무도 입지 않을 옷가지를 모아 헌 옷 수거함에 버렸다. 성중은 말끔하게 다림질된 와이셔츠와 양복을 입고 웃는 얼굴로 출근했다. 봉희는 실패로 가득 찬 반짇고리를 장롱 깊숙이 숨겨놓고 바느질에 열중하면서 흘려보냈던 성중의 시간을 봉인했다. 장바구니를 들고 모르는 남자를 따라갔던 날이 언제였는지 봉희는 정확히 기억나지 않았다. 수없이 많았던 날 중 단 하루였다.

골목에 우두커니 서서 눈을 맞고 있는 봉희의 앞으로 다가온 남자가 술을 마시지 않겠느냐고 물었다. 성중보다 서너 살쯤 어려 보이는 남자였다. 봉희가 대꾸하지 않자, 미안하다고 말하고 뒤돌아섰다가 남자가 눈길에 미끄러지면서 휘청거렸다. 다행히 길바닥에 주저앉지 않고 남자는 몸을 바로 세웠다. 파스타 전문점과 일식집, 카페, 노래방이 있는 건물 지하로 내려가면서 남자는 봉희가 따라오는지 확인하려고 고개를 돌렸다. 호프집 출입문을 활짝 열어놓고 남자가 봉희를 기다렸다. 테이블마다 칸막이가 있는 호프집이었다. 남자는 출입문에서 멀찍이 떨어진 자리로 가서 마른안주와 생맥주 두 잔을 주문했다.

그날 생맥주를 몇 잔이나 마셨는지 봉희는 기억이 희미했다. 화장실에 다녀온 남자가 자신의 자리를 비워두고 봉희의 옆으로 와서 앉았다. 남자가 봉희의 손을 잡았다. 봉희는 남자의 손을 뿌리치지 않았다. 남자는 봉희에게 이름을 묻지 않았고, 장바구니를 들고 어디로 가려고 했는지 알고 싶어 하지 않았다. 막차가 끊어져서 봉희는 택시를 타고 집으로 돌아왔다. 집 안의 불이 모두 꺼져 있었다.

마주 앉아 밥을 먹고 침대에 나란히 누워도 성중은 상사와 동료, 부하직원 이야기를 하지 않았다. 성중이 은행에서 어떤 업무를 맡아서 하는지 봉희는 알지 못했다. 지점장이 되면 고객에게 굽실거리지 않는 은행을 만들겠다고 장담했던 성중이 어떤 표정을 짓고 창구에 앉아 있을지 짐작하기 어려웠다. 적극적이고 자신만만한 태도로 업무를 해내고 있으리라 기대하지 않았다. 부드러운 확고함으로 봉희를 매혹시켰던 성중은 쓸모없는 바느질에 열중하면서 더디게 흐르는 시간을 견뎌내려고 했었고, 참을 수 없는 혐오감으로 봉희를 고통스럽게 만들었다. 하나의 모습으로 규정지을 수 없는 성중은 29년 동안 봉희의 남편이었다.

봉희가 전부 읽어낼 수 없었던 그 소설은 작가가 집필 중에 죽어서 완결하지 못했음에도 훌륭하고 아름다운 작품으로 손색이 없었다. 봉희는 우연히 그 소설을 읽었다. 영원히 미완의 작품으로 남게 될 소설을 읽고 봉희는 자신의 결혼 생활을 완결 지을 수 있겠다는 용기를 얻었다.

봉희와 성중의 결혼 생활은 정점에 놓여 있었다. 누구에게 자랑할 일도 부끄러워해야 할 일도 없는 삶이었다. 스스로 죽음을 선택하는 사람들처럼 봉희는 결혼 생활을 완결하고 마무리 짓고 싶었다. 배우자 중 한 사람이 먼저 죽거나 파경에 이르러서 끝나는 결혼이 아니었다. 봉희는 성중과 보냈던 시간을 축복 속에서 마감해야 한다고 생각했다.

오래전 그날처럼 봉희는 상기된 얼굴로 출입문 쪽을 바라보고 있었다. 출입문이 열리고 닫힐 때마다 찬바람이 밀려 들어왔다. 혼자 앉아 있는 손님은 봉희 한 사람뿐이었다. 벽에 걸린 둥근 시계가 여섯시 십분을 가리켰다. 출입문이 열리고, 감색 모직 코트를 입은 건장한 남자가 안으로 들어왔다. 먼저 도착해 있는 일행을 찾으려고 널따란 실내를 두리번거리는, 청년처럼 젊고 건강해 보이는 남자가 성중인 줄 봉희는 금방 알아채지 못했다. 눈길이 마주쳤고, 성중이 밝게 웃으면서 봉희가 앉아 있는 테이블로 뚜벅뚜벅 걸어왔다. 봉희는 테이블에 괴고 있던 팔을 내리고 몸을 꼿꼿하게 세우고 앉아 눈을 맞아 희끗희끗해진 머리와 가죽장갑을 벗어 쥔 크고 단단한 성중의 손을 바라보았다.

막무가내로 소리치고 화를 냈던 은행 VIP 고객을 진정시키고 봉희의 어깨를 두드려주었던 다정한 손이었다. 봉희의 어깨에 내려 쌓인 눈을 털어주었던 따뜻한 손이었다. 실을 뗀 바늘을 어색하게 쥐고 쓸모없는 바느질에 열중했던 손이었다. 손금이 엽맥(葉脈)처럼 뻗어 있는 성중의 손을 잡고 살아온 스물아홉 해의 시간이 물처럼 흘러가버렸다. 되돌리거나 붙잡을 수 없었다.

테이블 빈 의자에 가죽장갑을 올려놓고 성중이 모직 코트를 벗었다. 안감이 겉으로 보이게 코트를 접어 의자 등받이에 걸쳐놓고 성중이 봉희와 마주 앉았다. 연인으로 보이는 남녀처럼 봉희는 테이블 위에서 성중의 손을 맞잡고 싶었다. 성중의 청혼으로 시작된 결혼이었다. 이제 봉희는 부드럽고 확신에 찬 말로 결혼 생활을 마무리 지어야 했다. 성중에게 돌려줄 말을 고르다가 봉희는 뮤직 타운 복도 구석진 자리에 놓인 초록색 소파에 앉아 깜빡 잠들었다가 꾸었던 꿈을 떠올렸다. 봉희는 자서전에 뮤직 타운과 초록색 소파, 짧은 꿈 이야기를 빠트리지 않고 써야겠다고 생각했다.

봉희가 테이블에 두 손을 올려놓고 성중에게 말을 건네려고 하는데 직원이 다가와서 밝고 경쾌한 목소리로 물었다.

"주문하시겠습니까?"

성중은 테이블에 놓인 메뉴판을 눈으로 훑다가 잠자코 봉희에게 건네주었다. 봉희는 딸과 더블에 왔던 날처럼 봉골레 스파게티와 까르보나라를 주문했다. 성중은 파스타가 입맛에 맞지 않는다거나 결혼기념일에 먹을 메뉴로 적당하지 않다고 말하지 않았다.

아내의 의무와 책임, 부부라는 관계에서 비롯되는 수많은 일로부터 자유로워질 수 있는 지금 봉희는 성중의 모습이 낯설면서도 매력적으로 느껴졌다. 부부 관계에 마침표를 찍고 남은 생은 각자의 공간에서 살아보자고 먼저 말을 꺼낸 사람이 성중이었는지 봉희 자신이었는지 얼른 생각이 나지 않았다. 봉희는 스스로 식사를 챙기고 혼자 잠들었다가 아침에 눈을 뜨는 성중의 모습을 떠올려보았다. 한때 바느질에 빠져 힘겨운 시간을 보냈던 성중은 섬세하고 예민한 사람이었다. 성중이라면 특별히 어렵거나 힘든 일이 없으리라 생각하자 봉희는 마음이 한결 가벼워졌다.

언제부터 성중이 혼자만의 공간을 꿈꾸었는지 봉희는 알지 못했다. 눈이 내리는 날 장바구니를 들고 무작정 버스에 올랐던 봉희처럼 군고구마가 담긴 봉지를 손에 들고 성중은 사람들이 없는 곳을 찾아다녔을지도 몰랐다. 자기 삶을 살라고 봉희에게 충고했던 성중은 그 자신이 가장과 장남의 책임과 의무에서 벗어날 날을 기다린 듯싶었다. 봉희와 성중의 결혼 30주년 기념일은 돌아오지 않을 터였다. 일 년 중 단 하루인 그날은 과거형이 되고 두 사람은 각자의 공간에서 시간을 보낼 수 있었다. 누구라도 쉽게 누릴 수 있는 일이 아니었다.

직원이 쟁반에 음식을 담아 테이블로 가져왔다. 성중이 포크를 집으면서 오늘 낮에 17평 전세 아파트를 계약했다고 말했다. 이사는 두 달 뒤라고 했다. 17평 아파트는 혼자 사는 사람에게 적당한 공간이었다. 봉희는 아직 집을 얻지 못했다.

시립도서관이 가까운 아파트를 찾는 중이었다. 봉희는 걸어서 도서관에 갔다가 집으로 돌아오면 자서전을 쓰고 싶었다. 넓지도 좁지도 않은 방에서 자서전을 완성할 수 있으리라 생각했다. 싱글 침대와 책상이 있는 방에서 봉희는 영원히 다 읽을 수 없는 그 책을 반복해서 읽으려고 했다. 핸드백 속에 아직 반납하지 못한 책이 있었다.

특성 없는 남자

파스타 면을 삼키면서 봉희는 성중 역시 자신과 같은 생각을 하고 있을지 모른다고 넘겨짚었다.

로베르트 무질

봉희는 미완의 소설을 남기고 사망한 독일 작가의 이름을 입속으로 발음해보았다. 낯선 작가의 작품을 발견하고 느리게 소설을 읽었던 시간이 즐거웠다. 아무도 대신해줄 수 없는 자서전을 쓰려고 하는 자신이 만족스러웠다.

결혼을 약속했던 그날처럼 의논해야 할 일이 많았음에도 두 사람은 잠자코 음식을 먹었다. 때때로 파스타를 즐겼던 사람처럼 접시를 깨끗이 비우고 포크를 내려놓은 성중에게 봉희는 음식의 맛이 어떠냐고 묻지 않았다.

봉희의 접시에는 파스타가 절반가량 남아 있었다. 딸과 더블에 왔던 날처럼 봉희는 억지로 파스타를 다 먹으려고 하지 않고 포크를 내려놓았다. 직원이 와서 접시를 치우고 커피 두 잔을 가져왔다. 봉희는 커피를 한 모금 삼키면서 성중을 바라보았다. 음식을 먹고 난 뒤에도 한참을 앉아 있었던 젊은 남녀가 자리에서 일어났다. 출입문이 열리고 닫히면서 찬바람이 들어왔다.

29년 전 오늘 함박눈이 쏟아졌다고 봉희가 말했다. 그날 이후 그토록 많은 눈이 내린 적이 없다고 말하면서 봉희는 결혼식 날 눈이 내렸다는 사실조차 성중이 잊었을지 모른다고 생각했다. 성중은 분명하게 기억하고 있었다. 피로연을 마치고 남쪽 도시에 있는 공항으로 가는데 눈길에 차가 막혀 비행기를 놓칠 뻔했었다고 말했다.

자서전의 서술자는 주인공 자신이었다. 저자이고 서술자이고 주인공이기도 한 봉희는 성중과의 시간을 왜곡하거나 넘겨짚지 않고 진실하게 기록해야 할 책임이 있었다. 온전히 봉희가 살아온 날들이었다.

"갈까?"

빈 찻잔을 테이블에 내려놓고 성중이 부드러운 목소리로 말했다.

눈이 내려서 버스를 타고 왔다고 하는 성중에게 봉희는 도서관에 들러 책을 반납하고 돌아가겠다고 말했다.

'결혼 29주년 기념일 저녁에 성중과 함께 파스타를 먹고 미완의 소설을 반납하려고 혼자 시립도서관으로 갔다.'

봉희가 머릿속으로 문장을 만들었다. 다음 문장은 떠오르지 않았다. 봉희가 자리에서 일어나 외투를 입었다. 두 사람이 식당 밖으로 나왔고, 눈발은 날리지 않았다.

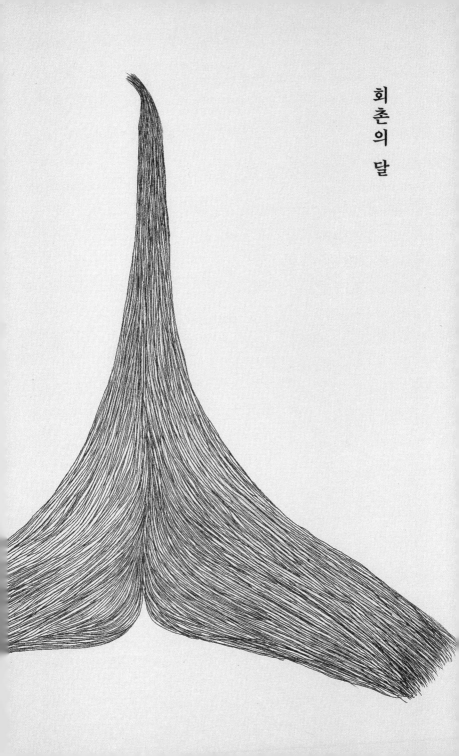

회
촌
의

달

마로니에 나뭇가지에 걸린 어둠이 멀리 보이는 산과 들판을 지우고 뜰 위로 차올랐다. 사방이 농도 짙은 어둠에 잠겨들고 지상의 움직임이 밤의 장막 뒤편으로 사라졌다. 날벌레 몇 마리가 방충망에 바짝 붙어서 불빛이 환한 방 안을 노려보고 있었다. 방 안으로 날아든 나방 한 마리가 기분 나쁜 소리를 내지르면서 형광등 주위를 날았다. 책상 위에 펼쳐놓은 노트북 컴퓨터 자판 틈새로 날벌레가 파고들었다.

어둠이 사납게 몸을 끌어당겼다.

그믐밤이었다.

오후 네시경, 이곳에 도착했을 때 사무실에서 여자가 기다리고 있었다. 여자는 곧장 방으로 나를 안내하고, 무거운 슈트케이스를 현관문 안쪽으로 옮겨주면서 음식을 준비해 왔느냐고 물었다. 일주일 전 받은 이메일에는 토요일 저녁부터 일요일 저녁까지 식사를 제공하지 않는다는 내용이 적혀 있었다. 나는 음식을 가져오지 않았다고 대답했다. 먼 길인데다 짐이 있고, 컵라면이나 빵 같은 간단한 먹을거리를 편의점에서 살 수 있으리라 생각했다.

근처에 음식점이 몇 곳 있는데 주말에도 영업한다고 여자가 알려주었다. 이곳 주변의 식당 위치와 사무실과 관리실 전화번호, 주의 사항 몇 가지가 적혀 있는 안내장과 방 열쇠를 테이블 위에 올려놓고 나가면서 급한 일이 생기면 관리인에게 연락하라고 여자가 말했다.

복도를 걸어 나가는 발걸음 소리가 멀어지기를 기다렸다가 현관문을 잠갔다. 오늘은 밖으로 나가서 식사하고 싶지 않았다. 가방에서 노트북을 꺼내고 창가에 드리워져 있는 두꺼운 커튼을 젖혔다. 창문 너머로 뜰을 지나 돌계단을 내려가는 여자의 모습이 보였다.

어둠이 내리면 나무와 뜰이 사라져 보이지 않을 거라고 여자는 알려주지 않았다. 이곳에 방이 몇 개 있고, 몇 명의 사람들이 머물고 있는지 나는 알지 못했다. 방충망 바깥쪽에 달라붙어 있는 커다란 나방 한 마리가 힘차게 날갯짓했다. 창문을 닫아야 하는데 꼼짝할 수 없었다. 등 뒤로 누군가의 시선이 느껴졌다.

창밖이 환하게 밝아 있었다. 나는 책상에 엎드려서 눈을 떴다. 형광등 주위를 날던 나방이 어디론가 사라지고 방충망에 달라붙어 있던 나방과 벌레들은 보이지 않았다. 죽은 날벌레들이 책상 위에 흩어져 있었다. 두 손으로 책상을 짚고 천천히 몸을 일으켜 세웠다. 몸이 뻣뻣하게 굳어 있었다.

싱싱하게 되살아난 뜰과 나무를 보자 마음이 놓였다.

슈트케이스를 열고 옷과 수건, 커피가 담긴 병과 세면도구 등속을 꺼냈다. 소형 냉장고 위에 커피포트와 쟁반, 컵이 놓여 있었다. 커피포트를 들고 부엌으로 가서 수돗물을 받았다. 한 짝뿐인 싱크대 찬장 안에는 아무것도 없고, 가스레인지가 있어야 할 자리는 비어 있었다.

찬장과 개수대 사이 흰 타일 벽에 붙어 있는 안내문을 읽었다. 실내에서 음식을 조리할 수 없고 음식을 데우려면 휴게실 전자레인지를 이용하라고 했다. 찻숟가락은 보이지 않았다. 병에 담겨 있는 인스턴트커피를 대충 컵에 덜고 뜨거운 물을 부어 두어 번 흔들었다. 둥근 테이블에 앉아 복도 쪽으로 난 창문을 열었다. 낮은 담으로 둘러싸인 복도 너머로 비탈진 산자락이 보였다.

8월인데 한기가 느껴졌다. 매미 울음소리가 들릴 뿐 인기척이 없었다.

붙박이장과 책상, 싱글 침대가 놓인 널따란 방 안에 정물화

한 점이 걸려 있었다. 어제 미처 보지 못한 그림을 물끄러미 바라보다가 책상 앞으로 가서 앉았다. 창 너머로 푸른색 열매가 매달린 모과나무가 보였다. 어제 보지 못했던 모과나무는 돌계단을 사이에 두고 마로니에 나무와 마주 심겨 있었다. 경사진 아스팔트 길이 정문을 지나 왕복 2차선 도로 쪽으로 이어져 있고 도로 건너편은 논과 밭이었다.

옷을 갈아입고 침대에 누웠다. 피곤한데 잠이 오지 않았다. 모로 누워 책상 위에 펼쳐놓은 노트북을 바라보았다. 컴퓨터 디스크 안에 절반쯤 써놓은 장편소설이 저장되어 있었다. 이 방에서 초고를 끝내고 돌아갈 수 있기를 바랐다. 작가의 말을 먼저 쓰고 시작한 소설이었다. 소설을 완성할 수 없으리라는 불안에 쫓겨 작가의 말을 성급하게 쓰고 말았다.

울음소리를 듣고 눈을 떴다. 눈을 감고 누워 있었다고 생각했는데 깜빡 잠이 든 모양이었다. 숨을 죽이고 그대로 누워 있었다. 울음소리는 들리지 않았다. 밖으로 나가 밥을 먹고 먹을거리를 사와야 했다. 온종일 굶을 수는 없었다. 근처에 있는 음식점에서 식사하고 길을 익힐 겸 산책을 하고 싶었다.

현관문을 열자 냉기가 밀려들었다. 좁은 복도를 따라 누군가의 발에 밟혀 뭉개진 연초록빛 주검들이 보였다. 아직 살아서 꿈틀거리는 것들도 눈에 띄었다. 주검들을 피해 발을 내디디려고 하는데 집게손가락만 한 푸른 벌레 한 마리가 공중으로 날아올랐다. 두 손바닥으로 얼굴을 가리고 살아 꿈틀거리는 벌레들이 발에 밟혀 뭉개지는 섬뜩한 느낌에 진저리 치면서 빠르게 복도를 걸어 나왔다.

휴게실과 식당을 지나 뜰로 내려왔다. 창문이 활짝 열려 있는 방 안쪽으로 책상 위에 펼쳐져 있는 노트북이 보였다. 그 방 좌우로 창마다 커튼이 무겁게 드리워져 있었다. 지난밤 전원을 켜지 않은 노트북 앞에 앉아 어둠에 붙들린 채 꼼짝하지 못했던 나는 그곳에 없었다. 소설을 쓰려고 찾아온 방에서 두려움에 빠져들었던 나는 어둠이 물러난 뜰에 나와 서 있었다.

돌계단을 내려와 고추와 콩이 심긴 밭을 끼고 난 비탈진 길을 걸어갔다. 어제 낮에 걸어온 길을 되짚어 걷는 동안 자동차 두 대가 빠르게 차도로 지나갔다. 차도를 따라 걷다가 수수밭을 지나는데 개 짖는 소리가 들려왔다. 걸음을 멈추고 주위를 두리번거렸다. 담이 없는 농가주택 너른 마당 한쪽으로 낡은 개집과 쇠줄에 묶인 개 한 마리가 보였다. 개는 묶인 줄을 끊고 달려들 기세로 맹렬하게 짖어댔다. 마당에 쭈그리고 앉아 옥수수 껍질을 벗기고 있던 남자가 고개를 들고 나를 흘긋 쳐다보았다.

식당은 밭에 둘러싸인 농가주택이었다. 길가에 세워놓은 입간판을 주의 깊게 살피지 않았더라면 음식을 파는 곳인 줄 모르고 지나치기 딱 좋은 평범한 시골집이었다. 마당 귀퉁이에 장작더미가 쌓여 있고 붉은 고추가 널려 있었다. 출입문을 열고 안으로 들어갔다. 마룻장이 깔린 바닥에 탁자 몇 개가 놓여 있고 손님은 없었다. 머리에 수건을 쓴 노파가 주방에서 나와 혼자냐고 물었다.

메뉴는 청국장찌개 한 가지뿐이었다. 예약하고 오면 백숙을 먹을 수 있다고 노파가 말했다. 나는 청국장찌개 백반을 주문했다.

날이 저물기 전부터 해가 떠오를 시간을 기다렸다. 어둠이 기척도 없이 산과 나무를 적시고 뜰에 차올랐다. 나는 틈 없는 어둠으로 꽉 찬 허공을 응시하다가 수면이 잔잔한 캄캄한 바닷속으로 곤두박질쳤다. 두려움은 심장이 아니라 머리에서부터 시작되었다. 고개를 돌릴 수 없었다. 복도에 널려 있는 연초록빛 주검들이 떠올랐다.

이 방에 머물러 있는 동안은 날이 새도록 형광등을 끄지 못하리라 생각했다. 불을 끄면 어둠 속으로 빨려 들어가서 빠져나올 수 없을 듯했다. 복도로 난 창문이 덜컹거렸다. 흐느껴 우는 소리가 들렸다. 손가락이 딱딱하게 굳은 손으로 책상을 짚으면서 억지로 몸을 일으켜 세웠다.

복도 쪽 창가에 반쯤 드리워져 있는 초록색 커튼이 바람에 날렸다. 창문을 닫고 걸쇠를 채웠다. 불투명한 창문을 커튼으로 전부 가려놓고 현관문이 잠겼는지 다시 확인했다. 커피포트에 수돗물을 받고 있는데 총소리가 울렸다. 재빨리 수돗물을 잠그고 숨을 죽였다. 총소리는 다시 들려오지 않았다. 한

발의 총알이 누구를 향해 발사됐는지 알 수 없었다. 불투명한 흰색 형광등 덮개에 달라붙어 있는 나방이 보였다. 크고 작은 나방과 벌레들이 방충망에 몸을 바짝 붙이고 불빛이 환한 방 안을 노려보고 있었다.

침대에 누웠다. 얇은 이불을 끌어당겨 몸을 덮었다. 잠들고 싶은데 눈을 감을 수 없었다. 귓가에서 총소리가 이명처럼 들려왔다. 눈이 부시고 아파서 벽을 향해 모로 누웠다. 등 뒤로 서늘한 기운이 느껴졌다. 눈을 감았다가 얼른 다시 떴다. 소설을 쓰려고 찾아온 방에서 섬뜩한 느낌과 두려움으로 꼼짝하지 못했다. 책상으로 가서 노트북을 켤 수 없었다. 소설의 문장을 떠올리기 어려웠다. 이 방에 머물러 있는 동안은 소설을 쓸 수 없으리라 생각했다. 무서운 밤을 견뎌낼 자신이 없었다.

총소리는 청력을 잃은 왼쪽 귓속에서 반복적으로 들려왔다. 오른쪽 귀까지 청력을 잃게 될 수 있다고 진단받았던 날부터 나는 강박적으로 소설 쓰기에 매달렸다. 생명에는 지장이 없다고 했던 의사의 말이, 살아 있는 동안 쓰기를 멈추지 말라는 주문으로 들렸다. 국수 가닥처럼 문장이 뚝뚝 끊어졌다. 잠을 잘 수 없었다. 잠이 들면 다시 눈을 뜨지 못할까 두려웠다.

고개를 돌릴 수 없었다. 두통은 사라지지 않았다.

억지로 몸을 움직여 침대에 반듯하게 누웠다. 눈이 부셨음에도 방 안 전체가 시야에 들어오니까 마음이 조금 편안해졌다. 형광등 덮개에 달라붙어 있었던 나방은 어디론가 사라지고 보이지 않았다. 열어놓은 방문 너머로 복도 쪽 창문에 드리워진 초록색 커튼이 보였다. 커피를 마시려고 커피포트에 물을 받았던 기억이 떠올랐다.

냉장고 모터 돌아가는 소리가 정적을 갈랐다. 소형 냉장고에는 생수 한 병이 들어 있었다. 냉장고 모터 돌아가는 소리에 매번 화들짝 놀라 주위를 두리번거렸다. 날이 밝고 해가 뜨면 잊지 말고 냉장고 코드를 뽑아놓아야겠다고 생각했다. 다시 벽 쪽을 바라보고 누웠다. 벽과 침대 사이 좁은 공간에 죽은 나방과 머리카락 뭉치, 과자 부스러기가 떨어져 있고, 봉지를 뜯지 않은 초콜릿 하나가 먼지를 뒤집어쓴 채 처박혀 있었다.

싱글 침대에 누워 과자를 먹은 작가가 불안과 공포에 시달리면서 밤새도록 불을 끄지 못했는지 알 수 없었다. 이 방에 머물렀다 떠난 사람들이 견뎌내야 했던 무서운 밤을 낡은 싱글 침대는 기억하고 있을 듯싶었다.

밤은 길고 무거웠다. 저절로 감기는 눈을 억지로 뜨고 있었다. 무서운 자리로 찾아들었다고 자책했다. 날이 밝으면 서둘러 짐을 꾸리고 떠나야 한다고 스스로 다그쳤다.

창밖이 희미하게 밝아왔다.

환한 빛 속에서 눈을 떴다. 열어놓은 창으로 햇빛이 쏟아져 들어왔다. 매미 울음소리가 들려왔다. 귓전에서 울려댔던 총소리는 사라졌다. 책상으로 가서 앉았다. 느린 걸음으로 뜰을 지나가고 있는 사람이 보였다. 마로니에 나무와 모과나무에는 어둠의 흔적이 남아 있지 않았다. 반바지를 입은 남자가 시야에서 사라지기를 기다렸다가 노트북 전원을 켰다.

소설 쓰기는 언제나 첫 문장을 기다리는 일에서 시작되었다. 소설을 탈고하는 날까지 날마다 첫 문장을 기다려야 했다. 커피포트에 물을 받았다. 뜨거운 찻잔을 손에 들고 이불이 뭉쳐져 있는 침대를 바라보았다. 창밖이 밝아오기를 기다리면서 억지로 눈을 뜨고 있었던 나는 거기 없었다. 책상 위에 찻잔을 올려놓고 이불과 베개를 정돈했다.

여자가 사무실 책상에 앉아 커피를 마시고 있었다. 흰색 페인트가 발라진 시멘트벽에는 8월 행사 일정이 적힌 화이트보드가 걸려 있었다. 아침 식사를 했느냐고 여자가 물었다.

어젯밤 총소리를 들었다고 내가 말했는데 여자는 놀라거나 당황하지 않았다.

"종종 들릴 거예요. 밤에 고라니 사냥을 하는 사람들이 있거든요."

식당 주방은 오전 여덟시부터 열시까지 두 시간 동안 개방한다고 했다. 아침은 주방에 준비해놓은 식빵과 잼, 달걀로

직접 만들어 먹어야 하고, 점심과 저녁은 정해진 시각에 모여서 먹으니까 늦지 말라고, 여자는 안내문에 적혀 있는 내용을 재차 확인시켜주었다.

복도 바닥을 따라 짓뭉개져 있는 연초록빛 주검 이야기를 하려다가 잠자코 사무실 밖으로 나왔다. 해가 지고 어둠이 내리면 무서워서 잠을 잘 수 없다고 털어놓는 무모한 짓을 하지 않아서 다행이라고 생각했다.

뜰로 내려가 활짝 열려 있는 창문을 바라보고 섰다. 노트북을 켜고 앉아 첫 문장을 기다렸던 나는 거기에 없었다. 모과나무 아래 익지 않은 푸른색 모과 몇 알이 떨어져 있었다. 상처 나지 않은 모과 하나를 집어 들고 방으로 돌아왔다. 수돗물에 모과를 씻어 노트북 옆에 올려놓았다.

모과는 물기 하나 없이 바짝 말라버렸다. 이곳에서 한 문장도 쓸 수 없으리라 생각하면서도 짐을 꾸리지 않았다. 현관문을 열고 밖으로 나왔다. 복도에 널려 있던 연초록빛 주검들은 치워지고 보이지 않았다.

문이 활짝 열려 있는 식당 안으로 들어갔다. 흰 모자를 쓰고 앞치마를 두른 조리사 아주머니가 출입문 안쪽에 서서 인사를 건넸다. 테이블마다 밥과 국, 반찬이 차려져 있었다. 창가 쪽 테이블로 가서 앉았다. 사람들이 식당으로 들어와서 자리를 채웠다.

모두 낯선 얼굴이었다. 조리사 아주머니와 머리가 희끗희끗한 관리인 남자, 사무실 여자가 입구 쪽 탁자에 둘러앉아 밥을 먹었다. 빈 그릇과 수저를 퇴식구에 가져다 놓고 밖으로 나왔다. 활짝 열려 있는 휴게실 창 너머로 탁구 치는 사람들이 보였다.

뜰을 지나 돌계단을 내려왔다. 버스 종점 정류장 쪽으로 걸어가다가 다리를 건넜다. 난간을 따라 깻단 묶음이 줄지어 놓인 다리 아래 물이 흘렀다. 작업복을 입은 남자와 허리가 굽은 노인이 검은색 비닐이 덮인 밭두둑에 열무를 심고 있었다. 옥수수밭을 지나고 복숭아밭을 지났다. 논과 논 사이로 난 다리 건너편 쪽으로 산자락에 외따로 지어진 집이 보였다. 길을 따라 띄엄띄엄 늘어서 있는 농가와 어우러지지 않는 번듯한 집이었다.

잡풀 속에서 고양이 한 마리가 튀어나왔다. 무리 지어 피어 있는 들꽃을 바라보면서 걷다가 맨드라미를 발견하고 멈춰 섰다. 크고 뭉툭하고 붉은 꽃이 누군가 토해놓은 핏덩어리처럼 보였다. 빗방울이 떨어졌다. 산 쪽으로 이어져 있는 길을 끝까지 걸어가보려고 했는데 길을 되짚어서 내려가야 했다. 다리 난간에 세워져 있던 깻단은 치워지고 없었다. 빗방울이 굵어졌다. 나는 뛰기 시작했다. 머리부터 발끝까지 흠뻑 젖은 채 방에 도착했다. 옷을 벗고 간단하게 샤워했다. 내일은 그 길을 끝까지 가보고 싶었다.

창문을 닫았다. 비는 금방 걷힐 듯싶지 않았다. 가지에 매달려 있어야 할 푸른빛 모과가 책상 위에 놓여 있었다. 기름칠한 듯 매끄러운 낙과를 손아귀에 움켜쥐었다. 빗속에서 열매 떨어지는 소리가 들렸다. 엉킨 실타래 같은 문장들이 머릿속에 똬리를 틀고 있었다. 심장이 두근거리고 숨이 찼다. 손에 쥔 열매가 맥없이 바닥으로 툭 떨어졌다. 미끄러운 손바닥을 펴고 손가락 열 개를 노트북 자판 위에 얹었다.

어둠이 차오른 뜰에 빗줄기가 내리꽂혔다. 토막 난 문장이 손가락 끝으로 흘러내렸다. 저녁 식사 시간은 벌써 지나버렸다. 뜰에 차오른 물이 창턱을 타고 방 안으로 흘러 들어올 듯했다. 복도를 지나가는 발걸음 소리가 들려왔다. 숨을 멈추자, 심장 박동이 빨라졌다. 현관문을 두드리는 소리가 들렸다. 누구냐고 묻지 않았다.

빗소리가 귀울음을 지웠다. 문장을 삼키고 의자와 책상을 삼켰다. 몸이 둥둥 떠올랐다. 두려움에 사로잡혀 소설을 쓸 수 없었다. 소리가 전부 사라진 세상을 상상하기 어려웠다.

하루 두 끼 먹고, 햇볕이 따갑지 않은 초저녁 무렵 산책을 나왔다. 깻단을 세워놓은 다리를 건너고 맨드라미가 피어 있는 길로 걸어갔다.

저녁이 되면 책상에 앉아 어둠이 걷히고 날이 밝아오기를 기다렸다. 식당이나 복도에서 사람들과 마주치면 눈인사를 나누었다. 하루 두 차례, 편한 옷을 입고 식당에 모였다가 각자의 공간으로 사라지는 사람들의 얼굴에서 두려움이나 불안해하는 기색은 엿볼 수 없었다.

해가 저물고 복도를 오가는 발걸음 소리가 들려오면 연초록빛 주검을 떠올리면서 진저리 쳤다. 총소리가 울렸다. 손바닥으로 가슴을 쓸었다. 산자락을 따라 달아나는 고라니를 보았다. 고라니는 어둠 속에서 총구를 겨누고 서 있는 사냥꾼의 눈에 띄지 않는 먼 곳으로 달아나고 있었다.

탕 탕 탕.

연달아 총소리가 들려왔다.

남자들이 비닐을 넓게 깔아놓은 길바닥에 마주 서서 참깨를 털고 있었다. 노끈으로 묶인 깻단 줄기를 흔들어대자 바짝 마른 이파리와 꽃부리, 흙과 뒤섞여 깨가 쏟아졌다. 허리가 굽은 노인이 쭈그리고 앉아 포대에 깨를 쓸어 담았다. 남자들 옆으로 빈 깻단이 차곡차곡 쌓여갔다.

포대 안에는 깨보다 이파리와 꽃부리가 더 많이 담겨 있는 듯싶었다. 양손으로 허리를 짚고 힘겹게 몸을 일으키는 노인의 곁으로 다가가서 왜 잡물까지 포대에 쓸어 담느냐고 물었다. 고개를 들고 있어도 허리가 전부 펴지지 않는 노인은 키로 까불러 쓸모없는 것들은 전부 날려 보낼 거라고 대답했다.

노인에게 인사하고 논과 밭을 지나 길을 따라 걸어갔다. 서

쪽 하늘이 붉게 물들고 있었다. 메밀밭 앞에서 걸음을 멈추고 지는 해를 바라보았다. 아직 흰 꽃이 피지 않은 메밀밭 너머로 알곡이 팬 벼들이 석양 아래 조용히 흔들렸다. 노인은 키로 까불러서 잡물을 날려 보낼 거라고 했다. 수십 년의 세월이 흐르는 동안 손때가 묻고 시나브로 닳아졌을 키를 꺼내 키질하는 노인의 모습을 떠올려보았다. 바짝 말라 세로로 갈라진 삭과에서 쏟아져나온 하얀 깨는 이파리와 꽃부리, 흙과 뒤섞여 있었다. 노인이 키로 한 차례 까불러 대자 이파리와 꽃부리가 날아갔다. 잡물이 전부 날아가도록 노인은 키질을 멈추지 않았다.

손가락 열 개를 펴서 허공을 향해 얹었다. 열꽃이 핀 듯 붉었던 하늘이 어두워졌다. 멀리 보이는 산자락과 논과 밭이 흐릿해졌다. 밤은 석양이 가장 붉었던 서쪽 하늘에서 시작되었다. 메밀밭으로 어둠이 차올랐다. 논과 밭 사이로 난 외길 위로 둥글게 달이 떠올랐다. 반딧불이가 날았다.

반짝이면서 날아다니는 벌레를 쫓다가 방으로 돌아왔다. 반딧불이를 놓치고 달을 놓쳤다. 노트북을 켜고 키보드 위에 손가락을 얹었다. 나는 아직 키질해서 날려 보내야 할 잡물조차 얻지 못했다. 삭과가 익기를 기다리면서 얼마나 더 많은 밤을 보내야 할지 알 수 없었다. 열매가 익어 껍질이 벌어지고 햇볕에 바짝 말라야 씨앗을 받아낼 수 있었다.

고개를 돌려 현관 쪽을 바라보았다. 날이 밝으면 복도에 널려 있는 여치 떼의 주검을 보아야 했다. 관리인이 비질을 해도 여치는 끊임없이 날아들었다. 한밤중에 흐느끼는 소리를 들었다고 내가 말했을 때 관리인은 시큰둥한 표정을 짓고 여치 울음소리일 거라고 대답했다. 한여름에 매미와 여치 울음소리는 특별하거나 이상한 일이 아니라고 했다.

창 너머로 어둠이 차오르기 시작하면 떠나지 않았음을 후회하고 동이 틀 무렵이면 두려움과 불안을 견뎌내야 한다고 스스로 다독였다. 겁에 질려 도망치고 싶지 않았다. 두려움은 내 안에서 시작되었다. 이곳을 떠난다고 해도 불안과 두려움에서 달아날 수 없으리라 생각했다.

허리가 굽은 노인이 메밀밭에서 풀을 뽑고 있었다. 잎이 무성한 메밀은 아직 꽃과 열매가 없었다. 풀을 뽑던 노인이 손으로 무릎을 짚고 고개를 들었다. 밭 너머에 외딴집이 있었다.

노인이 한쪽 손에 움켜쥔 풀을 밭둑 너머로 던지고 흙길로 걸어 나왔다. 길가에 우두커니 서 있는 나에게 어디에서 왔느냐고 노인이 물었다. 나는 산자락 아래쪽 건물을 손으로 가리키면서 그곳에 머물고 있다고 대답했다. 노인이 고개를 끄덕였다.

이곳에 온 지 이 주일이 지나도록 문장을 쓰지 못했다고 노인에게 털어놓고 싶었다. 밤마다 총소리와 누군가 흐느껴 우는 소리를 듣는다고 고백하면 노인은 다정하게 위로의 말을 건네줄 듯싶었다.

허리가 전부 펴지지 않는 노인이 외딴집 쪽으로 걸어갔다.

"할머니, 메밀꽃이 언제쯤 피나요?"

나는 어둠이 깔리는 길에 서서 큰 소리로 물었다. 노인이 걸음을 멈추었다.

"찬바람 불면 피겠지."

노인은 뒤돌아보지 않고 외딴집을 향해 휘적휘적 걸어갔다.

해가 지고 달이 떴다. 뜰에 차오른 어둠 위로 달빛이 떨어졌다. 달빛이 비쳐드는 창가에 앉아 메밀밭에서 풀을 뽑고 있는 노인과 찬바람 불면 하얗게 피어날 메밀꽃을 생각했다.

모니터 커서가 깜빡거렸다. 키보드에 손가락을 얹고 메밀꽃과 노인이라고 입력했다. 맨드라미와 핏덩어리, 깻단과 삭과, 노인의 키는 내가 이곳으로 와서 얻은 단어였다. 아직 문장이 되지 못한 단어가 띄엄띄엄 박혀 있는 모니터를 바라보고 있는데 총소리가 울렸다.

산자락을 따라 정신없이 달아나고 있는 고라니를 보았다. 벌떡 일어나서 현관문을 열고 밖으로 뛰어나왔다. 여치가 날고 있는 어두운 복도를 지나 밤이슬에 젖은 뜰로 내려왔다. 돌계단을 따라 마주 서 있는 모과나무와 마로니에 나무 잎사귀 사이로 달빛이 흘러내렸다.

달빛이 쏟아지는 뜰로 고라니가 달려오기를 기다리면서 신작로까지 이어진 가파른 길을 톺아보았다. 슬리퍼를 신은 발이 축축하게 젖어 들었다. 반딧불이가 날았다. 달빛이 없어도 스스로 빛나는 반딧불이가 반작거리며 뜰 위를 날았다. 총소리는 다시 들려오지 않았다. 차도 건너편 노인의 메밀밭과 외딴집이 어둠에 잠겨 있었다.

찬바람 불면 달빛 아래 출렁거리는 흰 꽃을 볼 수 있었다.

방충망에 달라붙은 나방이 힘차게 날갯짓했다. 불빛이 환한 방 안쪽으로 책상과 노트북이 보였다. 메밀꽃과 노인, 두 단어를 썼던 나는 그 자리에 없었다.

기다려도 고라니는 오지 않았다.

뜰 한가운데를 날고 있는 반딧불이를 쫓다가 고개를 들었다. 손을 뻗으면 닿을 듯 가까운 자리에 둥근 달이 걸려 있었다. 틈 없이 꽉 찬 만월 속에 황갈색 털을 가진 고라니가 달렸다.

메밀꽃과 노인 옆에 보름달과 고라니를 적어 넣었다. 메밀꽃은 아직 피지 않았다. 달빛이 출렁거리는 뜰에 내려앉은 어둠이 물러가기 전에 문장을 써야 했다. 노인이 키를 까불러서 잡물을 날려 보내고 있었다. 허리가 굽은 노인 옆으로 가서 허공에 손가락을 얹었다.

손가락 끝으로 문장이 흘러나왔다.

좁고 불편한 침대와 형광등 주위를 바쁘게 날아다니는 나방, 컴컴한 복도 바닥에 짓뭉개져 있는 여치, 총소리가 비명처럼 들리는 밤을 문장으로 쓸 수 있을 듯했다.

잡물이 쌓인다고 두려워하지 말라고 노인이 말했다. 피고
지는 꽃을 수없이 보았고 열매가 떨어질 때를 알고 있다고 했
다. 달밤이 아름답다고 노인은 말하지 않았다. 무서워하지 말
라고 위로의 말을 건네지 않았다.

달빛이 사라지고 어둠이 물러났다.

노인이 잠들고 나는 문장을 쓰고 있었다.

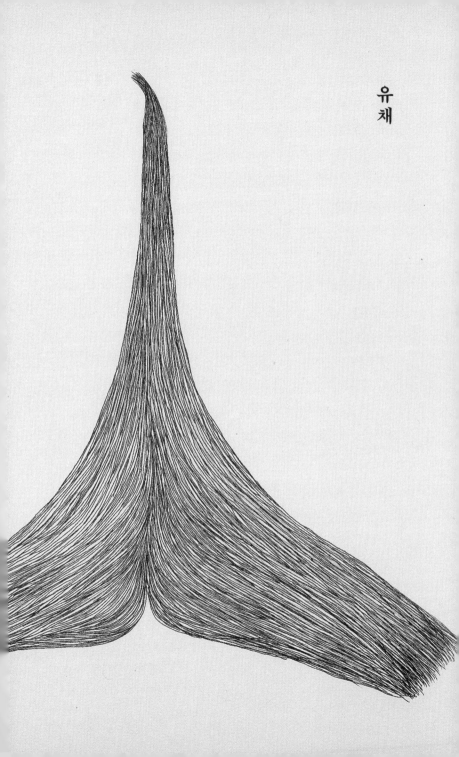

유
채

4인용 식탁으로 충분했다. 소하는 번잡하게 교자상을 꺼내지 않고 율과 율의 친구들이 식탁에 둘러앉아 먹고 난 뒤 경수와 늦은 저녁 식사를 해야겠다고 생각했다. 오늘 저녁, 율이 친구들을 데리고 집으로 돌아오기로 했다. 등교하지 않는 주말에 생일잔치를 할 수도 있지만 앞당기거나 늦추지 않겠다고 고집한 사람은 소하였다.

야간자율학습이 끝나면 단짝 친구들과 함께 곧장 집으로 오라고 소하가 율에게 일러두었다. 입시가 코앞이라 부담스러울 수 있겠지만 어차피 각자의 집으로 돌아가면 야식을 먹은 뒤라야 길고 고단했던 하루를 마감하는 아이들이었다. 규와 율은 같은 연립주택에 현과 석은 맞은편 연립주택에 살아서 오가느라 시간을 낭비할 염려가 없었다. 학업으로 지치고 힘든 아이들은 잠시나마 웃고 떠들 시간이 필요했다. 율이 중학교에 입학하면서부터 어울려 다니고 있는 친구들은 외모며 성격이며 제각각이었음에도 식성이 비슷해서 소하가 만들어주는 음식이라면 무엇이든 마다하지 않았다. 쇠를 삼켜도 소화시킬 수 있을 만큼 건강하고 식욕이 왕성한 나이였다. 먹고 돌아서면 금방 다시 배가 고프다고 하는 청춘이었다. 입시에 짓눌려 숨이 막힐 텐데도 의젓하게 버텨내고 있는 아이들을 위해 오늘 저녁 소하는 특별한 만찬을 준비하려고 했다.

소하는 아직 메뉴를 정하지 못했다. 냉장고가 텅 비었다. 언제 시장에 다녀왔는지 기억이 가물가물했다. 뻐꾸기시계가 짧게 한 번 울었다. 침대에 누운 채 고개를 돌려 벽에 걸린 뻐꾸기시계를 바라보았다. 오후 한시 삼십분이었다. 경수가 출근 준비하기 전에 잠에서 깼는데 소하는 눈을 감고 침대에 누워 있었다. 언제부터인가 경수는 소하를 깨우지 않고 빈속으로 집을 나갔다. 집에서 저녁 식사하는 날이 드물었던 경수는 이따금 집으로 전화를 걸어 밥을 먹었느냐고 소하에게 물었다. 먹고 싶은 음식이 있는지 외식하고 싶은지 조심스럽게 물어왔다. 율을 임신했던 오래전 소하는 입덧이 심해 두어 달 동안 거의 먹지 못했다. 소하가 제대로 먹지 못하자 경수는 전전긍긍했다. 과일로 끼니를 대신하는 소하가 안쓰럽고 딱해서인지 경수는 웬만해서는 집에서 밥을 먹으려고 하지 않았다. 두어 달이 지나 입덧이 사라지고 소하는 끼니마다 깜짝 놀랄 만큼 많은 양의 음식을 먹었다. 먹지 못해 핼쑥했던 얼굴은 혈색이 돌고 태동을 느낀 뒤로 뿌듯하게 배가 불러왔다.

소하는 손바닥으로 아랫배를 쓰다듬고 늘어진 뱃살을 만져보았다. 오래전 풍선처럼 둥글게 부풀었던 소하의 자궁은 말라 쪼그라들었다. 이제 아이를 품을 수 없는 소하의 자궁은 율이 머물렀던 시간을 분명하게 기억하고 있었다. 입덧은 음식의 역한 냄새에서 시작되었다. 욕지기가 솟으면 손바닥으로 입을 틀어막고 욕실로 달려가야 했다. 자궁에 자리 잡은 태아는 음식의 강렬한 냄새를 거부했다. 소하는 평소 즐겨 먹었던 김치며 된장이며 고기를 먹을 수 없었다.

이제 자궁이 텅 비었는데 소하는 제대로 먹지 못했다. 식재료를 손질하고 음식을 만들었던 기억이 시나브로 사라졌다. 배추를 씻고 절이고 버무리면서 느꼈던 손가락의 감각을 떠올리기 어려웠다. 소하는 고기와 채소, 과일의 맛과 향을 구별할 수 없었다. 냄새가 사라지고 몸의 움직임이 느리고 둔해졌다. 온종일 아무것도 하지 않았음에도 극심한 피로가 소하의 몸을 짓눌렀다.

뻐꾸기시계가 걸려 있는 벽을 바라보고 누워 소하는 율이 좋아하는 음식 서너 가지를 떠올렸다. 육식을 좋아하는 아이였다. 소하는 채소를 넉넉히 넣고 갈비찜과 닭볶음탕, 잡채를 만들어야겠다고 생각했다. 초코케이크와 생크림케이크 사이에서 망설이다가 생크림케이크를 선택했다. 불고기피자며 과일이며 음료수며 과자를 사려면 아무래도 혼자 손으로는 벅찰 듯싶었다.

뻐꾸기시계가 요란하게 두 번 울고 난 뒤 소하가 느릿느릿 억지로 몸을 일으켰다. 거실 창으로 들이쳐서 환하게 퍼지는 빛을 방문 너머로 바라보면서 검은색 스웨터를 꺼내 입고 검은색 머플러를 두르고 지갑을 집어 들었다. 현관문을 잠그고 공동 현관 밖으로 나와 한두 걸음 떼다가 휴대전화를 챙기지 않은 줄 알았는데 집으로 되돌아가지 않았다.

지어진 지 오래된 연립주택 단지를 벗어나 소하는 4차선 차도가 보이는 큰길로 걸어 나왔다. 대형마트에 가려면 버스를 타거나 두 정거장을 걸어야 했다. 날씨가 쌀쌀해도 볕이 좋아서 가로수가 늘어서 있는 인도를 따라 걸었다. 보도블록 위로 노랗게 물든 은행잎이 수북했다. 눈치채지 못한 사이 바뀌어버린 계절이 이물스러웠다. 가을이 왔다고 해서 특별히 좋지도 나쁘지도 않았다. 냄새를 잃어버리고부터 소하는 모든 일이 심드렁했다. 은행잎을 밟고 서서 심호흡을 했다. 터지고 짓뭉개진 은행 열매가 길바닥에 널려 있는데도 소하는 고약한 냄새를 맡지 못했다.

교복 차림의 학생들이 사거리 횡단보도를 건너오고 있었다. 비둘기색 교복 재킷 안에 조끼를 입었거나 카디건을 걸친 고등학생들의 모습이 소하는 왠지 낯설었다. 아직 학교가 파할 시간이 아닌데 학생들은 가방을 어깨에 둘러메고 둘씩 셋씩 짝을 지어 걸어왔다. 신호등이 빨간색 불로 바뀌었다. 횡단보도를 사이에 두고 서서 소하는 맞은편 인도 가장자리에 모여 있는 학생들의 얼굴을 살폈다. 학생들 무리 속에 율과 규, 석과 현은 없었다. 율이 조끼를 입었는지, 재킷만 걸치고 등교했는지 얼른 기억나지 않았다. 유난히 추위를 타는 아이였다. 물이라면 질색하는 아이였다. 못하는 운동이 없었어도 율은 차가운 물을 싫어해서 수영을 배우려고 하지 않았다.

신호등이 초록색 불로 바뀌었다. 학생들이 차례차례 소하의 뒤편으로 사라졌다. 마트로 향하는 소하의 발걸음이 바빠졌다. 집으로 돌아가면 율이 친구들과 함께 도착해 있을 듯싶어서 마음이 분주했다. 음식을 만들 틈도 없이 생일잔치를 시작해야 할지도 몰랐다. 율에게 전화를 걸고 싶었지만 휴대전화가 없었다. 늘 손이 닿는 자리에 두었던 소하의 휴대전화는 전원이 꺼진 채 화장대 서랍에 처박혀 있었다.

소갈비와 손질이 된 닭을 낚아채듯 집어 소하가 수레에 던져 넣었다. 마른미역과 당면이 진열된 자리가 어디인지 몰라 한참을 두리번거리다가 찾아냈다. 쇼핑 수레를 끌고 허둥거리며 과일 매대로 건너가 바나나 한 다발과 파인애플, 배와 귤을 골라 담았다. 과자와 음료수를 눈에 띄는 대로 집어 들고 동동거리면서 다시 채소 매대로 돌아갔다. 감자와 양파,

당근, 팽이버섯, 시금치를 수레에 담고 주위를 둘러보았다. 마트에는 쇼핑하는 사람이 많지 않았다. 식재료와 음료수, 과일 따위로 수북한 수레에 대파 한 단을 얹고 계산대 쪽으로 바쁘게 걸어가면서 빠뜨린 재료가 있을지 모른다고 소하는 생각했다.

피자 가게 출입문을 열고 들어서면서 소하가 다급한 목소리로 불고기피자 큰 사이즈 하나를 빨리 포장해달라고 소리쳤다. 주문이 밀려 있으니까 기다려달라고 양해를 구하는 점원에게 신용카드를 꺼내 내밀면서 소하는 고등학생들로 가득 찬 테이블을 둘러보았다. 교실에 있어야 할 아이들이 왜 피자 가게에 몰려와 있는지 알 수 없었다. 시험이 끝나는 날이면 율은 친구들과 어울려 피자를 사 먹었다. 열일곱번째 생일에 율이 규와 석과 현을 불러 생일잔치를 했던 곳도 피자집이었다.

점원이 납작한 상자에 피자를 담아 내밀었다. 빨간색 끈으로 묶인 피자 상자를 들고 나오면서 소하는 시험 기간인 줄 까맣게 모르고 있었던 자신의 무심함을 탓했다. 무엇을 더 잊고 놓쳤을지 알 수 없었다. 냄새가 사라지고 맛을 느끼지 못한다고 해도 소하는 여전히 살아 있었다. 율을 챙기지 못할 만큼 정신을 놓고 무기력하게 지내야 할 까닭이 없었다.

서둘러 집으로 돌아가야 하는데 베이커리를 그냥 지나칠 수 없었다. 음식을 만들 시간이 없어서 케이크와 피자, 과자, 음료수로 생일잔치를 해야 할 난감한 상황이었다. 안면이 있는 베이커리 주인 남자가 소하를 향해 반갑게 인사했다. 숨을 헐떡거리면서 진열장 앞으로 다가간 소하가 생크림케이크 하나를 포장해달라고 말했다. 진열장에서 케이크를 꺼내놓고 초가 몇 개 필요하냐고 남자가 물었다. 소하는 얼른 대답하지 못하고 우물거렸다. 케이크를 상자에 담으면서 남자가 힐긋 쳐다보았는데 소하는 말귀를 알아듣지 못하는 사람처럼 우두망찰하고 서 있었다.

"누구 생일인가요?"

남자가 친절하게 물었다.

"아들 생일이에요. 고3인데……"

계산대 안쪽 테이블에 놓인, 오븐에 갓 구워져 나온 썰리지 않은 식빵을 바라보면서 소하가 자신 없는 목소리로 대답했다.

"폭죽을 드릴까요?"

큰 초 하나와 작은 초 아홉 개를 꺼내 길쭉한 봉지에 넣고 남자가 다시 물었다. 소하는 고개를 끄덕이면서 폭죽 두 개와 초가 담긴 봉지를 케이크 상자 위에 얹고 스카치테이프로 붙이는 남자의 모습을 멀뚱히 바라보았다. 남자가 무언가 더 물을까 지레 겁을 먹은 소하는 서둘러 계산하고 케이크를 받아 도망치듯 밖으로 나왔다.

소하를 앞질러 도착한 식료품이 큼직한 박스에 담겨 현관문 앞에 놓여 있었다. 박스를 옮겨놓고 소하가 집 안을 둘러보았다. 볕이 사라진 거실이 조용했다. 소하는 피자와 케이크 상자를 테이블에 올려놓고, 박스를 부엌으로 가져갔다. 앞치마를 두르고 개수대에서 손을 씻다가 바보처럼 율의 나이를 금방 떠올리지 못했던 자신이 부끄러워서 얼굴이 붉어졌다. 의심하고 추궁하는 남자의 시선을 떨쳐내려고 토막 난 닭을 삶고 찬물에 갈비를 담그고 채소를 씻고 썰면서 소하는 바쁘게 손을 움직였다. 아들의 나이를 기억하지 못하는 엄마를 비웃는 남자의 눈빛이 싸늘했다. 날씨가 추워진 줄 모르고 교복 재킷만 입혀 율을 등교시키고, 중간고사 날짜가 언제인지 까맣게 잊고 있다가 당황해서 허둥거리는 까닭이 무어냐고 묻고 따지는 시선이 차갑고 집요했다. 남자는 잊고 놓치고 감추려고 하는 소하를 꾸짖고 싶었던 듯했다.

양파를 썰다 소하는 손을 베었다. 팔팔 끓는 냄비를 들어 올리다가 손가락을 뎄다. 닭볶음탕에 어떤 양념을 넣어야 하는지 기억나지 않아 허둥거렸다. 갈비찜과 닭볶음탕과 잡채 레시피가 뒤죽박죽 엉켰다. 소하는 칼이며 도마며 국자며 언제부터였는지 기억조차 나지 않을 만큼 오랫동안 사용했던 조리 도구들이 낯설었다. 십오 년 전부터 줄곧 살아온 낡은 연립주택의 좁고 어두운 부엌이 서름하고 불편했다.

어질러진 조리대 앞에서 잡채를 무치다 말고 소하는 양념이 묻은 손가락을 코끝으로 가져다 댔다. 참기름 묻은 손이 번들거리는데 고소한 냄새를 맡을 수 없었다. 잡채는 열 사람이 먹고 남을 만큼 양이 많았다. 밥솥에서 김이 올라오고 갈비찜이 익어가고 있었다. 반쯤 열어둔 주방 쪽창 너머로 이웃들이 밝혀놓은 불빛이 어룽거렸다.

소하가 식탁에 상을 차리기 시작했다. 밤늦은 시간에 생일잔치할 거라고 일러두었던 탓에 배가 고픈데도 율이 교실에 남아 있는 듯싶었다. 식탁 가운데 자리를 비워놓고 음식을 접시에 담아 날랐다. 네 개의 밥그릇에 밥을 담고 미역국을 놓자, 4인용 식탁이 꽉 찼다. 상자에서 생크림케이크를 꺼내 식탁 중앙에 놓고 후식으로 먹을 과일을 준비했다. 단단하고 울퉁불퉁한 파인애플 껍질을 잘라내자, 소하가 손목에 찬 팔찌처럼 노랑 빛깔을 띤 과육이 드러났다.

파인애플을 접시에 담고 찬장 깊숙이 넣어놓은 찬합을 꺼내다가 소하는 유난히 잡채를 좋아했던 주희의 얼굴이 떠올랐다. 아이가 셋인 주희가 걸어서 십 분 남짓 걸리는 가까운 곳에 살았던 동안 소하는 잡채를 만들면 언제나 찬합에 싸 들고 언니를 찾아갔다. 외동인 율은 사촌 누나들과 어울리기 좋아해서 먹을거리를 만들지 않았던 날에도 소하를 따라 자주 이모 집으로 놀러 갔다. 소하가 주희에게 마지막으로 가져다준 음식은 잡채였다. 평소보다 고기를 많이 넣고 참기름이며 깨며 양념을 아끼지 않았던 잡채를 주희는 한 가닥도 먹지 못했다.

참기름 냄새가 고소하게 풍기고 윤기가 흘러 먹음직스럽게 보였던 잡채를 먹은 사람은 잠시 살림을 살아주러 온 주희의 시모였다. 주희는 짧은 투병 끝에 죽고, 그녀의 시모는 세 아이를 데리고 서둘러 지방 도시로 떠났다. 멀건 죽마저 게우기 일쑤인 주희에게 먹을 수 없는 음식을 싸 들고 갔던 소하는 그 후로 오랫동안 잡채를 만들지 못했다.

소하가 소파에 젖버듬히 기대앉아 거실 베란다 창 너머로 저무는 해를 바라보았다. 바쁘게 음식을 만드느라 주방이 정신없이 어질러져 있는데 웬일인지 아무도 살지 않는 빈집인 듯 썰렁했다. 평생 단 한 번도 밥을 지은 적 없는 낯선 집 같았다. 거실 벽에 걸린 시계는 일 년 육 개월 전 율이 집을 나간 그날에 멈춰 있었다. 초침이 잠시도 쉬지 않고 움직였음에도 시계는 한순간도 현재의 시각을 가리키지 않았다.

의미 없이 째깍거리던 초침 소리가 갑자기 요란하고 난폭하게 들려오기 시작했다. 누군가 곡괭이와 쇠망치를 휘둘러대면서 벽을 부수고 있었다. 그들은 소파에 앉아 있는 소하를 아랑곳하지 않고 거침없이 무기를 휘둘러댔다. 벽에 걸린 둥근 시계가 거실 바닥으로 떨어져 산산조각이 났다. 찻잔과 접시, 기념품을 넣어둔 장식장이 넘어지고 사방으로 유리 파편이 날렸다. 32인치 구형 텔레비전 수상기가 바윗돌 떨어지는 소리를 내지르면서 바닥으로 굴렀다. 소하의 등 뒤로 벽과 기둥이 무너져 내리고 있었다. 콘크리트 덩어리가 거실 바닥으로 떨어졌다. 부서지고 갈라진 벽 틈으로 녹슬고 휘어진 철근이 드러났다. 한 무더기의 먼지구름이 폐허로 변해버린 집의 잔해를 덮고 소하의 몸을 삼켰다.

소하가 길 위에 서 있었다. 분홍색 보자기에 싼 찬합을 손에 들고 도망치듯 걷다 뒤돌아보았을 때 집은 흔적도 남아 있지 않았다. 등 뒤에서 누군가 다가와 소하의 손을 잡았다. 악력이 느껴지지 않는 손을 마주 잡고 소하가 비둘기색 교복 재킷을 입은 아이의 팔과 널따란 등, 단단한 어깨를 가만가만 눈으로 더듬었다. 소리 내어 이름을 부르는 순간 아이의 모습이 눈앞에서 사라질까 두려워서 소하는 보자기에 싼 찬합이 들린 손에 힘을 주었다.

율이 발걸음 소리를 내지 않고 소하를 따라 걸었다. 돌아갈 집이 사라지고 없는데 소하는 걱정하지 않았다. 소하가 어디로 가려고 하는지 율은 알고 있는 듯했다. 행여 율의 손을 놓칠까 조바심하며 소하가 천천히 걸음을 떼었다.

자동차가 한 대도 보이지 않는 4차선 차도 건너편 쪽으로 주희가 살았던 아파트 단지가 보였다. 텅 빈 거리를 걷고 있는 사람은 소하와 율 둘뿐이었다. 소하는 신기루처럼 보이는 도로를 향해 천천히 걸음을 옮겼다. 묻고 싶은 말이 많았음에도 아무 말도 하지 않았다. 언제부터 길에 서 있었는지, 왜 집으로 돌아오지 않았는지 물을 수 없었다. 너무 오랫동안 잠을 잔 탓에 소하는 얼마만큼 시간이 흘렀는지 짐작하기 어려웠다. 시간은 모든 이들에게 같은 속도로 흐르지 않았다. 멈춘 시간에 갇혀 있는 사람은 흐르는 시간을 따라잡기 어려웠다.

규가 오기를 기다리느라 시간이 훌쩍 지나가버린 줄도 몰랐다고 율이 말했다. 악몽을 꾼 사람은 소하만이 아니었다. 추위와 배고픔, 두려움으로 떨고 있는 율의 모습을 꿈에서 보면 소하는 집으로 돌아가자고 소리쳤다. 율은 등을 돌리고 서서 아무 소리도 듣지 못하는 듯 미동도 하지 않았다. 눈앞에서 보고 있는데도 소하는 손을 뻗어 율의 몸을 만질 수 없었다.

가장 먼저 섬에 발을 디딘 아이는 석이었다. 율은 현의 손을 아프도록 꽉 붙잡고 땅 위로 올라섰다고 했다. 4월의 섬은 유채꽃이 한 송이도 보이지 않고 흔하디흔한 돌멩이 하나 눈에 띄지 않았다. 파도가 높은데 바람을 느낄 수 없었다. 사람이 오가지 않는 섬에서 율은 아기를 안고 환하게 웃고 있는 젊은 엄마의 얼굴을 떠올렸다고 했다. 엄마의 품에는 아직 젖을 떼지 못한 율이 안겨 있었다. 유채꽃을 배경으로 사진을 찍어준 사람은 섬으로 함께 여행을 왔던 주희 이모였다.

노란 유채꽃이 바람을 따라 흔들리는 섬이 아름다웠다고 했던 엄마의 말이 믿기 어려웠다고 율이 말했다. 현과 석은 섬이 처음이었다. 섬은 단 한 번도 꽃을 피우지 않았던 곳인 듯 황량했다. 아이들은 무덤 속처럼 조용한 섬이 섬뜩하게 무서웠음에도 내색하지 않고 규가 올라오기를 참을성 있게 기다렸다. 세 아이 중 누구도 선뜻 말하려고 하지 않았다. 바람이 없는 항구에서 몇 날 며칠을 서 있었는지 알 수 없었다. 배가 고픈 줄 몰랐고 졸리지도 않았다. 세 아이 모두 맨발이었고 옷이며 먹을거리를 넣어온 배낭은 어디로 갔는지 보이지 않았다. 아이들이 타고 온 커다란 배가 한쪽으로 기울어진 채 물결이 잔잔한 바다 위에 위태롭게 떠 있었다.

먼바다 쪽에서 울부짖는 소리가 들려왔을 때 아이들은 너무 오랫동안 항구에 붙박여 있었음을 깨닫고 두려워졌다. 메아리 없는 울음과 누군가를 간절하게 부르는 소리에 마음이 아팠는데 걸음을 뗄 수 없었다. 아이들은 바다 위를 떠도는 비탄에 잠긴 목소리를 들었다. 자식들의 이름을 소리쳐 부르는 절망에 빠진 엄마와 아버지의 외침을 속수무책으로 듣고 있어야 했다. 아이들은 규가 뭍으로 올라오면 각자의 집으로 돌아갈 수 있으리라 생각했다. 기우뚱거리며 중심을 잃고 쓰러진 배가 바닷속으로 잠기기 전에 구조선이 도착할 거라고 믿었다.

커다란 배는 천천히 조금씩 가라앉고 있었다. 사람들의 울부짖는 소리가 배의 침몰을 늦추지는 못했다. 아이들은 그럴 수만 있다면 바다로 뛰어들어 속절없이 가라앉고 있는 배를 끌어올리고 싶었다. 바람이 불지 않는 항구에서 아이들은 기다릴 수밖에 없었다. 바닷속이 얼마만큼 깊은지 짐작하기조차 어려웠다. 섬으로 가는 바닷길이 길고 험난하리라고 누구도 이야기해주지 않았다.

율이 여행을 떠났던 날 새벽, 엄마가 김밥을 싸고 간식을 챙겨주면서 말했다.

—4월의 섬은 유채꽃이 한창일 거야.

꽃의 기억을 더듬으면서 엄마는 환하게 웃었다.

노랗게 무리 지어 꽃이 피어 있는 유채밭에서 젖먹이를 품에 안고 이모와 나란히 서서 웃음 지었을 때 젊고 건강한 언니의 죽음을 짐작도 하지 못했던 엄마가 아들이 여행을 떠나는 날 새벽 사위스러운 생각을 했을 리 없었다.

생명이 자라지 않는 섬에서 규를 기다리는 동안 율은 지금껏 살아온 시간보다 더 많은 날이 지나간 듯 지쳐버렸다. 아들의 이름을 부르면서 울고 있는 엄마의 목소리에 응답할 방법을 알지 못했다. 엄마에게 돌아가려면 나이를 지우고 다시 갓난아기가 되어야 할 듯싶었다.

배는 바닷속으로 완전히 가라앉고 보이지 않았다. 구조선은 오지 않았다. 흰 꽃송이와 울음소리가 떠다니는 바다 위로 고기잡이배 한 척이 나타났을 때 세 아이는 동시에 강기슭 쪽으로 미끄러지듯 달려갔다. 늙고 선량한 어부가 부지런히 노를 저어 강기슭에 배를 대자 아이들이 규의 이름을 소리쳐 불렀다. 늙은 어부는 자신보다 더 크고 무거운 규의 몸을 등에 둘러업고 힘겹게 땅 위로 발을 내디뎠다. 오랫동안 물속을 떠돌아다녔던 규의 젖은 몸이 마른 땅 위에 눕혀졌다. 어부가 숨을 몰아쉬면서 규의 젖은 몸을 반듯하게 펴주었다. 규의 머리와 가슴과 발을 차례차례 어루만지면서 아이들은 소리가 되어 나오지 않는 친구의 이름을 불렀다.

다섯 개의 발가락이 온전히 붙어 있는 규의 차가운 발을 어루만지다가 율은 누군가 등 뒤로 다가오는 기척을 느꼈다. 4월의 따뜻한 바람이 뺨을 스치고 지나갔다. 율은 바람이 부는 쪽으로 고개를 돌리고 파란빛이 도는 이파리 위로 꽃잎 네 장이 맞붙어 피어 있는 노란 유채꽃을 바라보았다. 생명이 심기지 않은 황량한 땅 위로 노란 꽃들이 다투어 피어났다. 잔잔한 바람이 불고 있는 섬은 온통 노란빛으로 물결치며 출렁거렸다.

노란 물결로 굽이치는 유채꽃이 아름다웠다고 율이 말했다. 걸음을 내디딜 때마다 조금씩 작아지는 아이의 손을 느끼면서 소하가 고개를 주억거렸다. 텅 빈 차도를 건너기 전 소하가 발에 꿰어 신은 구두를 벗었다. 맨발로 아이와 나란히 서 있는 소하의 등 뒤로 노란 꽃들이 날았다.

차도 한가운데에서 소하가 걸음을 멈추었다. 꿈을 깨기 전에 율을 품에 안아보고 싶었다. 오래전 유채꽃이 만발했던 섬에서 그랬듯 잠든 아이를 안고 꽃밭을 걷고 싶었다. 분홍색 보자기에 싸인 찬합을 차도 위에 내려놓고 소하가 몸을 굽히고 율을 향해 두 팔을 벌렸다. 첫걸음마를 시작했을 무렵처럼 작아진 아이가 망설이지 않고 소하의 품으로 뛰어들었다.

노란 꽃을 향해 옹알이하는 아이를 품에 안고 소하는 작고 가느다란 열 개의 발가락을 차례차례 어루만졌다. 굳은살 하나 없는 연약한 두 발이 따뜻한 자궁에서 노는 듯 조용히 꿈틀거렸다. 소하는 먼 길을 떠돌아다니다가 엄마의 품으로 돌아온 율이 더 이상 슬픔과 고통을 느끼지 못하기를 바랐다.

텅 빈 4차선 도로가 율이 살아야 했던 시간처럼 한정 없이 길게 뻗어 있었다. 서두르거나 망설이지 않고 소하가 도로를 가로질렀다. 주희가 살았던 아파트는 까마득하게 멀어서 닿을 수 없는 세계 같았다. 소하는 맨발에 닿는 찬 기운을 느끼지 못했다. 돌멩이에 챈 발이 찢기고 피가 흐르는데 눈치채지 못했다. 율이 주먹을 쥔 작은 손으로 소하의 가슴을 더듬었다.

소하는 주희가 살지 않는 주희의 집을 향해 걸어갔다. 주희가 떠난 뒤 한 번도 발걸음하지 않았던 그곳은 슬픔과 통곡의 장소였다. 주희가 살지 못한 시간과 율이 살았어야 했던 시간에 갇혀 꼼짝하지 못했던 소하가 머뭇거리지 않고 그곳으로 향하고 있었다.

노랗게 무리 지어 출렁이던 꽃이 지고 있었다. 나비가 날고 있는 유채 꽃밭에서 열매를 담은 꼬투리가 아우성치면서 돋아났다. 품에 안긴 아기는 눈에 띄지 않을 만큼 작아져서 어느 순간 보이지 않았다. 소하는 깊은숨을 내쉬고 주희가 살았던 아파트 창문 쪽을 바라보았다. 차도 하나를 사이에 두고 오갔던 길이 가늠할 수 없을 만큼 멀게 느껴졌다. 결코 도달할 수 없을 듯한 그 길 위에서 소하는 잃어버린 아이를 잠시 품에 안아볼 수 있었다.

소하가 아파트 중앙 현관으로 이어진 돌계단 쪽으로 걸어가고 있는데 차가운 바람이 불어왔다. 돌계단 옆으로 이파리를 떨군 은행나무 한 그루가 서 있고, 사람들의 발길에 터지고 뭉개진 은행 열매들이 길바닥에 함부로 흩어져 있었다. 몸을 구부리고 앉아 바람을 따라 굴러온 터진 열매 하나를 손으로 집었다가 소하는 역겨운 냄새를 맡고 진저리 쳤다. 열매를 만진 손에서 구리터분한 냄새가 진동했다. 고약한 냄새에 숨이 막혀 꼼짝할 수 없었다. 은행 열매가 널린 길바닥에 주저앉아 소하는 정신없이 헛구역질을 했다. 구역질은 좀처럼 멈추지 않았다.

아무것도 게우지 못하고 구역질을 하면서 소하가 밋밋한 배를 손바닥으로 가만가만 어루만졌다. 입덧은 아이가 제 존재를 알려주는 첫번째 신호였다. 이제 소하는 냄새가 사라진 세계에 머물러 있을 수 없었다. 역하고 구린 냄새를 온몸으로 느끼고 견디고 감당해야만 했다.

상처 난 열매가 구르는 길에는 오가는 사람이 보이지 않았다. 구역질이 멎자 소하는 손바닥으로 땅을 짚고 힘겹게 몸을 일으켰다. 주희의 집 창문 쪽을 일별하고 소하는 율과 걸어왔던 길을 맨발로 되짚어 걷기 시작했다.

손바닥으로 밋밋한 배를 어루만지다가 소하가 잠에서 깼다. 격렬했던 구역질이 사라지고 허기가 밀려들었다. 소파에 모로 누워 손바닥으로 두 발을 더듬어 만졌다. 발바닥에 닿았

던 차고 단단한 땅의 감촉이 생생했다. 길바닥에 나뒹굴던 은
행 열매를 떠올리는 순간 금방이라도 구린내가 진동할 듯했
다. 소하는 담요를 걷어내고 일어나 어둑어둑한 거실을 둘러
보았다. 소파에서 잠이 든 소하를 깨우지 않고 담요를 덮어준
경수는 어디에 있는지 기척이 없었다.

베란다 창 너머로 이웃들이 밝혀놓은 불빛에 의지해서 소
하가 주방으로 건너갔다. 주방 등을 켜자 차갑게 식은 음식이
보였다. 파인애플 껍질이 널린 주방 조리대 위에 노란 과육이
담긴 접시가 놓여 있었다. 소하는 싱크대 서랍에서 비닐봉지
를 꺼내 파인애플 껍질을 담고 접시에 수북한 과육 한쪽을 집
어 입에 넣었다.

입가에 흘러내리는 과즙을 손바닥으로 훔치면서 다시 파인
애플 한 쪽을 집었다. 이 사이에서 씹히는 시고 달콤한 과육
의 맛을 느끼는 순간 구역질이 치밀었는데 토해내지 않았다.
안방에 걸린 뻐꾸기시계가 요란하게 울었다. 뻐꾸기가 성마
르게 열 차례 연거푸 울고 난 뒤 접시의 과육은 하나도 남아
있지 않았다.

생일잔치를 시작해야 할 시간이었다. 텅 빈 거실을 발맘발
맘 걸어 소하가 불빛이 새어 나오는 율의 방으로 걸어갔다.
방문 앞에 무춤 서서 노크하고 문을 열었다. 싱글 침대와 옷
장, 책상과 책꽂이가 기역자로 놓인 율의 방은 창문이 빈틈없
이 닫혀 있었다.

"오늘 규가 올라왔어."

방문을 등지고 책상에 앉은 경수가 말했다. 소하는 방 안으로 들어가서 말없이 경수의 어깨를 끌어안았다.

"당신, 알고 있었구나."

액자에 끼워놓은 율의 사진을 어루만지면서 경수가 말했다.

"오래 기다렸잖아. 정말 너무 오래 기다렸어."

경수가 혼잣말처럼 중얼거렸다.

아이들이 기다리고 있으니까 어서 나오라고 말하고 소하가 주방으로 건너갔다. 생일잔치를 시작해야 할 시간이었다. 너무 늦지도 이르지도 않았다.

차갑게 식은 음식을 거둬 가스 불에 데우는 소하를 바라보면서 경수가 조용히 식탁에 앉았다. 소하는 네 아이 몫의 국과 밥을 식탁에 놓고, 두 사람이 먹을 밥과 국을 챙겨 경수와 마주 앉았다.

"내일 아이들을 만나러 갈까요?"

아이들이 먹기를 기다렸다가 숟가락을 집어 들면서 소하가 말했다.

"응. 그런데 당신, 괜찮은 거야?"

소하의 얼굴을 물끄러미 바라보면서 경수가 물었다.

"율이 다녀갔어요."

소하가 대답했다.

재현의 아이러니를 넘어서는 방법

이경재(문학평론가 · 숭실대 교수)

1. 소외된 이웃들에 대한 관심

1996년 등단한 이래, 서성란만큼 한국 사회의 약자들에 대해 지속적인 관심을 기울인 작가도 드물다. 평론가 고영직이한 글에서, 서성란이 "우리 사회에서 소외된 자들을 응시하고 껴안으려는 문학적 시도"[1]를 한다고 말한 것은, 서성란의핵심적인 특징을 짚어낸 것이라고 할 수 있다. 그녀가 심혈을기울여 그려낸 약자들의 목록에는, 결혼이주여성, 장애인, 이주노동자, 죽음을 앞둔 노인, 병든 사람들, 가망 없는 작가 지

---

1 고영직, 「'좋은 이별'은 어떻게 가능한가」, 서성란, 『유채』, 청색종이, 2020, 72쪽.

망생 등이 포함된다. 이러한 약자들에 대한 형상화는 근대 소설의 본령에 해당하는 것으로서, 그 문학적 가치는 아무리 강조해도 모자라지 않는다. 다만 놓치지 말아야 할 것은 약자들에 대한 반복적인 형상화가 가진 문제도 생각해보아야 한다는 점이다. 그 문제는 약자들이 겪는 고통에 주목하면 할수록 그들이 지닌 약함과 다름에만 함몰될 수도 있다는 것이다. 이러한 과정이 반복되면, 머리로는 약자들을 받아들여야 한다고 생각하면서도, 가슴으로는 약자들을 우리와는 다른 '진짜 타자'로 받아들이게 되는 아이러니가 발생할 수도 있다. 이와 관련해 서성란의 출세작인 「파프리카」(『한국문학』 2007년 겨울 호)는 주목해볼 만한 작품이다.

「파프리카」에는 결혼이주여성이 한국 사회로부터 배제되는 양상이 드러나지만, 비극적인 결말로 끝나는 대부분의 작품들과는 달리 새로운 가능성을 암시한다는 점이 이채롭다. 베트남에서 온 결혼이주여성 츄옌은 발음하기 어렵다는 이유로 한국 이름 수연으로 불린다. 중일에게 츄옌은 오직 성적인 대상으로만 가치 있는 존재이다. 중일은 "틈만 나면 수연의 몸속으로 파고들어갔"던 것이다. 중일이 아쉬워하는 것은 츄옌이 "추위와 노동과 고향을 향한 그리움으로 단맛과 향기를 잃"는 일이다. 처음 중일은 츄옌을 한글 강좌에 데리고 가지만, 그녀가 한글 강좌를 충실히 들을 수 있었던 것은 짧은 봄 한 철뿐이었다. 중일은 "그녀에게 글자 하나를 가르쳐주는 것보다 고단한 몸을 그녀 안에 부려놓고 싶은 마음이 더 큰 탓"이다. 중일의 유일한 목적은 성적인 만족이기에, "그녀가 영원히 한글을 깨치지 못한다고 해도 괜찮다고 생각"한다. 결혼이주여성에게 한글이 갖는 의미를 생각할 때, 츄옌을 둘러싼 환경은 그녀를 한국 사회에 적응시키는 것과는 무관하다.

그렇기에 츄옌은 "산자락 아래 외진 마을"에서 말할 수 없는 존재가 되어간다. 유일하게 베트남어를 사용하는 순간은 목욕탕에서 발목을 접질렸을 때, 혼자말로 "메끼엡!" 하고 내뱉을 때뿐이다. 시어머니는 츄옌을 학대하며, 시어머니가 츄옌에게 하는 말들은 주로 "여시 같은 년, 요살을 떤다, 밥값도 못하는 년, 육시럴 따위의 욕설뿐"이며, 그런 시어머니는 하루 빨리 츄옌이 "아이를 낳"기만 원할 뿐이다. 아이를 낳으라는 요구는 마을 노인과 아낙들, 심지어는 츄옌을 친절하게 대하는 선미 엄마도 한다.

그러나 「파프리카」에는 놀라운 반전이 준비되어 있었다. 이런 고단한 상황에서 츄옌은 시내의 군인 목욕탕에서 일하는 나상일 일병에게 매력을 느끼는 것이다. 나 일병은 "어느 나라에서 왔는지 호기심과 비웃음을 띤 얼굴로 묻지 않았"고, "다른 손님들에게 하듯 깍듯이 인사를 했"던 유일한 사람이었다. 츄옌은 마지막에 자신의 손에 들어온 초록색 파프리카 한 개를 씨앗조차 남기지 않고 전부 씹어 삼킨다. 이 작품에서 다양한 색깔로 빛나는 파프리카는 남편이 탐하는 츄옌, 정확히 표현하자면 츄옌의 육체를 의미한다. 같은 맥락에서 초록색 파프리카는 군복을 입은 나상일 일병을 연상시키며, 츄옌이 초록색 파프리카를 모조리 씹어 삼키는 모습 속에는 더 이상 소외된 삶을 살지 않으며 스스로의 욕망에도 충실하겠다는 그녀의 다짐이 나타나 있다.

초록색 파프리카를 모조리 먹어치우기 전에 츄옌이 꾸는 꿈도 의미심장하다. 그 꿈속에서 츄옌은 동생 윙과 베트남 전통 음식을 함께 먹지만, 동생 윙이 하는 말을 알아듣지 못한다. 츄옌 스스로도 자신이 윙의 말을 알아들을 수 없는 이유가 무엇인지 의아해한다. 츄옌은 베트남에서 중일과 결혼식을 올린 첫날밤에 무슨 선물을 받고 싶냐는 중일의 물음에 "동생에게 오토바이를 선물해주었으면 좋겠다"고 말한 바 있다. 동생이라는 존재는 베트남에 대하여 느끼는 츄옌의 의무감과 연결되어 있었던 것이다. 그런 동생 윙과 이제 더 이상 소통이 이루어지지 않는 장면은, 남편과 시어머니로 대표되는 한국 사회는 물론이고 베트남의 친정 식구들에게도 얽매이지 않고 자신의 삶을 챙기기 시작한 츄옌의 삶을 암시하는 것으로 이해할 수 있을 것이다. 「파프리카」의 츄옌은 『쓰엉』이라는 장편소설의 쓰엉으로 다시 서성란의 문학에 등장한다.

소설집 『내가 아직 조금 남아 있을 때』에서도 「파프리카」에서부터 보여준 약자들에 대한 재현과 그에 따르는 여러 문제들에 대한 고민이 섬세하게 드러나 있다. 대표적인 작품으로 「피아라 식당의 손님」, 「존, 로베르트, 은희」, 「이규호 노면 테리어」를 들 수 있는데, 뒤의 두 작품은 해외 입양아 문제를 전면화한 작품으로서, 이들 작품은 소재적으로 서성란이 본격적으로 개척한 한국문학의 새로운 영역에 해당한다. 이외에도 이 시대 한국 여성이 처한 상황에 대한 치열한 문제의식을 드러낸 작품들과 작가의 글쓰기에 대한 자의식을 드러낸 작품들도 우리 시대의 귀한 문학적 성과에 해당한다고 할 수 있다.

2. 같음과 다름의 고차 방정식

소설집 『내가 아직 조금 남아 있을 때』에 등장하는 대표적인 약자로는 이주노동자와 해외 입양아를 들 수 있다. 이에 해당하는 작품이 「피아라 식당의 손님」, 「존, 로베르트, 은희」, 「이규호 노면 테리어」이다. 「피아라 식당의 손님」은 네팔에서 온 이주노동자의 삶을 그린 작품이다. 네팔에서 온 버랄은 네 개의 손가락이 프레스에 잘린 채 한국 사회에서 살아가고 있다. 서성란은 이 작품에서도 버랄의 '고통'에만 주목해 그를 타자로 고정시키는 표상의 폭력에 머물지는 않는다. 버랄을 우리와 똑같은 인간으로 여기게끔 만드는 무수한 유사성의 회로를 창출하고 있는데, 그 회로는 '버랄=경섭',

'버랄＝영석', '버랄＝지하철 기관사'의 등식으로 정리해볼 수 있다.

먼저 버랄과 평범한 한국의 중년 가장 경섭이 동일시된다. 버랄이 한국에서 돈을 모아 고향으로 돌아가 어머니와 함께 '피아라 식당'을 개업하는 희망을 가졌던 것처럼, 경섭도 고향의 바다를 떠나 도시로 오면 새로운 운명이 펼쳐지리라 기대했던 것이다. 그러나 버랄이 프레스에 네 개의 손가락을 잃고도 고향으로 돌아가지 못하는 것처럼, 공장에서 일만 해온 경섭은 공장이 부도나는 바람에 일자리를 잃었고, 몸은 쇠약해졌으며, 믿었던 고향 선배에게 사기까지 당해 거리를 방황하고 있다. 돈을 떼이고 일자리까지 잃고 난 뒤로 경섭은 "불법 체류자가 되기라도 한 듯 하루하루가 불안"(152쪽)해져서, "출입국관리소 단속에 걸릴까 두려워하는 외국인 청년들의 심정"(152쪽)을 비로소 이해하게 된다.

다음으로 경섭의 아내에게 바랄은 자신의 아들인 영석과 동일시된다. 아내는 네팔, 인도, 방글라데시, 베트남에서 온 청년들을 대상으로 한 식당을 경영하고 있다. 경섭 부부는 아이가 없어 영석을 입양해서 길렀는데, 현재 영석은 네팔로 떠나 그곳에서 한국인이 경영하는 음식점에 취직한 것이다. "아내가 유독 버랄을 챙기는 까닭이 영석이를 향한 미련을 버리지 못해서"(154쪽)라는 것에서 알 수 있듯이, 아내는 버랄을 영석과 동일시한다. 경섭의 아내가 네팔 청년들에게 유독 친근하게 구는 까닭은 "영석이가 그곳에 있기 때문"(155 쪽)이었던 것이다. 강제 단속이 아니더라도 공장에서 일하다 가 다치고 불구가 되어 고향으로 돌아가는 노동자들을 수없 이 보아왔던 아내는, 영석의 안녕을 비는 마음으로 "버랄이 다치거나 추방당하지 않고 무사히 고향으로 돌아갈 수 있기 를 기도"(158쪽)한다.

버랄을 영석과 동일시하는 모습은 경섭에게도 나타난다. 영석이를 생각하던 경섭은 "돈을 벌어 제 나라로 돌아갈 날 을 손꼽아 기다리는 네팔 청년 버랄의 크고 단단한 손을 잡아 보고 싶었다"(161쪽)고 느끼는 것이다. 또한 「피아라 식당의 손님」에서는 지하철 선로로 뛰어들어 죽은 지하철 기관사와 외국인 노동자가 동일시되기도 한다.

그러나 이주노동자와 한국인의 유사성만 주장한다면, 그것 은 '낭만적 허위'에 머물 수도 있다. 서성란은 이러한 측면 역 시 놓치지 않으며, 작품에는 지하철 선로에 뛰어들어 자살한 외국인은 "자신이 누구인지 증명해줄 신분증"(151쪽)이 없 어 "유령"(151쪽)이 될 수밖에 없지만, 경섭의 주머니에는 설 령 자신이 주검으로 발견되더라도 "자신이 누구인지 증명해 줄 신분증"이 있다는 언급이 나온다. 또한 경섭의 아들 영석 은 네팔에서 일한다고 해도, 한국에서 일하는 외국인 청년들 과는 다르게 "월급을 받으면 최소한의 생활비를 제하고 몽 땅 고향에 있는 부모 형제에게 보내야 하는 고달픈 신세가 아

니"(155쪽)며, "강제 단속에 마음 졸이고 몸이 아파도 작업장
으로 출근해야 하는 불법 외국인 노동자가 아니"(155쪽)다.
그렇기에 영석은 원한다면 언제라도 돌아올 수 있는 "자유
인"(155쪽)이다.

이처럼 이주노동자와 한국인은 분명 같지만, 분명 다르기
도 하다. 둘 사이에 존재하는 '같음과 다름' 혹은 '다름과 같
음'이 충분히 사유될 때만, 이주민과의 공존은 가능해질 수
있을 것이다. 작품은 버랄이 운영하는 식당에서 '지하철 기관
사'와 '외국인' 그리고 경섭이 함께 카레를 먹는 환상적인 장
면으로 끝나는데, 우애와 평화로 가득한 이 장면이 환상으로
처리될 수밖에 없는 것은, 진정한 공존을 향해 나아가야 할
길이 아직도 많이 남았음을 의미하는지도 모른다.

이번 소설집에서 서성란이 새롭게 발견한 약자는 해외 입
양아이다. 주지하다시피 한국은 세계에서 가장 많은 아이들
을 해외로 보냈던 불명예를 안고 있는 나라이다. 현재 많은
해외 입양아들이 어른이 되어 한국 사회로 돌아오고 있으며,
서성란은 이를 날카롭게 포착하여 작품화하고 있는 것이다.
「이규호 노먼 테리어」와 「존, 로베르트, 은희」는 해외 입양아
들의 문제에 대한 서성란의 뜨거운 문제의식을 느낄 수 있는
작품이다. 거의 시사 다큐멘터리를 방불케 하는 이들 작품에
서, 노먼 테리어는 고통의 극한에 선 인간으로 그려진다. 동
시에 이러한 뜨거움은 서성란의 작가적 장점을 약화시키는

측면도 노출한다. 서둘러 말하자면, 「이규호 노먼 테일러」에서는 노먼 테일러가 처한 극한의 상황을 강조하는 데 치중하는 바람에 그를 타자화하는 경향이 발견된다.

「이규호 노먼 테일러」에서 노먼 테일러는 미국에 도착하고 한 달이 채 되지 않아 크랩서 씨 부부로부터 파양당한다. 이후 노먼은 실비아의 위탁 가정에서 육 개월 동안 머물며, "체념과 포기, 위대하고 아름다운 아메리카"(124쪽)라는 말을 가장 많이 들으며 지낸다. 실비아의 위탁 가정을 떠난 후 노먼은 테일러 부인에게 다시 입양된다. 테일러 부인은 보호시설과 정신병원을 오가는 노먼의 모습을 세상에서 가장 불행하고 슬픈 사람의 눈빛으로 바라보던 이였다. 또한 그녀는 "세상 어디를 떠돌아다니든 지치고 외로우면 집으로 돌아오라"(137쪽)고 말해주기도 했다. 이런 테일러 부인은 노먼의 "어머니"(140쪽)였다고 말해지는 존재이기에, 노먼은 나중에 한국에서 경찰관에게 "미국 뉴저지주 뉴어크에 있는 양부모의 집으로 돌아가고 싶다"(134쪽)고 애원한다.

그러나 서른여덟 살의 노먼 테일러는 미국 시민권이 없으며, 출생국으로 돌려보내라는 주 정부의 명령에 따라 한국으로 추방된다. 추방 명령을 수행하기 위해 동행한 미국의 이민국 직원은 공항 외사계 직원에게 노먼을 넘기고 사라진다. 외사계 직원은 자신의 지갑에서 지폐 두 장을 꺼내 노먼에게 건네며, 이태원으로 가면 영어로 대화할 수 있다며 이태원 가는 공항버스를 안내해준다. 노먼이 이태원에서 만난 한국인은 노먼을 구둣발로 차고 손바닥으로 뺨을 때리고 욕설을 내뱉고 훈계하며 호통을 친다. 노먼은 한국에서는 어디까지나 "이방인"(123쪽)에 불과한 것이다.

「이규호 노먼 테일러」에서 노먼은 한국에서 어떠한 안정감이나 위안도 얻을 수 없다는 것이 표 나게 강조된다. 노먼은 미국에서 살았던 이십오 년 동안 한국을 그리워하지 않았으며, "미국이 아닌 다른 곳의 삶을 상상한 적이 없었"(124쪽)다. 한국의 정신병원에 갇혀 지내던 일 년 육 개월 동안 노먼이 미국으로 돌아가게 해달라고 애원하고 간청할 때마다, 간호사들은 주저 없이 그의 팔뚝에 주삿바늘을 찔러 넣었다. 진정제와 약에 취하면 노먼은 미국의 집으로 돌아갈 수 있었으며, 늘 "갇히고 죽더라도 미국으로 돌아가고 싶다고 호소"(135쪽)한다. 심지어 노먼은 "입양과 추방이라는 공통분모로 묶여 있는 사람들"(137쪽)에게도 "친밀한 감정을 느끼지 못"(137쪽)한다. 노먼은 생모도 그리워하지 않는데, 이유는 "기억할 수 없는 사람을 그리워할 수 없었"(140쪽)기 때문이다.

"피부색이 같고 생김새가 비슷한 사람들이 사는 낯선 나라에서 달아날 수 없"(139쪽)는 절망적인 상황의 노먼에게 유일한 출구는 김 목사라는 예외적인 선인(善人)이다. 김 목사는 "고통을 느끼지 않고 노먼이 떠올릴 수 있는 한국인"(139쪽)이기도 하다. 김 목사는 "아메리카의 언어와 그곳의 기억을 지우고, 건강하고 유용한 한국인이 되어 살아야 한다고 말하지 않았"(139쪽)던 것이다. 이러한 김 목사의 모습은 노먼에게 화를 내고 폭력을 가하던 노인이나 중년 남자와 같은 다른 한국인들과는 구별되는 태도라고 할 수 있다. 김 목사는 "노먼의 말을 들어주고 질문을 기다리고 있는 사람"(141쪽)이며, 그러한 김 목사로 인해 "노먼 테일러는 낯선 나라에서 혼자가 아니었다"(141쪽)고 느낄 수 있었던 것이다. 작품은 2인용 식탁에 노먼과 김 목사가 마주 앉으며, 이 순간 노먼이 처음으로 "두려움 없이 말할 준비가 되어 있는 듯했다"(142쪽)고 묘사되는 것으로 끝난다.

「이규호 노먼 테일러」는 이처럼 일부 해외 입양아들의 비참한 후일담을 매우 적나라하게 보여주고 있다. 그러나 이 작품은 이들의 문제를 작품화해야 한다는 강한 의지로 인해, 노먼 테일러가 처한 비극적 상황에만 골몰하는 특징을 보여준다. 그 결과 노먼은 스스로의 힘으로는 한 줄기의 빛도 얻지 못하는 이 사회의 타자로 고정되는 모습이 노출되기도 한다.

이와 반대로 「존, 로베르트, 은희」에서는 해외 입양아 출신의 존 데이비드를 다른 사람들과 동일시하려는 강렬한 태도가 일정 부분 드러난다. 「존, 로베르트, 은희」의 존 데이비드는 우편 주문 아이였다. 입양기관이 양부모를 대신해 받는 IR-4 비자는 양부모가 한국으로 와서 입양 절차를 완료하고 받는 IR-3 비자와 달리 자동으로 시민권이 부여되지 않았다. 파양당한 존을 재입양한 양부모는 주 정부의 법에 따라 입양 절차를 완료해야 한다는 사실을 알지 못했고, 존은 시민권이 없다는 사실을 모른 채 살았다. 그 결과 주 정부는 범죄에 연루되었으며 시민권이 없는 입양아에게 출생국으로 돌아가라고 추방 명령을 내린 것이다. 결국 존은 출생국(한국)으로 이십구 년 만에 돌아와 유령처럼 떠돌다가 자신의 유골을 뉴욕 양부모에게 보내달라는 유서를 남기고 생을 마감한다.

존은 "어린 시절 한국어로 말했던 기억을 완전히 잊어버린"(95쪽) 인물이다. 아홉 살에 뉴욕으로 떠나야 했던 존은 서른여덟 살에 자신의 의지와 상관없이 한국으로 돌아와야 했다. 한국에 돌아왔지만, "영어로 말하고 영어로 생각하면서 다시 뉴욕으로 돌아갈 수 있기를 바랐던 존은 한국인도 미국인도 아니었다"(96쪽)고 묘사된다. 은희는 다시 미국으로 돌아가고 싶어 했던 존의 마음을 막연히 짐작할 뿐이다. 아홉 살에 해외 입양과 파양, 재입양의 과정을 겪어야 했던 존은 삼십 년이 지난 뒤 돌연 출생국으로 돌아온다. 한국 사람들에게 존의 존재가 알려졌을 무렵, 존은 "이곳에 있다고도 없다고도 분명하게 말하기 어려운 사람"(96쪽)으로 존재할 뿐이다.

존에게는 뉴욕이 고향에 가깝다. "신앙심 깊고 책임감이 강한"(113쪽) 양어머니는 "그의 유일한 어머니"(113쪽)였으며, 양아버지도 "그를 때리거나 욕설을 퍼붓지 않았"(113쪽)다. 한국에 머무는 삼 년 동안 생부모를 찾으려고도 하지 않은 존은, 차라리 주검이 되어서라도 뉴욕으로 돌아가고 싶어 할 뿐이다. 존은 "자신이 누구이며 어디에서 비롯되었는지 알고 싶지 않았을 만큼 버림받은 상처가 깊었"(104쪽)던 것이다. 이 작품에서는 "그는 생부모를 기억하지 못했다. 그리워하지 않았다. 한국에는 돌아갈 집이 없었다"(113쪽)거나 "한국은 낯설고 두려웠다. 아홉 살에 떠나야 했던 나라의 언어는 소낙비에 먼지가 씻겨 나간 듯 기억에서 말끔히 지워졌다"(113쪽)와 같은 문장에서 알 수 있듯이, 존이 한국 사회에서 느끼는 소외감이 유달리 강조된다. 이처럼 「존, 로베르트, 은희」에서는 고향을 완전히 잃어버린 존의 불행한 초상이 적나라할 정도로 시시콜콜하게 드러나 있다.

그러나 서성란은 이러한 고통과 소외의 재현에만 머물지 않는다. 존과 다른 이들 사이에 연결의 통로를 만드는데, 그 방법은 다소 과격할 정도이다. 이 작품에서는 아예 초점화자인 은희 역시 입양아로 설정되어 있는 것이다. 박은희는 "생후 구십 일 되던 날 대현동 134-20번지 앞을 지나가던 행인에게 발견되어 시청 직원의 손으로 넘겨졌"(105쪽)으며, "친부모 정보는 불명"(105쪽)이었던 "이은혜는 입양 부모를 만나 박은희가 되었"(105쪽)던 것이다. 이후 은희를 입양한 부부는 이혼하였으며 은희의 엄마는 아들이 둘인 남자와 재혼하여 만족스러운 삶을 살고 있지만, 엄마가 새롭게 꾸린 가정에 "은희의 자리가 없었"(99쪽)다.

그러나 존과 은희는 비슷하면서도 다르다. 은희는 "더 이상 아기를 그곳에 혼자 두지 말아야 한다"(110쪽)는 생각에, 자신이 발견되었던 대현동 134-20번지를 찾는다. 은희는 그곳에서 "잠들어 있는 아기의 곁으로 다가가 두 손을 내밀"(110쪽)기까지 한다. 이러한 과정을 거친 후에는 엄마에게 전화를 걸어 "전부, 다"(111쪽) 고맙다는 말을 건넨다. 대현동 134-20번지에서 발견된 아이는 "이제 오피스텔 건물이 들어선 자리가 아니라 은희의 곁에 머물러 있"(111쪽)게 된 것이다. 이렇게 죽음으로 삶을 마감한 존과는 달리, 은희는 존재의 근원적 소외에서 벗어나는 모습을 보여준다. 여기에서도 서성란 소설의 전형적인 특징인 '같음과 다름' 혹은 '다름과 같음'의 고차 방정식에 대한 진지한 고민을 확인할 수 있다.

3. 여성이라는 것, 모성이라는 것

이번 소설집에는 한국 사회의 여성에 대한 의식이 날카롭게 빛나는 작품들이 여러 편 수록되어 있다. 소설집의 첫번째에 수록된 「완벽한 스테이크와 적양배추 요리」는 요리(음식)를 매개로 해서 여성이 처한 현실을 조명하고 있는 작품이다.

시어머니는 늙어서까지 남자를 위해 "한 달이면 대여섯 차례나 크고 무거운 택배 꾸러미"(11쪽)에 담긴 음식을 보내고

는 했다. 거기에는 "김치와 된장, 고추장, 나물과 젓갈"(12쪽)
이 가득 담겨 있었다. 남자가 고향집에라도 오면, 시어머니
의 음식에 대한 정성은 더욱 뜨거워지고는 했다. 그러나 기억
을 잃어버린 시모가 더 이상 음식을 보내지 못하게 되자, 남
자는 "당황하고 고통스러워"(12쪽)한다. 남자의 존재를 뒷받
침하는 핵심에는 자신에게 음식을 끝없이 만들어주는 어머니
가 있었던 것이다. 그렇기에 늙은 "형수가 만든 형편없는 음
식으로 허겁지겁 배를 채우고 있는 어머니의 모습을 보았던
날"(13쪽), 남자는 "억지로 젖을 떼이는 아이처럼"(13쪽) 공
포와 짜증에 휩싸여버린다.

　시어머니가 남자를 챙기지 못하게 된 후, 삼 년 동안 여자
는 "필사적으로 요리에 매달"(11쪽)린다. 그러나 남자는 "차
갑고 단호하게 외면"(11쪽)할 뿐이다. 그럴수록 여자는 "식
욕 부진"(16쪽)에 빠진 남자를 위한 음식을 만들기 위해 더욱
심혈을 기울인다. "'호남식당' 상호를 내걸고 삼십여 년 동안
식당을 하는 아주머니에게 젓갈이 듬뿍 들어간 배추김치를
담가달라고 부탁"(14쪽)하기도 하고, "농산물 직거래센터와
백화점 식품매장에서 된장과 고추장, 알이 꽉 찬 굴비와 생물
갈치"(14쪽)를 사서 정성스럽게 음식을 만들기도 하는 것이
다. 그러나 남자는 "손님처럼 식탁으로 와서"(14쪽)는 "여자
의 수고와 정성에 감동하기는커녕 귀찮은 일을 억지로 떠안
은 사람처럼 젓가락을 손에 쥐고 느릿느릿 밥과 반찬을"(14

쪽) 먹을 뿐이다. 그럼에도 여자는 "미각을 잃어버린 남자를 다시 식탁에 앉힐 수만 있다면 여자는 하지 못할 일이 없었다"(23쪽)고 이야기될 정도로 정성을 기울인다.

남자는 결국 송년회에 참석하려고 나갔다가 사고를 당해 집으로 돌아오지 않는다. 대신 여자가 "완벽한 스테이크와 적양배추 요리"(32쪽)를 씹어 삼키는 것으로 작품은 끝난다. 이제 여자도 드디어 자신을 위한 요리를 시작한 것이다. 그러나 이러한 복수는 여자만 했던 것은 아니다. 그토록 남자를 위한 음식에 정열을 불태웠던 시모는, 기억을 잃어버린 후에 "식욕이 왕성해서 불필요할 만큼 많이 먹"(22쪽)는 모습을 보여주었던 것이다. 그것은 "평생 가족을 위해 새벽부터 저녁까지 썰고 무치고 지지고 볶고 찌고 튀겨냈던 거칠게 갈라진 뭉툭한 손으로 시모는 부지런히 자기 배를 채웠다"(22쪽)라는 문장에서 알 수 있듯이, 과거의 헌신에 대한 보상 행위에 해당한다고 할 수 있다.

「유채」와 「좋은 어머니들」은 여성성의 핵심 중 하나인 모성을 파고든 작품들이다. 세월호 참사를 배경으로 한 「유채」의 초점화자인 소하는 유채가 만발한 섬으로 수학 여행을 떠난 고등학생 아들 율의 죽음에 고통받는다. 이 작품에는 소하가 우울의 상태에 빠져 있다는 것이 매우 섬세하게 묘사되어 있다. 소하의 우울증적 상태는 "일 년 육 개월 전 율이 집을 나간 그날에 멈춰 있"(246쪽)는 거실 벽에 걸린 시계를 통해 암

시적으로 드러나기도 한다. 소하는 율과 친구들이 죽어가던 그 현장을 추체험하는데, 이 대목은 서성란의 문학적 기량이 얼마나 높은 수준에 이르렀는가를 잘 보여준다.

누군가 곡괭이와 쇠망치를 휘둘러대면서 벽을 부수고 있었다. 그들은 소파에 앉아 있는 소하를 아랑곳하지 않고 거침없이 무기를 휘둘러댔다. 벽에 걸린 둥근 시계가 거실 바닥으로 떨어져 산산조각이 났다. 찻잔과 접시, 기념품을 넣어둔 장식장이 넘어지고 사방으로 유리 파편이 날렸다. 32인치 구형 텔레비전 수상기가 바윗돌 떨어지는 소리를 내지르면서 바닥으로 굴렀다. 소하의 등 뒤로 벽과 기둥이 무너져 내리고 있었다. 콘크리트 덩어리가 거실 바닥으로 떨어졌다. 부서지고 갈라진 벽 틈으로 녹슬고 휘어진 철근이 드러났다. 한 무더기의 먼지구름이 폐허로 변해버린 집의 잔해를 덮고 소하의 몸을 삼켰다.(246~247쪽)

「유채」의 기본 서사는 소하가 율처럼 사고로 죽은 율의 친구들(규, 현, 석)을 불러 생일잔치를 벌인다는 것이다. 소하는 잔치를 앞두고 꿈을 꾼다. 만발한 유채꽃을 배경으로 한 꿈속에서 율은 점점 어린아이가 되고, 나중에는 눈에 띄지 않을 만큼 작아져서 어느 순간 보이지 않게 된다. 나중에 소하는 입덧까지 한다. 이러한 꿈은 율의 탄생을 거꾸로 거슬러 올라가는 과정이라고 할 수 있으며, 소하의 우울증이 극복 불가능한 것임을 보여준다. 이러한 영구적인 우울 속에는 서성란이 추구하는 절대적 윤리의 모습이 아로새겨져 있다.

「좋은 어머니들」의 어머니는 제목과는 달리, 기존의 모성 신화에 의문을 제기하는 존재이다. 재욱의 어머니는 남편 없이 혼자서 세 아들을 힘들게 키워낸 어머니이다. 이런 어머니라면 전통적인 모성 신화의 주인공이 되기에 모자람이 없다. 그러나 이 어머니는 아버지가 모두 분명치 않은 세 명의 아들을 철저하게 차별한다. 아버지에 대한 질문을 들을 때마다, 어머니는 세 아들에게 삼십대 초반으로 보이는 한 남자의 사진을 보여줄 뿐이다. 막내 아들은 예뻐하며 가까이 두고 의지하지만, 큰아들인 재욱은 정서적으로나 실제적으로 멀리하며 거리를 둔다. 더욱 끔찍한 것은 둘째 아들 성욱에 대하여 한없이 냉정하다는 것이다. 그리하여 성욱은 후천적 장애를 안고 자기만의 골방에서 살다 자살로 생을 마감한다. 「좋은 어머니들」은 무조건적인 것으로 받아들여지는 우리 사회의 모성 신화에 의문을 제기하는 동시에, 「유채」에서 소하가 보여주는 모성이 지닌 사회적 성격을 더욱 부각시킨다고 할 수 있다.

4. 진실을 마주하고 글을 쓰라!

인간은 진실을 추구한다. 때로 진실에의 열망은 목숨을 대가로 지불할 만큼 치열하기도 하다. 동시에 인간은 진실과의 조우를 두려워하기도 한다. 특히나 애써 숨겨온 자신의 진실과 대면하는 것은 어떻게든 피하고 싶은 일 중의 하나이다. 그것은 자신의 정체성을 송두리째 무너뜨릴 수도 있기 때문이다. 서성란의 「내가 아직 조금 남아 있을 때」는 '불안하지만 불가피한', 혹은 '불가피하지만 불안한' 진실과의 대면에 대해 말하는 소설이다.

이 작품의 주인공인 혜순은 시 쓰는 교수 남편과 희곡을 쓰는 예비 교수 딸을 둔 중년 여성으로서, 우아하고 평화롭게 살고 있다. 한 권의 수필집을 출판한 어엿한 작가로서, 볕이 좋은 날이면 책을 읽고 글을 쓰면서 평화로운 시간을 보내는 것이 그녀의 일과이다. 혜순은 "둘러앉아 식사하면서 문학과 예술에 대해 깊이 있는 대화를 나누고 토론할 수 있는 가족"(78쪽)을 두었다는 것에 너무나 행복해한다. 그런데 이 행복을 위해 혜순이 평생 동안 꾹꾹 숨겨온 진실과 대면해야 하는 순간이 다가온다.

그 순간은 딸 연희가 쓰고 있는 희곡 「돌아오는 아이들」을 통해서 이루어지는데, 이 희곡은 입양아들에 대한 것으로서 대극장 무대에 오를 예정이다. 평소 혜순은 가장 먼저 딸의 글을 읽고 평가를 해주었지만, 이번만은 딸의 글을 읽으려고도 당연히 칭찬이나 격려를 하려고도 하지 않는다. 그뿐만 아니라 혜순은 지금 책을 읽을 수도, 단 하나의 문장도 쓸 수가 없는 상태이다. 혜순이 이토록 큰 충격에 빠진 이유는, 딸이 쓰는 희곡 「돌아오는 아이들」이 혜순이라는 주체의 중핵에 해당하는 진실을 건드리고 있는 것과 관련된다.

희곡 「돌아오는 아이들」은 생부모에게 버려지고 해외로 입양되었다가 추방되어 돌아와 스스로 생을 마감한 존 터너라는 인물에 대한 것인데, 존 터너는 일곱 살에 미국으로 입양된 후 파양과 재입양 과정을 겪고는, 서른일곱 살이 되던 해 겨울에 주 정부의 추방 명령을 받고 한국으로 돌아온다. 미국 시민권을 얻지 못한 채 살았던 존은 폭력과 절도 등의 전과 때문에 추방당한 것이다. 존 터너는 무일푼으로 이태원 거리를 떠돌다 행인과 시비가 붙어 경찰에 체포된 후에, 정신병원에 보내졌다가 결국에는 자살로 생을 마감한다.

이 희곡을 통해 혜순이 꽁꽁 눌러놓았던 치명적인 기억도 되돌아온다. 스물한 살의 혜순은 "누구도 원하지 않은 아이"(83쪽)를 낳았고, 그렇게 태어난 아이는 엄마언 혜순의 얼굴 한번 보지 못한 채 어딘가로 사라져야만 했던 것이다. 이후 혜순은 아무 일도 없는 듯, 졸업과 취업, 결혼, 출산으로 이어지는 무난한 삶을 살아왔다. 그랬던 것인데, 딸이 '돌아오는 아이들'의 목소리에 관심을 기울이기 시작하면서, 혜순은 손을 잡아볼 틈도 없이 사라져버린 아이를 새삼스럽게 기억하게 된 것이다.

딸이 해외 입양아들의 삶에 관심을 기울이고 작품까지 쓰려고 하는 까닭은 작품 속에 등장하지 않는다. 다만 연희는 "이번 작품은 이야기가 나를 찾아왔어요"(74쪽)라고 말할 뿐이다. '억압된 진실'은 대를 이어 기어이 혜순의 삶 한복판으로 되돌아온 것이다. 설상가상으로 딸은 이번에 쓰는 작품으로 끝나지 않고, 같은 주제로 희곡집 한 권 분량의 작품까지 써내려는 계획까지 가지고 있다. 그런데 연희가 아니더라도 혜순의 '억압된 진실'은 언제든 회귀할 운명이다. 지금 한국에는 존 터너 이외에도 수많은 입양아들이 자신의 뿌리를 찾아 돌아오고 있으며, 이것은 한때 세계에서 "고아 수출을 가장 많이 했던 나라"(74쪽)의 업보이기 때문이다.

「내가 아직 조금 남아 있을 때」에서 '진실'과의 대면이라는 문제는 글쓰기 본질론으로까지 이어진다. 혜순이 문화센터 글쓰기 강좌에 다닐 때, 늙은 강사는 "거창한 소재를 찾으려고 애쓰지 말고 본인의 경험을 진실하게 쓰라"(73쪽)고 늘 강조하고는 했다. 이 강사의 가르침이 진실이라면, '돌아오는 아이들'에 대해 잘 쓸 수 있는 사람은 딸 연희가 아니라 혜순 본인이다. 혜순이 생각하듯이, 서른이 넘은 나이에도 부모에게 학비와 용돈을 받아 편안하게 생활하는 딸이 "고통스러워하는 입양인들의 마음을 헤아릴 수 있을 리 없"(81쪽)기 때문이다. 연희에게 '돌아오는 아이들'의 이야기가 "거창한 것"에 해당한다면, 혜순에게 '돌아오는 아이들'의 이야기는 '본인의 경험'에 해당하는 것이다. 작품은 혜순이 노트북을 꺼내어 "여태도 산부인과 분만실에서 울고 있"(85쪽)는 그녀의 아이 이야기를 쓰는 것으로 끝난다. 혜순은 드디어 '불안하지만 불가피한', 혹은 '불가피하지만 불안한' 진실과 마주하게 된 것이다. 진실과 마주한 혜순이 써내려갈 '돌아오는 아이들'을 기대해본다.

「내가 아직 조금 남아 있을 때」에서는 '본인의 경험을 진실하게 쓰는 것'이야말로 글쓰기의 본질에 해당하는 것이었다. 「회촌의 달」은 이러한 글쓰기의 정언명령이 문자 그대로 구현된 작품이라고 볼 수 있다. 2020년에 발표한 소설집 『유채』의 '작가의 말'은 "매지리 회촌 토지문화관에서" 쓴 것으로 되어 있다.[2] 「회촌의 달」은 '작가의 말'에 나오는 '총소리', '늙은 개', '멧돼지' 등의 이미지가 그대로 한 편의 단편소설로 확장된 것이라 볼 수 있다.

---

2 '작가의 말'의 핵심적인 부분을 옮겨보면 다음과 같다. "총소리가 들렸다. 깜짝 놀라서 캄캄한 창 쪽으로 고개를 돌렸을 때 다시 총성이 울렸다. 밤에 총소리가 날지도 모르니 놀라지 말라고 관리인이 미리 주의를 주었지만 나는 놀라서 가슴을 쓸어내렸다. 창가로 가서 어둠에 싸인 마당과 길과 산자락을 톺아보았지만 피를 흘리는 멧돼지와 총을 든 포수는 나타나지 않았다. 총소리에 놀라 허둥지둥 달아나는 멧돼지를 본 것도 같았다. 마을에서 밭작물을 지키기 위해서 고용했다는 포수는 더 이상 총을 쏘지 않았다. 이튿날 오후에 산책을 나갔다가 늙은 개를 보았다. 농가에서 뚝 떨어진 자리에 묶여 있는 개는 내가 다가가도 짖지 않았다. 털이 빠지고 몇 가닥 남은 털이 헝클어져 있는 개는 무표정한 얼굴로 나를 가만히 바라보기만 했다. 이곳에 머물러 글을 쓰는 동안 낮에는 늙은 개를 보러 나가고 밤이 되면 총소리에 쫓겨 달아나는 멧돼지를 생각하면서 마음을 졸였다."(서성란, 「작가의 말」, 『유채』, 청색종이, 2020, 89~90쪽)

「회촌의 달」은 작가 레지던스에서 소설을 쓰는 이야기이다. 이미 왼쪽 청력을 잃은 주인공은, "오른쪽 귀까지 청력을 잃게 될 수 있다고 진단받았던 날"(223쪽)부터 "강박적으로 소설 쓰기에 매달"(223쪽)린다. 그러나 '나'는 "이곳에서 한 문장도 쓸 수 없으리라 생각"(226쪽)할 정도로, 글은 쉽게 써지지 않는다. 이곳에 온 지 이 주일이 지난 후에야 '나'의 "손가락 끝으로 문장이 흘러나"(233쪽)오기 시작한다. '나'는 회촌에서 겪은 일들을 쓰기 시작한 것이다. 그것은 "좁고 불편한 침대와 형광등 주위를 바쁘게 날아다니는 나방, 컴컴한 복도 바닥에 짓뭉개져 있는 여치, 총소리가 비명처럼 들리는 밤"(233~234쪽)에 대한 것이다. 결국 '나'가 쓸 수 있는 문장은, 글을 쓸 수 없기에 겪은 고통스러운 자신의 경험이었던 것이다. 이처럼 진실에 대한 있는 그대로의 기록이야말로 서성란에게는 글쓰기의 기본 규칙이라고 할 수 있다.

「봉희」는 '진실에 바탕한 글쓰기'가 아예 자서전 쓰기로 나타나 있는 작품이다. 「봉희」에서 봉희는 결혼 29주년을 맞이하여 남편에게 결별을 선언하고자 한다. 이러한 결별에는 3장에서도 살펴본 여성을 둘러싼 현실에 대한 비판적 인식이 아로새겨져 있다. 사람들과 어울리기 좋아하고 책임감 강한 성중은 집안 대소사를 진두지휘하고 가족 모임을 제안하고 독립해 사는 두 딸을 챙겼다. 성중은 고객에게 무조건 친절해야 한다고 강요하는 직장에서 봉희를 구원해주었으며, 봉희에게 "그녀의 잘못이 아니라고 분명하게 말해준"(197쪽) 유일한 사람이었다. 봉희는 성중이 "그녀의 잘못이 아니라고 했던 말과 행동"(197쪽) 때문에 성중과 결혼하게 된 것이다.

결혼 전에 이토록 봉희를 위했던 성중이지만, 결혼 후에는 자기중심적으로 변한다. 봉희는 결혼 초에 성중과 식성이 달라 애를 먹었다. "장을 보고 음식을 만드는 사람은 봉희인데 식탁에 올리는 반찬이며 찌개며 국은 성중의 기호와 취향에 따라야 했"(194쪽)던 것이다. 또한 시집 식구들은 봉희네 집에 머물러 살다가 차례차례 집을 떠났으며, 성중을 보증인으로 세우고 몇 차례 은행에서 돈을 대출받았던 시동생이 사업에 실패하고 잠적했을 무렵 봉희는 남동생의 결혼 자금을 빌리려고 찾아온 친정어머니를 빈손으로 돌려보내야 했다. 지금 봉희가 성중에게 하지 못했던 말은 "두 사람이 함께 살아온 시간만큼"(203쪽)이나 많았다. 그 말 중에는 봉희가 "고기와 날생선을 좋아하지 않는"(206쪽)다는 것, "젓갈을 듬뿍 넣고 김치를 담글 때마다 비위가 상해서 냉수로 속을 달래야 했다"(206쪽)는 것 등이 포함된다. 29년 동안 봉희는 성중의 기호에 맞춰 음식을 만들고 식탁을 차리면서 불평하지 않았으며, "입에 맞지 않는 음식을 먹고 억지웃음을 지었"(206쪽)어야만 했던 것이다.

이렇게 살아온 봉희는 이제 남편 성중에게 결별 선언을 하려고 한다. 이러한 결별 선언은 봉희가 자서전 작가로 탄생하는 과정과 맞물려 있다. 이것은 글을 쓴다는 것이 서성란의 소설에서는 여성의 새로운 주체 확립과 연결된다는 것을 의미하는 것이기도 하다. 봉희는 최근 자서전 쓰기 강좌에 등록하여 빠지지 않고 열심히 듣고 있다. 다음 주면 강좌가 끝나는데 봉희는 아직 자서전 집필을 시작하지 않은 상태이다. 강사는 "자서전이란 허구에 기초해서 창작되는 소설이나 희곡과 다르다고 여러 차례 강조"(198쪽)하면서, "자서전은 쓰는 사람의 상상이 개입할 여지가 없다"(198쪽)고 말한다. 봉희는 "진실하게 삶을 반추하고 고백하는 장르가 자서전이라는 강사의 말에 고개를 끄덕이면서도 자신의 생을 얼마만큼 진실하게 글로 써낼 수 있을지 알지 못했"(198쪽)다고 생각한다. 그러나 자서전의 "저자이고 서술자이고 주인공이기도 한"(214쪽) 봉희는 성중과 함께한 29년을 왜곡하거나 넘겨짚지 않고 진실하게 기록해야 할 책임이 있다고 느낀다. 자신의 이야기를 진실되게 쓰는 것에서 나아가 이제는 아예 허구와는 결이 다른 본격적인 자서전 창작으로 나아가고 있는 것이다.

5. 재현의 난제들을 넘는 방법

지난 삼십여 년간 서성란은 한국 사회의 약자들에 대한 지속적인 문학적 형상화를 해왔다. 이러한 형상화가 더욱 빛나는 것은 '약자들에 대한 형상화'가 지닌 기본적인 아이러니에 대한 민감한 자의식을 동반하고 있었다는 것이다. 이러한 자의식은 이번 소설집에서도 여전히 섬세하게 작동하고 있다. 이러한 형상화에 있어 또 하나 전제되어야 할 태도는, '재현 주체'와 '재현 대상'의 거리 문제라고 할 수 있다. 아무리 섬세한 성찰과 공감을 지니고 있더라도, '재현 주체'는 결코 '재현 대상'이 될 수는 없는 까닭이다. 이와 관련해 서성란은 글쓰기에 대한 발본적인 탐색을 지속하고 있다. 이를 통해 그녀는 오직 진실에 입각한 글쓰기만이 참된 문학이 될 수 있음을 강조한다. 이러한 진정성이야말로 '재현 주체'와 '재현 대상'의 거리에서 발생하는 재현의 근본적인 아이러니를 해결하는 하나의 출구인 것이다. 여기까지 서성란의 작품을 읽어왔다면, 그녀가 끊임없이 한국 사회의 약자들을 찾아내어 형상화하는 작업은 결코 소재주의일 수는 없다. 그렇기에 그녀가 심혈을 기울여 보여줄 새로운 고통과 소외에 벌써부터 마음이 아파 온다.

열 편의 단편소설을 퇴고하면서, 나는 오랫동안 멈춰 서 있 거나 뒤돌아보는 사람이구나, 하고 생각했다. 열 개의 손가락 으로 노트북 키보드를 두드려 글을 썼음에도 문장은 언제나 왼손, 천대받는 나의 왼손에서 흘러나왔다. 내가 아이였을 때 원고지에 글을 쓰다가 들키면 노끈으로 묶여야 했던 왼손. 밥 을 먹거나 글자를 쓰거나 가위질하면 안 되는 왼손.

할머니의 눈을 피해 글을 써야 했음에도 순순히 오른손으 로 바꿔 쓰려고 하지 않았을 만큼 나는 고집이 센 아이였다. 할머니는 오래전에 돌아가셨고, 왼손으로 글을 쓴다고 고함 치고 등짝을 때릴 사람이 없는데도 이따금 나는 누군가 왼손 을 노끈으로 친친 감아놓기라도 한 듯 통증을 느끼곤 한다.

오른손으로 글을 썼다면 멈춰 서 있거나 뒤돌아보지 않고, 두려움 없이 앞으로 걸어 나갈 수 있었을까? 상처 많은 사람 의 이야기가 아니라 밝고 환한 장소에서 웃음 짓는 이들의 이야기에 귀 기울였을까?

 1974년 12월 30일 한국에서 출생한 김상필 씨는 1983년 10월 27일 미국으로 입양 보내졌다. 아홉 살 아이는 미국에서 파양당하고 위탁 가정에서 머물다가 다시 클레이 씨 부부에게 입양되었다. 필립 클레이로 미국에서 이십칠 년 동안 살았던 그는 조현병을 앓았는데, 범죄 혐의로 경찰에 체포되어 조사받는 과정에서 시민권 없이 살고 있다는 사실이 밝혀져서 2011년 7월 한국으로 추방되었다. 한국으로 돌아와서 여러 시설을 옮겨 다니면서 지내야 했던 그는 2017년 5월 21일, 자신의 주검을 미국으로 보내달라는 유서를 남기고 자살했다.
 2017년 7월 13일 오후 열시, 입양인 연대 자문위원 존 컴프턴 씨가 김상필 필립 클레이 씨의 유해가 담긴 단지를 안고 미국행 비행기에 올랐고 그의 유해는 양아들의 죽음을 슬퍼하는 클레이 씨 부부에게 전해졌다.

 이 소설집에 수록된 「내가 아직 조금 남아 있을 때」 「존, 로베르트, 은희」 「이규호 노먼 테리어」 세 편은 한국에 머물러 살 수 없었던 김상필 필립 클레이 씨와 정착할 곳을 찾지 못하고 떠돌고 있는 사람들을 생각하며 쓴 소설이다.
 세 편의 소설을 쓰고 난 뒤에야 아직 써야 할 이야기가 남아 있음을 알게 되었다. 안다고도 모른다고도 할 수 없는 한 사람의 고단했던 삶의 시간을 뒤따라가면서 그동안 내내 외면하고 억눌러왔던 나의 시간과 마주할 수 있었다.

　나는 아이였을 때 200자 원고지와 볼펜이 있으면 시간 가는 줄 모르고 글을 쓸 수 있었다. 글쓰기의 은밀한 즐거움을 알려준 사람은 내 왼손을 노끈으로 묶어놓았던 할머니였다. 원고지가 아니라 노트북으로 소설을 쓰고 있는 지금 글쓰기의 즐거움은 한층 더 은밀해진 듯싶다. 누구와도 나눌 수 없는, 온전히 쓰는 사람만이 느낄 수 있는 즐거움이 없었다면 날마다 같은 시간에 책상이 놓인 작은 방으로 들어가지 못했을 것이다.
　짧은 이 글을 쓰는 동안 전라남도 해남 백련재 문학의 집 마당이 어두워졌다. 마당의 배롱나무가 꽃을 피우고 이따금 흰 고양이가 찾아오고 밤이 되면 뻐꾸기 울음소리가 들려오는 한적한 장소에서 내가 써놓은 문장을 되짚어본다.
　어둠이 내리면 숲으로 이어진 길 쪽으로 쏠리는 마음을 다잡아야 한다. 숲은 한시도 고요하지 않다는 것을 이곳에 와서 알게 되었다. 밤에 혼자 숲으로 가지 말아야 한다고 스스로 타일러본다.

2024년 가을
서성란

수록 작품 발표 지면

완벽한 스테이크와 적양배추 요리 _『내일을 여는 작가』 2015년 상반기호
좋은 어머니들 _『유채』(청색종이, 2020)
내가 아직 조금 남아 있을 때 _『대산문화』 2022년 가을호
존, 로베르트, 은희 _『문장웹진』 2022년 9월호
이규호 노먼 테리어 _『영화가 있는 문학의 오늘』 2021년 여름호
피아라 식당의 손님 _『한국문학』 2017년 상반기호
O리의 목사 _『실천문학』 2017년 겨울호
봉희 _『문학무크』 2017년 통권2호
회촌의 달 _『창작촌』 2015년 2호
유채 _『유채』(청색종이, 2020)

내가 아직 조금 남아 있을 때

ⓒ 서성란

1판 1쇄 발행 | 2024년 11월 28일

지은이 | 서성란
펴낸이 | 정홍수
편집 | 김현숙 이명주
펴낸곳 | (주)도서출판 강
출판등록 | 2000년 8월 9일(제2000-185호)

주소 | 서울시 마포구 동교로17안길 21 (우 04002)
전화 | 02-325-9566
팩시밀리 | 02-325-8486
전자우편 | gangpub@hanmail.net

값 15,000원
ISBN 978-89-8218-354-6   03810

* 이 책은 2022년 경기문화재단 경기작가 확장지원 프로젝트에 선정되어 출간했습니다.